UND NEBENAN DER TOD

Andrea Nagele leitete über ein Jahrzehnt ein psychotherapeutisches Ambulatorium. Heute arbeitet sie als Autorin und betreibt in Klagenfurt eine psychotherapeutische Praxis. Sie pendelt zwischen Klagenfurt am Wörthersee, Grado und Berlin. www.andreanagele.at

ANDREA NAGELE

UND NEBENAN DER TOD

THRILLER

emons:

Bibliografische Information der Deutschen Nationalbibliothek
Die Deutsche Nationalbibliothek verzeichnet diese Publikation in der Deutschen Nationalbibliografie; detaillierte bibliografische Daten sind im Internet über http://dnb.d-nb.de abrufbar.

MIX
Papier | Fördert gute Waldnutzung
FSC® C083411
FSC www.fsc.org

Umschlaggestaltung: Nina Schäfer, unter Verwendung eines Motivs von arcangel.com/Amy Weiss
Gestaltung Innenteil: DÜDE Satz und Grafik, Odenthal
Lektorat: Marit Obsen
Druck und Bindung: CPI – Clausen & Bosse, Leck
Printed in Germany 2023
ISBN 978-3-7408-1911-8
Thriller
Originalausgabe

Unser Newsletter informiert Sie regelmäßig über Neues von emons:
Kostenlos bestellen unter
www.emons-verlag.de

Wem anders als meiner Sophie, Mika und Bastian,
die mich so lange in Friedrichshain beherbergt haben,
könnte ich dieses Buch widmen?

PROLOG

»Stell dich nicht so an, Idiot«, fauchte sie. »Du musst viel tiefer graben, darin verscharrt man nicht mal eine Heuschrecke. Oder willst du etwa, dass man die Leiche findet, bevor wir auf und davon sind?«

»Leg selbst einen Zahn zu, anstatt mich zu beschimpfen«, gab er gedämpft zurück. Am liebsten hätte er sie angebrüllt, doch er schaffte es gerade noch, sich zurückzuhalten.

Der Schweiß tropfte aus sämtlichen Poren seines Körpers.

»Sagt das allen Ernstes derjenige, der jemanden umgebracht hat? Kaltblütig gemeuchelt?« Sie lehnte sich auf den Spaten und funkelte ihn an. »Allen Ernstes?«, wiederholte sie höhnisch, und feiner Speichel flog ihm entgegen.

»Du hast recht. Aber mach bitte weiter, bald bricht der Tag an. Dann fliegt alles auf, und wir sind beide verloren.« Er ärgerte sich über den kleinlauten Ton in seiner Stimme, doch er befürchtete, wenn er der Aggression, die in ihm brodelte, freie Bahn ließ, würde er vielleicht neben der Leiche in der Grube landen.

Ja. Er gestand es sich ein. Er hatte Todesangst vor ihr. Vor der Frau, die er einmal geliebt hatte, mehr als sein eigenes Leben. Oder war das nur einer dieser dummen Sprüche, leicht dahingesagt, weil sie so selbstlos klangen, jedoch meilenweit von der Wahrheit entfernt?

»Träumst du?« Sie stieß ihm grob in die Rippen. »*Wir* sind verloren?« Sie schnaufte abschätzig. »Das stell ich mal definitiv in Frage. Hör sofort mit diesem irrsinnigen Gelaber auf, sonst bin ich weg, und du kannst schauen, wie du mit der Situation zurechtkommst, in die du dich hineinmanövriert hast. Ohne meine Hilfe bist du doch völlig aufgeschmissen. Keiner weiß das besser als du, stimmt's?«

Der Mond schob sich durch eine Wolke und warf einen seltsam irisierenden Schatten auf ihr Haar.

»Bitte«, sagte er leise, »bitte lass mich nicht hängen. Wir schaffen das nur zu zweit.« Es kam ihm vor, als winselte er wie ein getretener Hund. Er wusste zwar nicht, was diese armen Tiere wirklich spürten, wenn ihnen jemand Schmerz zufügte, aber er glaubte, es zu erahnen.

»Dann tu, was ich dir sage. Schließlich bist du von uns beiden der Mörder.«

Das Wort »Mörder« zerschnitt sein Herz in zwei blutende Hälften.

War er das denn, ein Mörder?

In seinem Kopf ging alles drunter und drüber, drehte sich wild umeinander wie die bunten Steinchen in einem Kaleidoskop. Kaum entstand ein Muster, zersplitterten die Farben in unendlich viele glitzernde Einzelteile.

»Habe ich es wirklich getan, oder warst du es?«

Obwohl er meinte, er hätte die Frage nur gedacht, spürte er die scharfe Kante der Schaufel an seiner Schläfe.

»Au!« Er schrie gequält auf und stürzte seitlich zu Boden.

Es roch bitter und schal und nach Verwesung.

»Sei nicht so wehleidig, du weißt genau, was du getan hast, und *ich* weiß es auch. Steh auf und spiel hier nicht die Mimose.«

Mühsam rappelte er sich hoch, der Hieb hatte eine blutige Schramme in seiner Haut hinterlassen.

Mit dem Zipfel seines Hemdes wischte er Blut und Schweiß weg und murmelte: »Entschuldige bitte. Ich weiß, wie viel ich dir zu verdanken habe. Vertragen wir uns wieder. Bitte.«

Klein kam er sich vor und jämmerlich.

Sie näherte sich ihm jäh, und er musste sich beherrschen, nicht zurückzuweichen, doch sie legte sanft ihre Arme um seinen zitternden Körper.

»Verzeih mir. Das eben wollte ich nicht. Ich könnte dir niemals wehtun. Lass es uns zu Ende bringen, und dann vergessen wir, was heute Nacht geschehen ist, und kehren nie wieder an diesen verdammten Ort zurück.«

»Ja, meine Geliebte. Genauso machen wir es. Dieser Ort

ist verflucht. Es fühlt sich an, als läge ein böser Zauber auf ihm.«

»So ist es.«

Sie schaufelten mit vereinten Kräften das Grab tief und tiefer, schütteten es zu und passten es gekonnt der Umgebung an.

1

Adele

Ihr Häuschen war klein, doch an einem der wunderbarsten Orte der Welt gelegen.

Venedig.

Venezia.

Venice.

Wohl Hunderte Male hatten sie in letzter Zeit unabhängig voneinander, manchmal auch gleichzeitig, den Namen ihrer Lieblingsstadt ausgesprochen und dabei glückstrahlend gelacht.

Jetzt saßen sie, abgeschirmt von Nachbarn, mit Freunden in ihrem bezaubernden Minigarten, umgeben von Oleander und Sträuchern, die sie zuvor höchstens mal in einem botanischen Garten bewundert hatten und deren Duft betörend war. Adele konnte nicht genug von diesem Geruch bekommen.

Sie waren noch nicht lange verheiratet und schwebten auf einer wahrhaft rosaroten Wolke allumfassender Liebe.

Fröhlich prosteten sie einander zu, und Adeles Freundin Giovanna legte den Arm um sie. Die anderen naschten Chips und Pistazien, die zwischen ihren Zähnen knirschten.

»Flüstere mir noch mal eure tolle Geschichte ins Ohr«, hauchte Giovanna. Und Adele erzählte.

Ursprünglich kamen Niklas und sie aus Hamburg, waren aber beide zum Studium fortgezogen, er zunächst nach Köln, sie direkt nach Berlin. Und dort hatten sie sich dann endlich kennengelernt, nach der Arbeit in einem Club. Sie waren sofort ineinander verschossen gewesen und hatten von da an fast jede freie Minute miteinander verbracht.

Bald schon stellte sich die Frage, ob sie denn nicht zusammenziehen wollten. Es bedurfte nur eines einzigen Blickes, und die Antwort war klar. Sie wohnten in unterschiedlichen Vierteln, er in Berlin-Mitte, sie an der Grenze von Pankow zu

Prenzlauer Berg. Klang gut, war es aber nicht. Die Entfernung zueinander war ebenso groß wie der Weg zu ihren Arbeitsstätten.

Sie überlegten gründlich und sorgsam, welche Kriterien ihr gemeinsames Heim erfüllen sollte, und es war Adele, die schließlich ihrem geheimen Traum Ausdruck verlieh.

»Was hältst du von einer anderen Stadt, nicht hier in Deutschland?«

Niklas verstand nicht gleich, er schaute sie eine Weile verdutzt an. »Gleich ein kompletter Länderwechsel?«

»Warum nicht? Was spricht dagegen?«

Zuerst antwortete er nicht, dann forderte er sie mit ernster Miene auf: »Schließ deine Augen. Eine so bedeutungsvolle Entscheidung ist nämlich nicht ohne Bedingungen zu treffen.«

»Jetzt machst du mir Angst.« Adele war kurz erschrocken über den abrupten Wechsel seiner Stimmlage und riss gegen seine Anweisung ihre hellen, graugrün schimmernden Augen weit auf.

»Worum habe ich dich gerade gebeten, mein Liebling? Hör bitte ein einziges Mal auf mich. Auch wenn es dir schwerfällt.«

»Ach ja. Augen zu.« Jetzt gluckste sie, und eine unbestimmte Last, deren Anwesenheit sie zuvor gar nicht recht gespürt hatte, fiel von ihren Schultern. »Aber beeil dich, ich platze gleich vor Ungeduld.«

Sie kauerte auf dem Perserteppich, ihre zarten Hände vorm Gesicht, und hielt den Atem an, als eine wunderschöne Musik erklang. Sie kam wohl aus Niklas' iPhone.

»Into the great wide open … under them skies of blue.«

Adele sprang auf und umarmte Niklas innig.

»Einer meiner Lieblingssongs von Tom Petty! Heißt das«, sie schmiegte sich an seinen Hals, »du sagst Ja zu einem länderübergreifenden Ortswechsel?«

»Wie vorhin angedroht, nicht ohne eine gewisse Bedingung.« Er hielt sie ein Stück von sich weg und zog eine kleine Schachtel aus der Tasche seiner schwarzen Jeans.

»Das … ist doch nicht das, was ich vermute?«

»Nichts würde mich seliger machen, als wenn du das Gleiche willst wie ich, mein Schatz.«

»Oh.« Sie schluckte und rang nach Worten. Ihr wurde heiß, dann brach es aus ihr heraus. »Es ist genau das, was ich mir insgeheim erhofft hatte«, jubelte sie und nahm den Ring, der in einer Schlaufe im blauen Samt steckte, heraus. Ein paar Sekunden ließ sie ihn auf ihrem Handteller liegen, um ihn anzusehen, und schob ihn dann über ihren Finger.

Ergriffen betrachtete sie ihn. »Passt haargenau«, sagte sie leise.

»Natürlich, schließlich habe ich mich bei deinen Freundinnen nach deiner Ringgröße erkundigt. Die sind übrigens nicht so verschwiegen, wie sie es einem gern vormachen. Als eine von ihnen – ich sage nicht, wer – mir nahelegte, neben der Ehe auch eine Luftveränderung in Erwägung zu ziehen, habe ich so lange nachgebohrt, bis sie mir verraten hat, was du dir wünschst. Und wohin es dich zieht. Was mich in meinen eigenen Plänen nur bestärkt hat. Adele, wenn wir eine so große Veränderung planen, gehört unsere Liebe besiegelt.«

»Sag mir ruhig ihren Namen. Diese Verräterin nehme ich mir demnächst mal gründlich vor. So eine Geheimnistuerin«, entgegnete Adele grinsend. »Was heißt das alles eigentlich im Detail?«, fragte sie dann.

»Wir kündigen unsere Wohnungen. Ich habe mich bereits in Venedig mit einigen Immobilienmaklern besprochen und glaube, etwas für uns Passendes gefunden zu haben. Im Rathaus war ich auch schon. Das war, als du dachtest, ich wäre auf dem Seminar in München.«

Adele hatte selbst hin und wieder Außentermine und war daher nicht verwundert gewesen, als Niklas für ein paar Tage weggefahren war. Sie hatte ihn zwar vermisst, aber dadurch endlich wieder mal Zeit gehabt, ausführlich mit ihren drei Freundinnen zu quatschen.

»Weißt du noch?«

»Ja, ja«, sagte sie ungeduldig. »Jetzt spann mich nicht so auf die Folter. Berichte mir sämtliche Details.« Sie kuschelte sich an ihn, seinen Ring am Finger, und zerzauste liebevoll seine hellblonden, dichten Locken.

Sie war aufgeregt wie nie zuvor.

Ihr ganzes Leben änderte sich gerade, drehte sich wie ein Wirbelwind um die eigene Achse.

Immer noch sang Tom Petty, und in Adeles Augen brannten Freudentränen. Schnell wischte sie mit einem Papiertaschentuch über ihre Wangen.

»Willst du mich denn heiraten?«

»Ja«, antwortete sie leise und fügte dann lauter hinzu: »Ja, Niklas, ja, ich will.«

»Und ich, mein Liebling, will das auch. Mein Ja hast du für immer und ewig.«

Der Tag, an dem Niklas ihr den Antrag machte, hatte begonnen wie viele, doch er endete mit einem gegenseitigen Ja, das der Startpunkt für ihr gemeinsames Leben hier in Venedig gewesen war und das sie nur als Ausdruck des höchsten Entzückens bezeichnen konnte. Immer wieder schwelgte sie in den Erinnerungen und Emotionen dieser außergewöhnlichen Story, die noch dazu ihre eigene war.

»Das ist eine der bezauberndsten und berührendsten Liebesgeschichten, die mir je untergekommen ist«, sagte Giovanna mit ihrem rauen Timbre.

Verdammt, sie redete wieder nur von sich und Niklas. Auch wenn Giovanna sie dazu aufgefordert hatte, war das keine Entschuldigung für sie als Gastgeberin. Kein Wunder, dass drei der anderen Freunde verstohlen gähnten.

Adele besann sich ihrer Rolle und holte eine weitere Flasche Prosecco aus dem Kühlschrank und von der marmornen Anrichte die bereits zubereiteten köstlichen Cicchetti, winzige Häppchen, belegt mit lokalen Spezialitäten. Eine venezianische Besonderheit, hübsch angerichtet auf der Silberplatte ihrer verstorbenen Großmutter. Adele bevorzugte Baccalà mantecato, einen Cremeaufstrich aus Stockfisch, Niklas hingegen mochte seine am liebsten pur mit Acciughe, den salzigen Sardellen, auf frisch gerösteten Brötchen mit einem Klecks Butter.

Zum Essen zogen sie sich mit ihren Gästen vom Garten auf die überdachte Terrasse zurück.

Während sie aßen und tranken, fühlte Adele sich heiter und sorglos. Giovanna berichtete inzwischen von einem Skandal, der die großen Luxusliner betraf. Eine hitzige Diskussion entstand, alle wollten ihr geliebtes Venedig retten. Adele war zwar oberflächlich am Gespräch beteiligt, geistig jedoch ganz woanders. Immer wieder spulte sie den wunderbarsten Tag in ihren Gedanken ab. Das geschah ihr häufig. Nicht nur Giovanna, auch sie konnte von ihrer Lovestory nicht genug kriegen.

Endlich servierte Niklas die von ihm gebackene Zitronentarte, holte kleine Teller und Besteck aus der Küche und stellte alles unter den begeisterten Rufen ihrer Gäste auf den schmiedeeisernen Tisch.

»So, und jetzt genießen wir den restlichen Abend, bis wir so müde und hageldicht sind, dass wir in der Morgenröte im Sitzen einschlafen.«

»Da bin ich dabei, mein Schatz.«

Er fand einfach die passenden Worte für jede Gelegenheit. Adele war auf den haargenau richtigen Mann getroffen, sie ergänzten einander perfekt, und bis auf ein paar geringfügige Kabbeleien hatte es noch nie Streit zwischen ihnen gegeben. Und wenn es nach ihr ginge, würde das ein Leben lang so bleiben.

Sie waren füreinander geschaffen.

Niklas

Er fand Freude daran, seine Liebste bei allem zu unterstützen. Natürlich sonnte er sich gern ein wenig in der Bewunderung ihrer gemeinsamen Freunde, die unaufhörlich betonten, wie gut sie beide zueinanderpassten und was für ein hervorragender Koch er doch sei.

Klar, manchmal nervte ihn das Chaos, das Adele hinterließ, wenn sie sich in der Küche zu schaffen machte. Kaum bereitete sie ihm einen Espresso, konnte er sicher sein, dass die Tischplatte voll Kaffeepulver war. Als »Kreatives Kochen« bezeichnete er ihre Unordnung flapsig und neckte sie damit.

Statt gekränkt zu sein, schenkte sie ihm in solchen Momenten jedoch bloß ein zärtliches Lächeln, das sein Herz unmittelbar schmelzen ließ. Beinah kam er sich boshaft vor. Adele war in einem begüterten Elternhaus aufgewachsen. Für sie war es von jeher selbstverständlich gewesen, verwöhnt zu werden.

So merkte sie gar nicht, dass er das meiste im Haushalt allein erledigte, beginnend mit den Einkäufen bis hin zur Zubereitung ihrer Mahlzeiten. Für Adele war es normal, bedient zu werden, sie kannte es nicht anders.

Als sie mit Marlene, ihrer besten Freundin seit Schulzeiten, nach dem Abitur in eine sehr kleine Wohnung gezogen war, um mit dem Studium zu beginnen, hatte Marlene die Bude auch allein geschmissen. Sie räumte Adeles Zeug weg, trug die Mülltüten zu den Containern, räumte die Geschirrspülmaschine ein und aus, und mit der Waschmaschine war es dasselbe.

Adele schenkte ihr dafür angesagte Parfums und coole Lippenstifte, sie war ja nicht undankbar und hatte sich auch den Angestellten ihrer Eltern gegenüber immer großzügig gezeigt.

Und doch liebte Niklas sie vom ersten Moment ihrer Begegnung an abgöttisch.

Als er ihr damals den Antrag machte, war er sich zuerst unsicher gewesen, ob er ihren Geschmack beziehungsweise ihre Vorstellung von einem angemessenen Verlobungsring getroffen hatte, trotz Marlenes Unterstützung.

Aber Adele hatte sich an ihn gekuschelt und sich stürmisch für seinen Antrag bedankt.

Damit war ihr Pakt besiegelt.

Es gab nichts mehr, worüber er nachdenken musste.

Dennoch, manchmal hatte Niklas den Eindruck, dass er sich mit Adele in einer Welt befand, die nicht die seine war.

Diese Leute, die hier mit ihnen in ihrem superkleinen Garten saßen, an edlen Getränken nippten, die Adele haufenweise herangeschleppt hatte, und die köstlichen Häppchen in sich hineinschaufelten, die er sorgsam zubereitet hatte, waren sie wirkliche Freunde oder bloß Nutznießer von Adeles Reichtum?

Jeder hier wusste, wer ihr Vater war, jeder kannte seine Börsenkurse. Und alle wollten bei ihnen eingeladen werden – eine Gunst, die Adele gern und für seinen Geschmack viel zu häufig gewährte.

Okay, die anscheinend selbst gut betuchte Giovanna war eine ehrliche Haut, zumindest gab sie sich nach außen hin so. Und seine entzückende Frau nahm ihr das ohne jeden Zweifel bedingungslos ab.

Während ihre italienischen Freunde vergnügt dem Pinot Bianco, Chardonnay und zu späterer Stunde dem Merlot zusprachen – der Prosecco war längst alle, die herrlich belegten Cicchetti bereits aufgegessen, und von der Zitronentarte gab es nur noch ein, zwei bröselige Stückchen –, erinnerte Niklas sich an den Heiratsantrag, den er Adele auf dem Perserteppich in ihrer kleinen Wohnung in Berlin gemacht hatte.

Sie hatte ihn so verliebt angesehen.

Irgendeine Stimme riss ihn aus seinen Erinnerungen zurück in die Gegenwart.

Adele, die nicht so viel wie er oder ihr Freundeskreis vertrug, wäre fast von seinem Schoß gerutscht, hätte er sie nicht festgehalten.

»Ich habe zwar vorhin was anderes verkündet, aber mein Liebling träumt schon«, sagte er lachend.

Die Gäste verstanden, nickten beschwipst und bedankten sich herzlich. Einer nach dem anderen verließ ihren Zaubergarten und versprach, sich bald zu melden. In Venedig selbst ging man zu Fuß oder nahm ein Vaporetto. Von ihrer kleinen Insel, der Giudecca, kamen sie nur mit dem Boot über den Kanal zur Anlegestelle in der Stadt. Niklas kannte den Fahrplan nach Zattere auswendig.

Schließlich war auch der letzte Gast, dessen Privatboot an einem der schmalen Kanäle ankerte, auf dem Heimweg, und sie beide waren endlich allein.

Niklas konnte nicht anders, als seine Adele zu beschützen. Er zweifelte an so vielem und war verdammt misstrauisch, was die wahren Beweggründe dieser »Freunde« anging.

Aber seine bezaubernde Frau brachte für seine Bedenken nicht das geringste Verständnis auf. Sie warf sich arglos in die Arme derer, die sie vorgeblich verehrten und bewunderten. Adele war die Liebe seines Lebens, aber in erschreckender Weise leider auch naiv und gutgläubig.

Niklas wischte sich den Schweiß von der Stirn. Obwohl es inzwischen weit nach Mitternacht war, lag die feuchte Schwüle immer noch in der Luft.

»Ah!« Er stöhnte zufrieden, als sie ins Haus gingen und sich auf dem breiten Sofa niederließen.

Adele setzte sich wieder auf seinen Schoß. Sie schmiegte sich an ihn und roch so köstlich nach diesem Parfum, dessen Namen er sich nicht merken konnte. Am liebsten wäre er aufgesprungen, hätte sie durch die Luft geschwenkt und lauthals gelacht.

»Endlich sind sie alle weg. Es ist so schön, mit dir allein zu sein«, flüsterte er.

Blöd war bloß, dass sie so ein, wie sie meinte, besitzergreifendes Verhalten nicht billigte.

Adele liebte es, sich in Gesellschaft zu bewegen, Niklas hingegen zog die Zweisamkeit vor.

Er trug Adele, die bereits eingeschlafen war, hoch in ihr Bett, um das er umsichtig ein Moskitonetz gespannt hatte. Lange Zeit saß er nur so da und betrachtete seine leise schnarchende Schönheit. Ihr dichtes rotes Haar breitete sich auf dem cremefarbenen Kissen aus. Und die langen Wimpern ihrer wunderbaren graugrünen Augen warfen Schatten auf ihre zarte blasse Haut.

2

Konstantin

War es eine Stunde, zwei oder schon drei, die er mit trübem Blick vor dem Display seines Notebooks saß? Immer wieder wurde der Bildschirm schwarz, schlief ein, und Konstantin erweckte ihn erneut zum Leben.

Es fiel ihm seit einiger Zeit immer schwerer, sich zu sammeln und auf eine Stelle des Manuskriptes zu fokussieren. Für Tätigkeiten, die ihm früher leicht von der Hand gegangen waren, brauchte er viel zu viel Zeit.

Das Problem war nicht der nahende Abgabetermin seines kunsthistorischen Artikels über den deutschen Maler Caspar David Friedrich an den Verlag, das Cheflektorat dort war großzügig. Sein Mangel an Konzentrationsfähigkeit war es, was ihm zunehmend Sorgen bereitete.

Wahrscheinlich fühlte sich jemand mit ADHS ganz ähnlich.

Starrte er mal nicht auf die Zeilen seines Textes, dann wippte sein rechter Fuß so heftig, dass er mit dem Knie ununterbrochen an die Tischkante stieß. Der dabei entstehende schmerzhafte Reiz versandete aber wohl irgendwo in seinem Rückenmark und wurde nicht ans Gehirn weitergegeben. Ganz unpraktisch fand er diesen fehlerhaften Vorgang nicht, er ersparte ihm weiteres Leid.

Ständig war er in Gedanken woanders, häufig an Plätzen, die er lieber mied und die ihm Angst einflößten, immer seltener an Orten, die er früher einmal romantisch gefunden hatte.

Auch das Schlafen bereitete ihm Qualen, fortwährend schreckte er aus chaotischen Träumen hoch, deren Erinnerungsfetzen er keinem Gesamtzusammenhang zuordnen konnte.

Zu allem Überfluss litt er noch dazu an einer Art Dauerhunger; sein Appetit war kaum zu stillen. So futterte er zu

Veronikas Missfallen Unmengen salziger Cracker, scharfer Wasabinüsse oder gebrannter Mandeln. Nougatpralinen hatten es ihm ebenso angetan. Am liebsten aber verschlang er ein weiches Karamellbonbon nach dem anderen. Allein das Rascheln der Hülle, wenn er das herrlich süße beige Ding daraus löste, ließ den Speichel in seinem Mund fließen.

Es war, als wollte er ein seelisches Defizit, das er sich als tiefes schwarzes Loch in seinem Inneren vorstellte, durch ein Übermaß an Nahrung ausfüllen. Mindestens fünf Kilogramm hatte er in kurzer Zeit zugenommen. Dem Rotwein am Abend widmete er sich nicht weniger großzügig. Fast keine Nacht mehr fiel er nicht betrunken ins Bett.

Dennoch konnte er kaum durchschlafen. Nicht mal Veronikas körperliche Nähe konnte seine »Zustände«, wie sie dieses häufige Aufschrecken nannte, besänftigen.

Heute Abend hatten sich zu allem Überfluss spontan Gäste angekündigt. Ein ehemaliger Kommilitone mit seiner Frau wollte ihn unbedingt wiedersehen.

Doch er wusste um das damit verbundene Problem. Er konnte die beiden nur allein empfangen.

Obwohl Konstantin sich seit einer Weile von seiner Umwelt völlig abschottete, hätte er sich auf Jochens Gesellschaft gefreut. Und mit Luise und ihrem unerschöpflichen Reichtum an Geschichten ginge ihnen der Gesprächsstoff ohnehin nie aus. Viel zu lange schon hatte er die beiden alten Freunde nicht gesehen. Vielleicht fand sich ja eine Lösung?

»Veronika!«, rief er. »Jochen und Luise, du weißt schon, mein Kommilitone an der Humboldt-Uni und seine Frau, wollen heute Abend hier vorbeischauen.«

Sofort öffnete sich die Küchentür, und ein Duftschwall des im Ofen garenden Rosmarinhühnchens drang in sein Arbeitszimmer. Unmittelbar lief ihm das Wasser im Mund zusammen. Sein Magen knurrte hörbar.

Veronika kam mit unergründlichem Blick geradewegs auf ihn zu und stoppte erst vor seinem Schreibtisch.

»Mmh«, machte sie und noch mal: »Mmh.« Dabei drehte sie

nachdenklich den Kopf von links nach rechts, und er hörte ihre Genickwirbel knacken. Auffordernd sah sie ihn an. »Vielleicht würde dir ein wenig Abwechslung guttun? Du wirkst so in dich gekehrt, fast schon depressiv auf mich. Seit Wochen geht das so. Und ich ertrage deine melancholische Stimmung nur schwer.«

Der Vorwurf in ihrer Stimme war kaum zu überhören. Ein Schauer rieselte über Konstantins Rücken. Er stand abrupt auf und stieß dabei seinen Drehstuhl heftig zurück. Die Rückenlehne krachte gegen das an der Wand befestigte Regal, und zwei dicke Wälzer polterten zu Boden.

Veronika lief um den Tisch herum, bückte sich, hob die Bücher auf, pustete den Staub weg und stellte sie zurück zu den anderen. »Typisch«, sagte sie aufgebracht. »Alles ist so schmutzig. In allen Ecken Wollmäuse. Ich sollte vielleicht sauber machen, bevor deine Gäste kommen.«

Konstantin ließ sich auf seinen Drehstuhl fallen und rollte zurück an die Schreibtischkante. Ein unbestimmtes Gefühl überkam ihn. War es Panik? Veronika konnte doch nicht allen Ernstes einen gemeinsamen Abend wollen.

»Du … du«, begann er und dachte angestrengt nach, wie er mit der Situation umgehen sollte.

Jetzt nur keinen Fehler machen.

Er durfte Veronika nicht verärgern oder gar kränken, aber so wie es aussah, führte kein Weg daran vorbei.

Während er in Gedanken behutsam formulierte, was er ihr gleich sagen würde, klatschte sie laut in die Hände.

Erneut fuhr er zusammen und wischte dabei versehentlich einen Kugelschreiber von seinem Schreibtisch. Klackernd fiel er zu Boden. Konstantin bückte sich und griff danach. Ein brennender Schmerz fuhr seine Wirbelsäule entlang.

»Au«, stöhnte er verhalten.

Sein fünfter Lendenwirbel machte ihm seit einiger Zeit wieder ziemlich zu schaffen.

»Okay, genug Trübsal geblasen. Dachtest du etwa, ich würde hierbleiben und den Abend mit euch verbringen? Ich gehe lieber mit einer meiner Freundinnen zum Inder. Die jammern schon, dass wir uns viel zu selten sehen, und du weißt, wie gern ich Palak Paneer esse.«

»Ah. Ja. Nein, natürlich dachte ich das nicht«, antwortete Konstantin und atmete beherrscht durch die Nase aus. »Gute Idee, mein Herzchen.«

Veronika verdrehte die Augen in der Annahme, dass ihm das entging.

»Das Hühnchen lass ich euch. Wenn ich dabei wäre, würde der Abend schneller in Schieflage geraten als eine Segelyacht bei Sturm. Also, was hältst du von meinem Vorschlag?«

Konstantin hoffte, dass ihm die Erleichterung nicht allzu deutlich anzusehen war. Sie hatte es genau auf den Punkt gebracht.

»Das … klingt großartig. Nicht, dass du fortgehst. Ich meine, ich hätte dich lieber ständig an meiner Seite. Aber es scheint eine hervorragende Idee zu sein. Du bekommst endlich wieder mal dein scharfes Grünzeug mit dem grässlichen Käse, der vielleicht gar keiner ist, sondern analog«, er kicherte verkrampft, »und ich muss nicht mit ins Restaurant, sondern quatsche stattdessen mit Jochen über alte Zeiten. Mir fällt schon was ein, warum mein Schatz zwar für uns gekocht hat, aber nicht mit von der Partie ist.«

Veronika wirkte zufrieden; sie warf ihm eine Kusshand zu. »Ich bereite alles für euch vor. Und du schickst mir eine Nachricht, wenn die Luft wieder rein ist und ich«, jetzt kicherte sie ebenfalls, »nach Knoblauch riechend in unser Bett gekrochen kommen kann. Danach wirst du wohliger schlafen denn je und von fremden Ländern mit exotischen Gewürzen träumen.«

Nach einem weiteren durch die Luft zu ihm herüberschwebenden Kuss verschwand Veronika in der Küche.

Und Konstantin atmete aus.

Veronika

Was ist Konstantin doch für eine Memme, dachte Veronika und setzte sich mit einem Glas eiskalter Orangenlimonade ans offene Fenster.

Ein Hauch von Sommerluft umwehte ihr erhitztes Gesicht und trieb ihr den Schweiß auf die Stirn. Mit einem Blatt Küchenrolle tupfte sie die Feuchtigkeit weg und drückte das Glas kühlend an ihre Halsschlagader.

Mann, tat das gut.

Langsam nur beruhigte sie sich, und der Ärger wurde schwächer. Auch an ihren Nerven zerrte die unerquickliche Situation. Sie wollte versuchen, sich ihm gegenüber nicht mehr so biestig zu verhalten, und wieder fürsorglicher und zärtlicher werden wie zu Beginn ihrer Beziehung.

Dennoch, Konstantin hätte Jochen direkt am Telefon absagen müssen.

Schließlich war es nicht besonders höflich, sich selbst einzuladen, noch dazu so verdammt kurzfristig. Konstantin wäre daher eindeutig im Recht gewesen.

Aber so war er eben, ihr Konstantin, ein Duckmäuser, und dennoch liebte sie ihn. Vielleicht mehr denn je.

Sie hatten viel miteinander durchgemacht.

»Stopp!«, befahl sie sich halblaut.

Streng verbot sie sich jedes weitere Grübeln über das, was falsch gelaufen war.

Sie konzentrierte sich ganz auf das Gegenwärtige.

Ihr war ein freier Abend mit einer ihrer beiden Freundinnen – oder sogar allein – ohnehin lieber.

Kurzerhand rief sie Carolin an. Admira hatte stets diesen Blick, der Veronikas Gedanken durchbohrte, und sie war so verdammt beharrlich. Sie würde wissen wollen, was Veronika wohlweislich verschwieg.

Mit Carolin war es einfacher.

»Das kommt echt wie gerufen, Vroni.« Freude klang aus den Worten ihrer Freundin. »Der Zeitpunkt ist perfekt, mein

Freund ist gerade in Dresden auf einem Management-Seminar. Ich bin allein zu Hause und würde mich bei Netflix ohnehin zu Tode langweilen.«

So ein Quatsch. Wie konnte sich einer bei Netflix zu Tode langweiligen, bei dieser enormen Auswahl?

Das war wieder einer der Punkte, die sie voneinander unterschieden. Veronika liebte Serien, konnte nicht genug davon bekommen. Und wenn es doch mal passierte, klickte sie die nächste an. Aber Menschen waren eben eigenartig. Niemand sollte sich mit seinem Notebook langweilen. Veronika empfand so was als regelrechte Unart und Würdelosigkeit.

Doch statt eines Widerwortes, das ihr schon auf der Zunge lag, log sie lahm: »Sehe ich ähnlich. Dann ist es also abgemacht? Was hältst du von einem Abend beim Inder? Bei Bharat, unserem Lieblingstreffpunkt damals. Um neunzehn Uhr?«

»Toll. Ich bin dabei. Hast du Admira auch gefragt?«

»Nein. Ich dachte, wir gehen zu zweit.«

Veronika hörte Carolins Atem, der wie ein Luftstoß an ihr Ohr drang.

»Freut mich«, die Freundin hielt kurz inne, »auch wenn ich nichts gegen ein Treffen zu dritt gehabt hätte. Aber so ist es vielleicht besser. Nur wir beide. Also, ich ziehe mich bloß rasch um und bin schon auf dem Weg.« Gut gelaunt beendete Carolin ihr Gespräch.

Jetzt täte mir eine Zigarette gut, dachte Veronika und klopfte sich missmutig auf den Oberschenkel. Vor zwei Monaten hatte sie beschlossen, mit dem Rauchen aufzuhören, und diese Entscheidung wollte sie jetzt nicht revidieren, auch wenn es ihr schwerer fiel, als sie angenommen hatte.

Sie sprang abrupt von ihrem Küchenstuhl auf, schloss das Fenster und lenkte sich von ihrer Gier nach Tabak mit einem Schluck Limonade ab.

Sorgfältig, jedoch auch mit einer winzigen Spur Verächtlichkeit, deckte sie den Tisch für drei Personen. Sie schob die Servietten mit den Maiglöckchen unter die Gabeln. Danach bereitete sie die Vorspeise vor, italienischen Bresaola aus dem

Feinkostgeschäft auf Rucola, rieb Parmesan darüber, deckte den Teller mit Alufolie ab, pellte die zum Hühnchen gehörenden und auf den Punkt gekochten Kartoffeln und legte sie in die geölte Pfanne. Dann streute sie getrocknete Petersilie darüber und drapierte für später verschiedene harte sowie weiche Käsesorten auf einem Teller. Behutsam umwickelte sie diese letzte Speise mit Frischhaltefolie.

Käse schloss ja bekanntlich den Magen. Danach wären wohl alle pappsatt und würden ihre Wohnung hoffentlich in absehbarer Zeit verlassen.

Ihr Eisschrank war ein großer amerikanischer, der an einem Einzelplatz in Konstantins Küche stand. Auf dieses blaue Monstrum war ihr Schatz ungemein stolz. Manchmal ertappte sie ihn dabei, wie er mit seinen Fingerkuppen andächtig über die glänzende Fläche fuhr. Sobald er ihren amüsierten Blick bemerkte, zog er seine Hand verschämt zurück, als hätte sie ihn bei einer unanständigen Tat erwischt.

Veronika legte je eine Flasche Schaumwein und Müller-Thurgau in den Kühlschrank, Konstantins bevorzugten Weißen, und entkorkte den bereits ausreichend kalten Pinot Grigio.

Die hellrosa Farbe dieses italienischen Gesöffs hatte es auch ihr angetan.

»Ha, perfekt«, dachte sie laut und betrachtete zufrieden ihr Werk. »Das sollte passen.«

Beschwingt pfiff sie vor sich hin.

Im Badezimmer machte sie sich frisch, trug Make-up und weinroten Lippenstift auf, tuschte ihre Wimpern und knetete Wachs in ihre dunklen Locken, bis sie wie Spiralen um ihr Gesicht standen. Danach schlüpfte sie in ihr schwarzes Lieblingskleid, schlang ein buntes Tuch um ihren Hals und quälte sich mit ihren nackten, glatt rasierten Beinen in die Ankle Boots.

Umhüllt von einem frisch nach Melonen riechenden Parfum, ihrem Lieblingsduft, öffnete sie die Tür zu Konstantins Arbeitszimmer.

»Wie gefalle ich dir?«, fragte sie ihn neckisch und drehte sich im Kreis.

»Du siehst immer gut aus, aber heute Abend«, er stockte, »da fehlen mir die Worte. Ich liebe dich. Bitte pass bloß auf, dass du dir in deiner Ausgelassenheit nicht wehtust.«

Mann, Konstantin war so achtsam und fürsorglich, dass es kaum auszuhalten war.

»Das krieg ich schon hin. Mich wird kein Regentropfen erschlagen, abgesehen davon, dass gar kein Regen angekündigt ist.« Sie gluckste. »Und mehr als ein kleines indisches Bierchen trinke ich heute sowieso nicht.«

Kaum war der Satz draußen, hätte sie ihn gern zurückgenommen. Er klang provozierend.

Konstantin sah sie erschrocken an. »Du wolltest doch während der Schwangerschaft nicht mehr rauchen und trinken. Ist es mit deinen Vorsätzen schon wieder vorbei?«

Ging das jetzt nicht etwas zu weit?

Sie wollte dem Ungeborenen nicht schaden, wusste aber durchaus selbst, wo die Grenzen lagen. Die brauchte er ihr nicht aufzuzeigen.

»Krieg dich ein«, entgegnete sie vielleicht eine Spur zu heftig, denn er zuckte zusammen und murmelte etwas Unverständliches, das nach einer Entschuldigung klang. Eingeschnappt verzog sie ihre dick bemalten Lippen zu einem Schmollmund. »Willst du mir etwa Vorwürfe machen? Du?«

Er erhob sich und kam auf sie zu.

»Jetzt sei doch nicht gleich beleidigt. Ich werfe dir nichts vor. Aber Alkohol ist nicht die Lösung für unsere Probleme und schadet dem Kind. Und das will keiner von uns beiden.«

»Probleme? Spinnst du? Ich habe keine Ahnung, wovon du sprichst«, entrüstete sie sich.

Ungeduldig wickelte sie eine Locke um ihren Zeigefinger. Konstantin war ein jämmerlicher Typ. Manchmal fragte sie sich, wie sie es überhaupt noch mit ihm aushielt.

Sie besann sich. Es stand eindeutig zu viel auf dem Spiel. »Sorry, Kony, ich hab's nicht so gemeint. Doch ich weiß selbst, was ich vertrage und wo ich eine Linie überschreite. Ich habe keine Lust, nur ein langweiliges Glas Wasser zu meinem Lieblingsessen zu trinken. Und ein kleines Gläschen Bier ist kein Weltuntergang.« Sie fuhr sich über den Bauch und grinste verwegen. »Oder findest du mich zu dick?«

»Um Gottes willen!« Er fuhr hoch. »Wie kommst du auf so einen Quatsch? Du und dick? Du bist genau richtig, so wie du bist, und ich liebe jeden Zentimeter deines wundervollen Körpers.«

»Lass dir zur Abwechslung mal etwas Originelles einfallen. So einen Blödsinn geben Männer von sich, die ihre Frauen zu fett finden.«

»Veronika. Du weißt besser als jeder andere, wie sehr ich dich begehre. Ich kann mir ein Leben ohne dich nicht mehr vorstellen. Alles wäre leer und trostlos.«

Veronika wippte unschlüssig in ihren Ankle Boots auf und ab. Irgendetwas Freundliches, das die Spannung zwischen ihnen entschärfte, sollte sie wahrscheinlich sagen.

»Da ist es ja gut, dass ich nur dich will, Kony. Also hör mit dem Quatsch auf.« Sie hauchte ihm ein weiteres Luftküsschen hin. »Bitte sag mir Bescheid, wenn dein Besuch nach Hause gegangen ist. Dann mache ich mich sofort auf den Weg zu dir. Zufrieden?«

Konstantin lächelte.

Veronika überlegte einen kurzen Moment irritiert, ob es ein gequältes Lächeln war.

Nein, sagte sie sich entschlossen.

Konstantin war glücklich, und das würde auch so bleiben.

»Mein Gott, Veronika! Ich dachte schon, du kommst gar nicht mehr.«

Kaum hatte sie das indische Lokal betreten, wurde sie auch schon von Carolins Armen umfangen.

»Red kein dummes Zeug.« Veronika machte sich unwirsch los. Zu viel Nähe hatte sie noch nie vertragen. »Ich habe mich nur ein wenig verspätet. Das wirst du mir ja wohl verzeihen.«

»Klar. Hauptsache, wir sehen uns endlich mal wieder, und ich kann mich persönlich davon überzeugen, dass du noch lebst. Ich habe mir schon Sorgen gemacht, weil ich dich in letzter Zeit nicht erreichen konnte. Admira ging es übrigens nicht anders.«

»Tut mir leid. Es war so viel los, dass ich nicht dazu gekommen bin, eure Nachrichten zu beantworten. Ich bin ein Ungeheuer, ich weiß.«

Carolin lachte, Veronika stimmte bereitwillig ein und ließ sich von ihrer Freundin zum Tisch führen.

Es roch verführerisch nach Kreuzkümmel, Knoblauch, Kurkuma, Koriander, Minze und unterschiedlichen anderen Aromen, die sie nicht zuordnen konnte. Dieser spezielle Duft indischer Gewürze war für Veronika betörend.

Der Raum wirkte durch flackerndes Kerzenlicht aus verschnörkelten Laternen gespenstisch und irgendwie altbacken, kitschig. Hell, überlegte Veronika, ist es hier wirklich nicht, eher dämmrig. Vielleicht machen die das bewusst so, damit man nicht allzu genau mitbekommt, was sich auf den Tellern befindet.

»So etwas Doofes«, sagte sie ansatzlos, kaum dass sie saßen, und Carolin sah sie fragend an.

»Was meinst du?«

»Irgendetwas ist hier heute nicht so, wie es sein sollte.«

»Und was?«

»Vielleicht hat mich die Dunkelheit verunsichert. War das Licht hier schon immer so schummrig? Ich hatte das Restaurant moderner in Erinnerung.«

»Der Kerzenschein ist doch für die besondere Atmosphäre verantwortlich. Das war früher genauso, und dir gefiel es.« Carolin warf ihr einen skeptischen Blick zu. »Du wirkst verändert. Ist etwas passiert?«

Veronika schluckte trocken und setzte rasch das beschlagene Glas mit dem Lassi-Getränk an ihre Lippen, das Carolin bereits für sie bestellt hatte. Mann, tut das gut, dachte sie und genoss die Säure des Joghurts, die sich herrlich mit dem Salz vermischte.

Mit einem Lassi begannen all ihre indischen Abende, ihrer war stets würzig, wohingegen der von Carolin süß schmeckte.

»Nix ist passiert. Warum fragst du?«

»Ich war, weil du dich nicht gemeldet hast, mindestens dreimal bei dir und habe Sturm geläutet, aber niemand hat aufgemacht.«

Veronika zuckte zusammen. Sie stellte das Glas zurück auf den Tisch, und fast wäre es ihr aus den schweißnassen Fingern gerutscht.

»War wohl nicht zu Hause.« Ihre Stimme hörte sich kratzig an, ein Kloß in ihrer Kehle schien dafür verantwortlich. Abermals schluckte sie.

»Einer der Nachbarn, der mit dem weißen Haarkranz, kam aus seiner Wohnung, und als ich ihn nach dir fragte, meinte er, er hätte dich schon länger nicht mehr gesehen.«

»So ein Spinner«, würgte Veronika hervor. »Dem alten Lustmolch kann ich anscheinend nicht oft genug begegnen. Erst neulich habe ich ihm geholfen, sein Fahrrad in den Keller zu tragen.«

»Na ja, ich kann verstehen, dass du ihn nicht allzu gern triffst. Aber für mich klang es irgendwie glaubhaft. Du wohnst doch noch dort?«

»Wo soll ich denn sonst wohnen?«, fragte Veronika schnippisch.

»Vielleicht bei deinem neuen Liebhaber, von dem du bei unserem letzten Treffen erzählt hast?«

»Ach der, die Geschichte ist längst Schnee von gestern. Es ist auch nie wirklich etwas vorgefallen. Eine blöde Spinnerei«, log sie.

»Das bezweifle ich gar nicht. Aber trotzdem stimmt mit dir etwas nicht. Du bist anders.«

»Dann muss ich diesen Eindruck gleich mal korrigieren.«

Veronika winkte den Kellner an den Tisch und bestellte eine Flasche vom besten Weißen auf der Karte.

»Jetzt bist du endlich wieder ganz die Alte.« Carolin strahlte sie an. »Lass uns bestellen. Ich komme um vor Hunger.«

In einhelligem Schweigen verschlangen sie ihre Vorspeise, eine Portion frittierte Gemüse-Pakoras, und vertilgten danach

Hühnchen Tikka Masala und Palak Paneer. Die Flasche Wein war schnell geleert, und Veronika hatte nur an ihrem Glas genippt. Carolin war das nicht mal aufgefallen.

Die Freundin knabberte an den Resten des Naanbrots. Sie kam Veronika wie ein Hase vor, der sich eine Karotte einverleibte. Eigentlich mochte sie Carolin nicht. Sie war ihr zu neugierig und mischte sich ständig in Angelegenheiten, die sie nichts angingen. Trotzdem waren sie seit Langem befreundet. Und wenn Veronika ehrlich zu sich selbst war, wer außer Carolin war ihr über die Jahre geblieben?

Okay, Admira. Aber die trieb es noch ein Stück schlimmer als Carolin. Ständig wollte sie jedes auch noch so kleine Detail aus Veronikas Leben wissen und analysieren. Wen wunderte es da, dass sie sich länger nicht bei ihren Freundinnen gemeldet hatte?

Andere, die sie auf Abstand halten musste, gab es nicht mehr. Allmählich, ohne dass es groß auffiel, hatten sich ihre restlichen Bekanntschaften in Luft aufgelöst.

Nur Carolin und Admira waren ihr treu geblieben.

Um nicht weiter nachdenken zu müssen, überlegte Veronika, sich eine Nachspeise zu bestellen.

Carolin fuhr sich durch das kurz geschnittene Haar, das sie selbstverliebt »Bubikopf« nannte, und Veronika konnte nicht umhin, die fettige Spur anzustarren, die ihre Finger darin hinterlassen hatten.

»Äh … da klebt jetzt das ganze ölige Zeug vom Knoblauch-Naan drin. Sieht ekelig aus.«

Carolin wurde knallrot, und ihre Gesichtsfarbe biss sich mit der orangen Hennafärbung dessen, was von ihren ehemals langen Locken übrig geblieben war.

»Mensch, bin ich daneben. Das kommt sicher vom Alkohol.« Sie kicherte.

»Dann legen wir mal nach.« Veronika grinste dem Kellner zu.

Schon standen zwei Flaschen Cobra-Bier vor ihnen.

»Du trinkst, wie mir scheint, weniger als früher. Den Wein

habe ich fast allein geleert. Hast sicher recht, vom Alkohol wird man eh bloß fett.« Carolin, die zaunlattendürr, fast schon klapprig war, musterte Veronika. »Hast du zugenommen?«

»Quatsch. Mein Gewicht ist immer dasselbe. Daran hat sich nie etwas geändert.« Veronika hätte Carolin am liebsten eine Ohrfeige verpasst.

Ihre Freundin konnte ganz schön gehässig sein.

Doch sie musste sich beherrschen, durfte jetzt nicht überreagieren.

»Wenn du meinst. Ist ja deine Sache«, sagte Carolin beschwichtigend, die wohl instinktiv einen Rückzieher machte.

Veronika konnte sich einfach nicht zurückhalten. »Möglicherweise würde auch mir eine Chemo guttun. Bei dir hat sie ja einiges bewirkt.«

Schlagartig wich die Farbe aus Carolins Wangen, und sie wurde blass. Verstört knetete sie ihre Serviette und wischte damit über ihren Mund.

Eine Nachricht leuchtete auf Veronikas Handydisplay auf, und Veronika dankte Konstantin im Stillen dafür.

»Sorry, ich muss los!« Sie sprang auf und ließ Carolin betroffen zurück. »Beim nächsten Mal geht die Rechnung auf mich!«, rief sie auf dem Weg zur Tür und wusste, dass es kein nächstes Mal geben würde.

Hatte sie es unbewusst darauf angelegt?

3

Adele

Adele räkelte sich.

Das war Glück pur.

Neben ihr schnarchte Niklas leise und melodisch. Es klang wie der Refrain eines Liedes. Sie konnte gar nicht genug davon bekommen.

Gefiel ihr das deshalb so, weil sie unsterblich in diesen Mann verliebt war?

Bei ihren früheren Freunden war sie stets kurz davor gewesen, den grauenvollen Geräuschen, die nachts aus ihren Kehlen drangen, mit einem Kissen ein Ende zu bereiten.

Sie kicherte in sich hinein. Natürlich hätte sie so etwas nie getan, Mord war nicht ihr Geschäft.

War das nicht auch der Titel eines Krimis?

Egal.

Doch Niklas' rhythmisches Glucksen bereitete ihr Wohlbehagen und entspannte sie wie das gleichmäßige Rauschen eines Baches, es lullte sie ein.

Venedig war nicht einfach nur Venedig.

Nicht umsonst hatten sie sich entschlossen, auf die Giudecca zu ziehen, eine lang gezogene Inselgruppe im Süden der Stadt. Nur durch einen breiten Kanal getrennt vom historischen Kern der kleinen Stadt, die mit einer Fläche von achtundfünfzig Komma neun Hektar von Touristen übervölkert war und zu jeder Jahreszeit fast zu Tode gestampft wurde.

Vielleicht nannte man diese Hauptspazierstrecke deshalb auch gern »Trampelpfad«.

Die Fahrt von der Giudecca dauerte erstaunlicherweise kaum mehr als drei Minuten.

Adele atmete tief ein und dann langsam aus. Manchmal war sie ein wenig nervös. Angespannt, nannten ihre Eltern ihre lästigen Gefühlswallungen. Niklas hingegen fand diese kleinen Macken liebenswert.

Sie war so über alle Maßen glücklich, hier zu sein, mit Niklas, ihrer großen Liebe.

Dennoch und vielleicht auch gerade deshalb freute sie sich darauf, gleich ihre Freundinnen zu treffen. Es glich für Adele jedes Mal einem Wunder, mitten in Venedig in einer der coolen Bars am Campo Santo Stefano zu sitzen. Wie oft hatte sie sich schon gefragt, wann der schiefe Turm der Kirche über ihr zusammenbrechen würde? Mindestens hundertmal.

Der Statue des Gelehrten Niccolò Tommaseo von Francesco Barzaghi aus dem Jahr 1882, die sich mitten auf dem Platz befand, zwinkerte sie häufig zu.

Sie war nun keine Touristin mehr wie in all den zurückliegenden Jahren, nein, sie hatte hier einen ordentlichen Wohnsitz.

Na ja, überlegte sie schmunzelnd, ordentlich war ihr Zuhause nur, wenn ihr Ehemann sich darum kümmerte.

Ihr Ehemann. Adele konnte es immer noch nicht glauben, dass einer wie Niklas sie so sehr lieben konnte, dass er sie sogar geheiratet hatte.

»Ciao, cara«, wurde sie von Giovanna begrüßt, deren kurz geschnittenes Haar bunt gefärbt in alle Richtungen vom Kopf abstand, und stürmisch von ihr in die Arme gezogen. Adele atmete den herben Duft des Puders von Felce Azzura ein und kräuselte ihre Nase.

Sie hatten vereinbart, sich in einem Café an einer der Ecken des Campo Santo Stefano zu treffen, auch Campo Morosini genannt. Das war gut, denn Adele hatte nach der Überfahrt von der Giudecca und ein paar wenigen Schritten nur noch die Accademia-Brücke überqueren müssen.

»Hi, ist Clara schon da?«

»Nein, sie kommt doch immer zu spät«, antwortete Giovanna und bestellte zweimal Acqua Frizzante und Campari Soda. »Dann lass uns mal die alten adeligen Damen mit den schweren Goldketten an ihren Truthahnhälsen bewundern, wie sie über den Campo schweben.«

»Schweben?«, fragte Adele irritiert. »Die kleben doch alle am Rollator.«

»Über kurz oder lang wird es auch uns so gehen.« Giovanna lachte und griff unvermittelt nach Adeles Hand. »Sag, wie hast du den Abend überstanden? Mir brummte am Morgen gehörig der Schädel.«

»Zum Glück bin ich früher als ihr alle in mein Bettchen gehuscht.«

»Und?«

»Niklas ist ein Schatz. Er hat mich ins Zimmer getragen und ausschlafen lassen.« Sie zögerte und stützte ihre Ellbogen auf die Tischplatte. »Meine Hoffnung auf eine Schwangerschaft fiel gestern übrigens wieder mal negativ aus.«

Adele spürte die harte Hand, deren Finger sich um ihr Herz krallten.

»Das tut mir leid. Niemandem wünsche ich ein Baby mehr als dir. Du wärst die perfekte Mutter.«

»Ja. Ich habe gedacht, hier, an meinem Lieblingsort, wäre alles einfacher. Aber ich werde einfach nicht schwanger. Manchmal zerbreche ich mir über die möglichen Ursachen so lange und intensiv den Kopf, dass mir schwindlig wird.«

Adele wandte sich ab. Sie wollte vermeiden, dass Giovanna ihre Tränen sah.

»Mach dir keinen Kopf, meine Süße. Wenn es so weit ist, dann spürst du es.«

Clara war da.

Weder Adele noch Giovanna hatten sie bemerkt.

»Leute«, sagte sie freundlich. »Sorry, dass ich wieder mal zu spät bin. Aber die Kinder«, sie stockte. »Diese drei Teufelsbraten haben mich aufgehalten. Das wirst du auch bald kennenlernen, Adele.«

Bevor Giovanna etwas erwidern konnte, sagte Adele mit kratziger Stimme: »Warten wir es erst mal ab.« Sie blinzelte ihrer Freundin verschwörerisch zu. »Niklas und ich lassen es langsam angehen. Wir genießen die Zeit zu zweit in vollen Zügen.«

Adele wusste selbst nicht, warum sie sich Clara gegenüber so bedeckt hielt. Vielleicht war es der Neid auf deren Mutterschaft. Problemlos hatte sie ein Kind nach dem anderen bekommen und wirkte dennoch oft unzufrieden.

»Richtig so. Danach wird alles etwas anstrengender.«

Erst jetzt bemerkte Adele die dunklen Ringe unter Claras Augen. Instinktiv legte sie ihre Hand auf die ihrer Freundin. Wenn ich Kinder habe, dachte sie, wird alles anders, alles besser werden. Niklas wird seinen Anteil an der Erziehung anstandslos, mit großer Freude übernehmen und mich weiterhin über alles lieben. Zugleich schalt sie sich naiv. Wie oft schon hatte sie gelesen, dass solche romantischen Phantasien niemals der Realität entsprachen?

Die Wirklichkeit holte angeblich jedes noch so glückliche Paar mit voller Wucht ein. So stand es jedenfalls in den einschlägigen Ratgebern. Nur mochte Adele daran nicht glauben.

Sie und Niklas waren etwas Besonderes.

Ihnen würde das nie und nimmer passieren.

»Okay«, stimmte sie Clara dennoch gedehnt zu, »ich werde dran denken. Aber zuerst mal muss ich schwanger werden.« Mit Schwung hob sie ihr Glas und stieß mit Giovanna und Clara an. »Ich bin froh, euch gefunden zu haben.«

Der Campari schwappte über, und Adele lachte.

»Du bist für uns eine Bereicherung und bringst Schwung in die Bude. Weißt du, es ist in dieser Stadt wie an jedem anderen Ort auf dieser Welt. Wir Venezianerinnen kennen einander seit den Kindertagen und sind eine verschworene kleine Gemeinschaft. Ein frischer Wind von außen tut den eingefahrenen Mustern in unseren Beziehungen gut.« Clara strich über Adeles Wange.

»Ich bin euch dankbar, dass ihr mich so liebevoll aufgenommen habt. Als wir hier ankamen, hatte ich Angst, keine Freundinnen zu finden.«

»Hast du aber«, erwiderte Giovanna lächelnd.

»Ich bestelle noch einen Campari«, beschloss Adele vergnügt. »Wer hält mit?«

»Ich muss leider passen. Der Babysitter muss noch in die Uni und ich daher nach Hause.«

»Ach, Clara, ich werde ganz melancholisch, wenn ich an unsere eigene Studienzeit an der Ca' Foscari denke.« Giovanna seufzte wehmütig. »Das waren noch Zeiten. Darauf trinke ich gern noch ein Glas.«

Adele bestellte und beneidete insgeheim ihre Freundinnen, die an der berühmten Universität studiert hatten. Doch Berlin war gar nicht mal so schlecht, immerhin hatte sie dort Niklas kennengelernt.

»*Ragazze belle*, wann treffen wir uns wieder?«, fragte Clara, als sie aufgestanden war. Adele sah ihr an, wie froh sie war, hin und wieder ihr Heim mit den quengelnden Kindern verlassen zu dürfen.

»Nächste Woche?«, schlug sie vor und umarmte ihre Freundin, die kurz darauf davoneilte.

»Unsere arme Kleine wirkt etwas überfordert«, meinte Giovanna besorgt. »Drei Gören in so kurzer Zeit, das ist ja auch nicht ohne, was?«

»Ich hätte gerne fünf rotzfreche Bengel.«

Giovanna sah sie entgeistert an. »Im Ernst? Dann musst du die Jungs auf den Fußballplatz begleiten und lauter andere unmögliche Sachen machen. Glaub mir, ich bin zwar nur Tante, aber das willst du nicht.«

Adele lachte. Natürlich wünschte sie sich nichts sehnlicher. Mädchen oder Jungs, am liebsten jedoch Zwillinge.

Ihr Handy begann zu klingeln. Nach einem Blick auf das Display sagte sie freudestrahlend: »Marlene, meine Freundin aus Berlin, ruft an. Ich geh mal kurz vor die Tür, auf dem Platz ist der Empfang besser.«

»Ja, lass dir Zeit.«

Kaum hatte Adele das klimatisierte Lokal verlassen, wurde sie von der Hitze geradezu überrollt. Sie nahm das Gespräch an und meldete sich.

»Ist da Adele Bekensen?« Die Stimme brach ab.

»Wer denn sonst? Marlene, ich freue mich so, von dir zu hören. Seit unserem letzten Gespräch ist ja eine Ewigkeit vergangen.«

»Frau Bekensen. Marlene kann leider nicht telefonieren, deshalb rufen wir an.«

»Was ist los? Wer ist da überhaupt?« Sie bekam es mit der Angst zu tun.

»Hier ist Carina Allers, ich bin Marlenes Ärztin. Es ist etwas geschehen.«

Adele wurde trotz der hohen Temperaturen eiskalt.

Sie beendete das Gespräch abrupt, nachdem Dr. Allers ihr erzählt hatte, was geschehen war, und stürmte zurück in die Bar.

»Giovanna!«, rief sie, und alle Blicke richteten sich auf sie. »Ich muss sofort zu Niklas. Es ist etwas passiert.«

Giovanna fragte nicht nach, sie warf das Geld für die Getränke auf den Tisch und begleitete Adele, die heftig zitterte, zur Bootsanlegestelle.

»Fall mir nur nicht ins Wasser«, bat sie, als das Vaporetto sich näherte. »Du stehst offensichtlich unter Schock. Soll ich dich nicht besser begleiten?«

»Nein danke. Das ist lieb von dir, aber nicht nötig. Ich schaffe das schon.«

Adele ließ sich mit weichen Knien auf der Holzbank des Bootes nieder. Sie konnte keinen klaren Gedanken fassen, wollte nur, so schnell es ging, zu Niklas.

Das Vaporetto schlingerte in den Wellen, und Adeles Magen machte einen Salto nach dem anderen.

Niklas

Als er die Haustür zuknallen hörte, schrak er hoch. Er war so vertieft in seine Arbeit gewesen, dass er die Außenwelt völlig ausgeblendet hatte.

»Schatz!«, rief Adele atemlos und stürmte ins Arbeitszimmer. Ihr Gesicht war kreidebleich, und unter den Augen floss tintenschwarze Wimperntusche in Bächen über ihre Wangen. Kurz befürchtete Niklas, seine Frau würde zu hyperventilieren beginnen. Er hatte so einen Zustand mal auf der Uni bei einer Kommilitonin erlebt, die bei einer Prüfung durchgefallen war.

Sie schmiss ihre Tasche auf das Sofa und warf sich weinend in seine Arme.

»Was ist denn los mit dir, Engelchen?« Er drückte sie fest an sich und konnte durch den feinen Stoff der Bluse ihr Herz hämmern hören.

»Marlene.« Sie brach ab und schluchzte laut.

»Hat ihr Freund sich nun doch von ihr getrennt? Kommt sie auf Besuch zu uns?« Niklas konnte sich keinen Reim auf Adeles Zustand machen.

»Was redest du da?«, fuhr seine sonst so sanfte Frau ihn an. »Detlev hat sie doch schon vor Monaten verlassen. Hörst du mir überhaupt zu, wenn ich dir etwas erzähle?« Auf ihren blassen Wangen und am Hals hatten sich rote Flecken gebildet.

»Natürlich.« Niklas schämte sich ob dieser Notlüge. Adele hatte mit ihrer Unterstellung nicht ganz unrecht. Manchmal schaltete er bei ihrem Geplapper einfach auf Durchzug.

Was interessierte ihn das chaotische Liebesleben ihrer Freundinnen?

Er war froh und glücklich mit seiner Liebsten und brauchte keine Dramen in seinem Leben.

Adele schnäuzte sich vernehmlich.

»Es tut mir leid, meine Reaktion war blöd. Bitte klär mich auf.«

Wieder versöhnt, wandte Adele sich ihm zu.

»Wir müssen zurück nach Berlin. Marlene hatte ein schweres Aneurysma. Sie wurde bereits operiert, kann aber nicht selbst mit mir sprechen. Ich mache mir schreckliche Sorgen. Das Krankenhaus rief mich an, weil sie jetzt in die Rehaklinik überstellt wird und ich als Kontaktperson in ihren Unterlagen vermerkt war.«

»Ein Aneurysma? Ist das ein Gehirnschlag?«

»Die Ärztin hat es mir erklärt, am Anfang habe ich rein gar nichts kapiert, und sie musste alles noch mal wiederholen. Anscheinend hatte Marlene eine unentdeckte Schwachstelle in der Gehirngefäßwand, quasi eine tickende Zeitbombe. Und aus der ist Blut ausgetreten. Aneurysma bedeutet Aussackung eines Blutgefäßes. Bei einem Schlaganfall liegt zwar eine sogenannte Mangeldurchblutung vor, doch Blut tritt nicht aus. Ein Aneurysma kann aber auch für einen Hirnschlag verantwortlich sein.«

»Hm.« Niklas wurde es eng im Hals bei dieser Beschreibung. Er kannte Marlene nicht allzu gut, aber sie war seit vielen Jahren Adeles engste Freundin. »Armer Schatz.« Er umarmte seine Frau noch inniger und spürte, wie ihr Körper vibrierte.

»Marlene hatte häufig Migräne, ziemlich mies ging es ihr dabei. Sie übergab sich und musste in einem abgedunkelten Zimmer liegen, bis es besser wurde. Als sie es nicht mehr aushielt, ging sie auf Anraten einer Bekannten in die Charité und war bei einem Spezialisten in Behandlung. Bei ihr hing der Kopfschmerz mit den Hormonen zusammen. Meistens bekam sie diese Attacken ein paar Tage vor der Menstruation.«

»Und warum dann dieses Aneurysma? Hat der Facharzt sie denn nicht zum MRT geschickt?«

»MRT? Ich weiß nicht. Danach habe ich sie nie gefragt. Sie war begeistert, weil er auf dem Gebiet ein Experte ist, und sie bekam in gewissen Abständen Injektionen. Dadurch reduzierte sich die Häufigkeit der Anfälle.«

»Ist ihre Migräne vielleicht auf das Aneurysma zurückzuführen?«

»Keine Ahnung, ich bin doch auch keine Spezialistin. Und beim Telefonat mit der Ärztin war nicht genug Zeit, danach zu fragen.«

»Und jetzt willst du nach Berlin zurück? Ich sehe nicht, was wir da tun können.«

Adele starrte ihn mit halb geöffnetem Mund an.

»Du denkst doch hoffentlich nicht, dass ich sie in so einer

Situation allein lasse? Marlene ist ein Einzelkind, ihre Eltern kamen beide bei einem Autounfall ums Leben, als sie sechzehn war. Seither bin ich ihre wichtigste Bezugsperson. Auch ihre Großmutter, bei der sie bis zum Studium lebte, ist inzwischen verstorben. Außer mir hat sie niemanden mehr.«

Niklas kratzte sich am Hinterkopf. Dann speicherte er kurzerhand sein Dokument ab und fuhr den PC herunter.

Adele wirkte fahrig, aber gefasster als vorhin. Jetzt war der richtige Zeitpunkt, um in Ruhe mit ihr zu sprechen.

»Ich habe einen Lugana kühl gestellt. Setzen wir uns doch auf die Terrasse und reden darüber, wie wir weiter vorgehen sollen, Schatz.«

Adele sah ihn aus umflorten Augen traurig an.

»Ich gehe schon mal vor und wische den Tisch ab«, erwiderte sie.

Das sind ja ganz neue Sitten, dachte Niklas amüsiert. Wahrscheinlich war Adeles Schock für diesen Putzanfall verantwortlich.

Er sah, wie sie ein Spültuch nass machte, es auswrang und zwei Blatt von der Küchenrolle abriss, um den Tisch anschließend trocken zu wischen.

Als sie einander gegenübersaßen, hatte Niklas von einem Moment auf den anderen ein mieses Gefühl.

»Wie lange muss Marlene denn in der Rehaklinik bleiben? Was denkst du, sollen wir tun? Und was ist mit den anderen Freundinnen, können die nicht einspringen? Sie sind doch viel näher dran.«

Adele nahm ihr Glas und trank ein paar Schlucke, bevor sie zu sprechen begann.

»Wie lange Marlene in der Reha bleiben muss, hängt von ihren Fortschritten ab. Sobald sie entlassen wird, muss sich jemand um sie kümmern.«

»Das heißt, nicht das Krankenhaus hat dich angerufen, sondern jemand von der Reha-Abteilung?«

»Ist doch egal, welche Ärztin es war. Fakt ist, ich muss nach Berlin. Judith macht ein Auslandsjahr in Neuseeland, und Regine ist schwanger. Noch dazu handelt es sich um eine Risikoschwangerschaft, das heißt, sie muss immer mal wieder selbst für eine Weile ins Krankenhaus. Das habe ich dir alles schon erzählt.«

Niklas drehte den Kopf zur Seite. Das tat er häufig, wenn er sich ertappt fühlte oder im Unrecht war.

»Hm. Ich gestehe alles.« Er grinste verlegen. »Vor allem meine Unaufmerksamkeit. Was schlägst du vor? Möchtest du für ein paar Tage nach Berlin?«

»Tage? Es geht wohl eher um Wochen. Bis Marlene sich erholt.« Sie stockte. »Falls sie sich erholt, dauert das seine Zeit. Jemand muss sich um sie kümmern. Und ich bin nun mal die Einzige, die dafür in Frage kommt.«

»Das würde bedeuten, du gehst fort, und ich bleibe allein zurück?«

»Ich verlasse dich doch nicht. Und wäre es so schlimm, für eine Weile ohne mich in Venedig zu sein? Du hast deine Arbeit und unsere Freunde. Langweilig wird dir schon nicht.«

Für Niklas hatte es auf einmal den Anschein, als brenne Adele richtiggehend darauf, allein nach Berlin zu fahren.

»Brauchst du Abstand von mir?« Er fühlte einen Kloß in seinem Hals und zwang sich, ihn hinunterzuschlucken.

»Was?« Adele sprang auf, warf ihre Arme um seinen Hals und setzte sich auf seinen Schoß. Ihr Melonenduft hüllte ihn ein, und sofort ging es ihm besser. »Natürlich will ich nicht ohne dich verreisen. Du sollst mitkommen. Wenn es das ist, was du auch willst.«

»Jedenfalls will ich nicht ohne dich sein. Aber wie stellst du dir das vor? Sollen wir im Hotel wohnen?«

»Ich dachte eher an eine Zwischenmiete. Irgendjemand ist in Berlin doch immer unterwegs und vermietet seine Wohnung für einige Wochen.«

»Es könnte dennoch schwierig werden, gleich etwas zu finden. Marlenes Wohnung befindet sich in Friedrichshain, falls ich mich richtig erinnere. Da müssten wir dann auch hin, damit du in ihrer Nähe bist.«

»Ja, der Suchradius ist ein wenig eingeschränkt, das gebe ich zu. Es muss aber ja nicht unbedingt eine der noblen Buden unten an der Spree sein.« Adele lachte, doch Niklas konnte ihre Verzweiflung spüren.

Er dachte nach und schnippte mit den Fingern. »Warte mal, ich habe da eine Idee.«

Adele sah ihn gespannt an.

4

Konstantin

»Schlafmütze«, sagte er leise und drückte Veronika einen Kuss aufs Ohr.

»Wie spät ist es?« Veronika richtete sich auf, die Locken verstrubbelt, das Gesicht von der Struktur des Kissenüberzugs gezeichnet.

»Später Mittag.« Konstantin lachte verhalten.

In Wahrheit ärgerte er sich, weil er den Alkohol in ihrem Atem gerochen hatte, als Veronika gestern Nacht heimgekommen war.

»Herrje.« Sie setzte sich auf und wischte den Schlaf aus ihren Augen. »So lange habe ich das letzte Mal in meiner Studentenzeit geschlummert.«

»Schlummern ist wohl nicht der passende Ausdruck. Du hast geschnarcht wie eine rostige Säge.«

»Du wirst ja von Tag zu Tag romantischer.«

»Kannst du dich erinnern, was ich dir vom Abendessen mit Luise und Jochen erzählt habe?«

»Nicht die Spur. Ich war wohl einfach zu müde, um zuzuhören.«

»Dachte ich mir.«

Als Veronika nicht weiter nachfragte, war er enttäuscht, ließ es sich aber nicht anmerken.

»Soll ich dir ein Croissant aufbacken? Oder hättest du lieber einen Kaffee?«

Veronika verzog ihr Gesicht. »An Essen möchte ich jetzt nicht denken. Ich bin noch satt von gestern. Aber ein starker Espresso täte mir gut. Ich ziehe mir nur rasch etwas über.«

»Dann mach mal.« Konstantin spürte Widerwillen gegen ihr offensichtliches Desinteresse an ihm. Sein Hals wurde eng, und seine Lunge schnürte sich zu. Er musste tief einatmen, um das lästige Gefühl der Atemnot wegzubekommen.

Immer noch schlaftrunken saß Veronika ihm kurz darauf gegenüber. Sie trug eines seiner ausgeleierten Uni-T-Shirts, und ihre Haare waren unordentlich zu einem Zopf geflochten, einzelne Strähnen hatten sich bereits gelöst und standen in Kringeln ab. Doch er würde sich hüten, ihr Aussehen zu kommentieren, denn auf den darauffolgenden Disput konnte er gern verzichten.

»Luise hat dein buntes Kleid im Badezimmer gesehen und das pinke T-Shirt und war überrascht über die farbenfrohe Kleidung.«

»Wie bitte? Ist es neuerdings ein Vergehen, sein Styling zu ändern oder in diesem Fall sogar zu verbessern?«

»Du weißt genau, wovon ich spreche.«

»Wenn sie was zu beanstanden hatte, ist das ihr Problem.«

»Sie hat nichts beanstandet, es überraschte sie nur. Verständlicherweise, bei ihrem letzten Besuch sah es hier noch sehr anders aus.«

»Wie öde von ihr, immer dasselbe zu erwarten.«

Luise war alles andere als öde oder langweilig, sie war witzig und unterhaltsam. Manchmal traf ihr Pfeil freilich direkt ins Schwarze.

»Außerdem bewunderte sie deine Wandmalerei. Jedes Zimmer in einer anderen Farbe, meinte sie, das hat schon was.«

»Hat sie etwa auch noch unseren Schmutzwäschekorb durchwühlt?«, fragte Veronika empört.

»Nein, natürlich nicht.« Konstantin zögerte. Veronika schien ihn nicht verstehen zu wollen. Ein Zank war jedoch das Letzte, wonach ihm der Sinn stand. Besänftigend sagte er: »Das Essen hat ihr sehr gut geschmeckt. Besonders die scharfe Soße hatte es ihr angetan.«

»Hoffentlich bekam die Arme davon keine Bauchschmerzen«, entgegnete sie patzig und verdrehte die Augen.

Veronika hatte manchmal diesen eigenartigen Blick, der ihn zutiefst verunsicherte. Konstantin rang nach Luft.

»Vroni, es war als Kompliment gemeint. Auch Jochen hat das Hühnchen gut geschmeckt, es ist nichts davon übrig geblieben. Wegen einer Sache gab es allerdings Erklärungsbedarf.«

»Ja?«, fragte sie spitz nach.

»Luise hat in der Bürste im Bad dunkle Haare entdeckt und wollte wissen, ob die Typveränderung neben den Klamotten auch die Frisur betrifft. Das habe ich notgedrungen bestätigt.«

»Luise hat ihre schmutzigen Finger von meinen Sachen zu lassen. Das ist eine Frechheit. Als wenn meine Haarfarbe aus der Tube stammte. Alles reine Natur!«

»Hätte ich ihr das antworten sollen? Was glaubst du, wäre dann passiert? Es war ohnehin schon brenzlig genug. Du musst besser aufpassen. Das ist kein Vorwurf, sondern pure Vorsicht.«

Seine Worte schienen Veronika endlich erreicht zu haben, denn sie starrte betreten zu Boden.

»Du hast ja recht, Kony. Es ärgert mich einfach. Da bemühe ich mich so, nichts falsch zu machen, und bekomme es trotzdem nicht hin. Immer vergesse ich etwas Wichtiges.«

Tränen traten in ihre Augen. Langsam lösten sie sich von ihren Wimpern und flossen über die Wangen. Konstantin nahm Veronika in seine Arme und küsste die salzige Lache weg. Er wollte nicht, dass sie sich so quälte. Sicher, es war nicht okay, wie achtlos sie in bestimmter Hinsicht war.

Sie mussten besser mit der Situation umzugehen lernen, in der sie sich befanden.

Doch diesen Überschwang an Gefühlen und Bitternis hatte er bei Veronika nicht erwartet. Oder war es Selbstmitleid, überlegte er zweifelnd.

Sie weinte immer heftiger.

»Vroni, der Abend war erfolgreich.«

»Gut«, sagte sie schließlich und schnäuzte sich. »Meiner auch, zumindest fast. Ich werde Carolin so schnell nicht wiedersehen. Es war, als hätte sie sich vor dem Treffen mit Admira abgesprochen. Sie bohrte die ganze Zeit in meinen Angelegenheiten herum. Wahrscheinlich habe ich deswegen etwas Gemeines zu ihr gesagt. Am Alkohol habe ich übrigens nur genippt. So eine geringe Menge schadet unserem Baby nicht.«

»Verstehe«, erwiderte Konstantin vorsichtig.

»Mein Giftpfeil war um einiges ätzender als Carolins Neugier, was mir jetzt ein bisschen leidtut. Sie hielt daraufhin jedoch den Mund.«

»Hast du sie beleidigt?«

»Nein, nur die Wahrheit gesagt, und die kann mitunter eben bitter sein.«

»Hoffentlich renkt sich das bald wieder ein.«

»Ja. Aber wenn nicht, bin ich einen weiteren Quälgeist los und habe mehr Zeit für dich.«

Aus einem ihm unerfindlichen Grund lief es Konstantin kalt über den Rücken. Ich liebe sie doch, beschwor er sich, über alles und mehr als jede Frau bisher.

»Veronika. Ich hab mir Sorgen gemacht, als du nach meiner Nachricht so lange nicht aufgetaucht bist. Ich dachte schon, du willst mich verlassen. Das würdest du doch niemals tun?«

Er kam sich jämmerlich vor, aber die Angst war ein so verdammter Störenfried in seinem Leben, er konnte nicht anders. Das war schon immer so gewesen.

»Wie kommst du denn darauf? Hat Luise dich darauf gebracht?«

»Natürlich nicht. Da fällt mir ein, dass Jochen uns für morgen zum Grillen eingeladen hat.«

»Und? Du hast doch abgelehnt? Wir können da nicht hin.«

»Klar. Ich hab gesagt, dass wir schon verplant sind.«

»Gut. Ich hasse Grillfeste. Dieser Gestank nach verbranntem Fleisch, ganz zu schweigen von den schlecht abgeschmeckten Salaten. Die grelle Sonne, die Mücken. Grauenvoll. All dieses Heucheln und falsche Grinsen. Und die Getränke sind meistens viel zu warm, weil sie zu lange in der Hitze gestanden haben.«

Konstantin schwirrte der Kopf.

Sie gingen nicht zur Party, und trotzdem konnte Veronika nicht aufhören zu meckern. Ihre Laune verschlechterte sich von Minute zu Minute. Kein Wunder, dass auch seine Stimmung immer mieser wurde.

Veronika

Er war so ein elender Loser.

Was hatte sie sich nur dabei gedacht, mit ihm zusammenzukommen?

Der Reiz des Verbotenen hatte vielleicht den Anstoß gegeben.

Wahrscheinlich, dachte Veronika und musterte Konstantin unauffällig.

Er saß ihr gekrümmt gegenüber wie ein Häufchen Elend. Auf seiner Stirn perlten dicke Schweißtropfen.

Gut, es war mörderisch heiß, aber er musste sich nicht so gehen lassen. Sie stand auf und riss ein Stück Papier von der Küchenrolle ab.

»Da, nimm. Du glänzt vor Schweiß.«

Verlegen wischte Konstantin über seine Stirn und murmelte: »Entschuldige.«

»Ich gehe duschen. Möchtest du mich begleiten?«, fragte sie in einem Anfall von Übermut. Sex hatte in ihrer Beziehung noch nie geschadet, und vielleicht würde er helfen, die brüchigen Stellen zwischen ihnen wieder zusammenzufügen.

Der Blick, den Konstantin ihr zuwarf, war alles andere als begeistert.

»Ich muss bis zum Abend noch ein paar Seiten schreiben.«

Veronika spürte die Lüge. Er wollte sie nicht. Einerseits war es kränkend, andererseits empfand sie Erleichterung. Der Sex mit ihm war in letzter Zeit eher bemüht als leidenschaftlich.

Bevor sie etwas entgegnen konnte, klingelte es an der Wohnungstür.

Erschrocken sahen sie sich an.

»Wer kann das sein?«, flüsterte Konrad.

»Der Briefträger?«

»Die Post kommt später.«

Jetzt wurde an ihre Tür geklopft.

»Hallo, Konstantin? Ich bin es, Luise. Ich habe meinen Kalender gestern Abend bei euch liegen lassen. Den brauche ich dringend für meine Termine.«

Wieder läutete sie.

»Ich gehe zur Tür«, flüsterte Konstantin, »und lasse sie kurz herein, damit sie schnell wieder verschwindet.«

»Kann diese dumme Kuh nicht vorher anrufen?«, murrte Veronika.

»Geh du inzwischen ins Badezimmer.« Konstantin scheuchte sie aus der Küche und rief in den Flur: »Ich mache dir gleich auf, Luise!«

Veronika huschte ins Bad und verriegelte die Tür. Rasch stellte sie die Dusche an und zog Konstantins T-Shirt aus. Sie hatte ziemlich zugelegt. Ihre Brüste waren prall, und ihr Bauch wölbte sich. An den Oberschenkeln waren die Dellen im weichen Fleisch nicht zu übersehen. Veronika stieg in die Dusche und seifte sich vom Hals bis zu den Zehen ein.

Dann erst atmete sie tief durch.

Allmählich verzog sich ihre schlechte Laune. Sie war wieder imstande, klare Gedanken zu fassen.

Das eben war eine höchst unerfreuliche Situation gewesen. So etwas durfte in Zukunft nicht mehr vorkommen. Und diesmal lag der Fehler nicht bei ihr, sondern eindeutig bei Konstantin. Er hätte nachgucken müssen, ob jemand etwas liegen gelassen hatte. Das kam gar nicht so selten vor, wenn einer zu viel Wein erwischt hatte. Ihr war es schon etliche Male passiert.

Oder hatte Luise es extra darauf angelegt, sie unter einem Vorwand erneut aufzusuchen? Das wäre noch eine Spur bedenklicher.

Veronika zuckte zusammen, als jemand gegen die Badezimmertür klopfte.

»Keine Sorge, sie ist weg. Du kannst herauskommen.«

Veronika warf sich rasch das bunte Kleid über, das noch immer am Haken neben dem Waschbecken baumelte, und öffnete die Tür. Da stand Konstantin, er war blass und hatte hektische rote Flecken auf den Wangen. Er wirkte atemlos, als wäre er ein paar Stockwerke hinaufgerannt, ohne auch nur ein einziges Mal innezuhalten.

»Beruhige dich. Es ist doch nichts geschehen. Alles ist gut.« Veronika packte seinen Arm und zog ihn ins Wohnzimmer. Dort ließen sie sich auf die Couch fallen.

»Zum Glück hat Luise ihren Kalender gleich gefunden. Er lag neben der Spüle. Keine Ahnung, wie der dahin gekommen ist. Luise war jedenfalls froh, ihn wiederzuhaben, und ist auch direkt wieder los. Jochen hatte wohl keinen Parkplatz gefunden, er musste so lange um den Block kurven. Es ist also noch mal gut gegangen. Aber es kann jederzeit wieder passieren, dass jemand spontan vorbeikommt, ohne vorher anzurufen, und beim nächsten Mal geht es vielleicht nicht so glimpflich aus. Verstehst du, was ich sagen will?«

»Da kommt ein Problem auf uns zu.«

»Du triffst es auf den Punkt.« Konstantin lehnte sich zurück und atmete tief durch. »Was schlägst du vor?«

Veronika unterdrückte eine ungestüme Antwort.

Warum, verdammt noch mal, sollte sie sich um alles kümmern? Konnte er nicht zur Abwechslung auch mal eine Idee einbringen?

Stattdessen überließ er es ihr, eine Lösung für ihre Probleme zu finden.

»Ich? Warum immer ich?«

»Vroni, ich bin ratlos und äußerst besorgt.«

»Das hatten wir doch alles schon. Besorgt sein allein reicht nun mal nicht aus. Also muss wieder mal ich das berühmte Kaninchen aus dem Hut zaubern?«

Konstantin zog an seinem Ohrläppchen. Eine weitere Angewohnheit, die sie nervte. Er hatte sich nicht im Griff, wurde zunehmend nervöser.

Was sollten sie bloß tun?

Dann fiel es ihr wie Schuppen von den Augen.

»Wir sollten weggehen, weg aus Berlin. Und zwar schnell, ich halte es hier nicht mehr aus. Dass wir daran nicht gleich gedacht haben, verstehe ich nicht. Wir könnten für ein paar

Monate mit irgendwem die Wohnungen tauschen. Ich habe neulich in einer Zeitschrift einen Bericht darüber gelesen. Es gibt im Internet Vermittlungsplattformen für so was. Das ist zurzeit ziemlich angesagt, und man spart viel Geld. Dann wären wir erst mal fort von hier und können in aller Ruhe überlegen, wie es weitergehen soll.«

»Wohnungstausch?«

»Genau. Wenn wir in Berlin bleiben, bis wir einen passenden neuen Wohnort gefunden haben, kann das ewig dauern und eng für uns werden. Ich halte es für ratsamer, so schnell wie möglich zu verschwinden.«

»Stimmt. Wie sollen wir vorgehen?«

Veronika atmete tief durch. »Konstantin, streng doch mal dein eigenes Hirn an«, brachte sie gequält hervor.

Er konnte manchmal so was von umständlich, fast schon begriffsstutzig sein und bekam dann die banalsten Dinge nicht auf die Reihe, obwohl er doch eigentlich wirklich schlau war.

»Du musst nicht gleich überreagieren. Ich habe eine einfache Frage gestellt.«

»Komm mit.«

Sie nahm ihn an der Hand und öffnete schwungvoll die Tür zu seinem Büro. Hin und wieder wurde sie von ihrer eigenen Energie und Tatkraft überrascht.

»Ich nehme den Drehstuhl, du den Hocker«, wies sie ihn an, speicherte sein offenes Dokument mit dem sicher sehr klugen Artikel über einen Maler aus dem 18. Jahrhundert ab und klickte es weg. »So«, sagte sie zufrieden, »dann schauen wir doch mal.«

Sie musste die Webseite googeln, weil sie sich an den Namen der Plattform nicht mehr erinnern konnte, dann erschien eine lange Liste mit ausführlich bebilderten Tauschangeboten auf dem Bildschirm.

»Das hätte ich nun wirklich nicht erwartet«, sagte Konstantin überrascht. »Dass so viele Leute ihre Wohnung gegen eine fremde tauschen wollen.«

»Dann mach dich mal nützlich. Wir brauchen gute Aufnahmen von unserer Wohnung, damit einer anbeißt.« Veronika lachte. »Während du das erledigst, lege ich uns einen Account an und stöbere schon mal in den Vorschlägen. Wenn du fertig bist, formulieren wir gemeinsam einen einladenden Text.«

Konstantin nickte ergeben.

»Bevor du Fotos machst, informier dich ein wenig im Internet. Da du gestern die Küche geputzt hast, sieht es ordentlich aus, aber es gibt sicherlich noch ein paar Tricks und Kniffe, um die verschiedenen Räume optimal abzulichten. Es soll allerdings auch nichts vorgetäuscht werden, was es dann nicht gibt. Das führt bloß zu einer schlechten Bewertung. Und falls wir in Zukunft noch mal eine Tauschwohnung brauchen, weil sich die Suche nach etwas Langfristigem schwierig gestaltet, sind wir auf sehr gute Beurteilungen angewiesen. Hier, siehst du? Dieses System funktioniert im Grunde so wie Airbnb, der einzige Unterschied ist, dass man nicht mit Geld, sondern in ›Naturalien‹ zahlt.«

Konstantin klickte sich durch die Seiten und las das Kleingedruckte und die Bedingungen. Als er durch war, nickte er. »Das klingt gut und verschafft uns den Spielraum, den wir brauchen.«

»Ja, so ein Tauschgeschäft hat doch etwas.« Veronika war begeistert. »Stell dir mal vor, jemand nimmt unsere kleine Wohnung, und wir ergattern dafür ein Penthouse. Finanziell spielt das überhaupt keine Rolle.«

»Ungerecht, aber für uns natürlich super. Gehst du bitte von Zimmer zu Zimmer, bevor ich fotografiere, und hübschst alles ein wenig auf?«

»Hatte ich ohnehin vor.«

Veronika verstellte ein paar Möbel und rückte die Vitrine im Wohnraum etwas zur Seite, damit sich das Licht der Deckenlampe im Glas spiegeln konnte.

»Versuch bitte, die Bude etwas größer aussehen zu lassen, als sie in Wahrheit ist. Bei der Beschreibung können wir dann eine etwas höhere Quadratmeterzahl angeben.«

Er nickte. »Aber wie gehen wir mit der Kammer um?«

»Da stopfen wir alles hinein, was Platz wegnimmt und nicht oft gebraucht wird. Auch das Putzzeug. Das machen alle so. Nur nichts Privates.«

»Klar. Nein. Das meinte ich nicht. Was ist mit den Sachen, die jetzt in der Kammer sind?«

»Nichts, denn es wird darin nur Zeug geben, das alle sehen können. Den Rest entsorgen wir.«

»Was würde ich nur ohne dich machen?«

Konstantin sah sie bekümmert an, und Veronika spürte instinktiv, dass er dachte, ohne sie wäre er besser dran. Sie würde sich allerdings hüten, das laut auszusprechen. Das Thema hatten sie schon, und es war nicht erfreulich gewesen, für keinen von ihnen. Sie waren zerstritten ins Bett gegangen und hatten voneinander abgewandt so getan, als würden sie schlafen.

»So übel ist unsere Wohnung außerdem gar nicht«, befand Veronika, nachdem sie den Strauß, den Jochen und Luise gestern mitgebracht hatten, so auf dem Küchentisch platziert hatte, dass die Sonnenblumen mit der gelben Farbe an den Wänden harmonierten. »Wer nicht viel Platz braucht, kann sich hier wohlfühlen.«

»Finde ich auch. Als wir … Ich meine … Als ich die Wohnung damals fand, wusste ich sofort, dass wir zuschlagen müssen. Was Besseres findest du in dieser Preisklasse in Friedrichshain nicht mehr. Immerhin befinden wir uns mitten in einem hippen Multikulti-Viertel.«

Veronika stimmte ihm zu.

Gemeinsam gingen sie von Zimmer zu Zimmer und sprachen darüber, in welche Stadt sie am liebsten übersiedeln wollten. Veronika hatte im Gegensatz zu Konstantin klare Vorstellungen. Und sie würde sich durchsetzen, ohne Frage.

5

Adele

Niklas war ein Schatz. Seine Idee war schlichtweg großartig. Sie wäre auf so etwas nie und nimmer gekommen.

Nach kurzem Zögern hatte er verstanden, dass ihr keine andere Wahl blieb, als ihrer besten Freundin beizustehen.

Sie standen einander im Arbeitszimmer gegenüber. Adele schmiegte sich in Niklas' Arme. »Was schätzt du, wie schnell wir das hinbekommen?«

Er machte sich sanft aus ihrer Umarmung frei, setzte sich vor seinen Rechner und schaltete ihn ein. »Nun, ich gebe mir alle Mühe. Zuerst kommt das Administrative, ich muss unsere Daten eingeben, die Stadt, die Lage, die Größe der Wohnung, und dann einige Fotos hochladen.«

Schon hatte Adele ihr iPhone gezückt und die Kamera aktiviert. »Den kreativen Teil übernehme ich, mach du inzwischen bitte den Papierkram.«

Ihr kleines, schmuckes Häuschen mit dem romantischen Garten ging glatt als Juwel durch. Bei all den blühenden Sträuchern und Blumen sollten die Personen, die hier für ein paar Monate unterkamen, freilich nicht an Allergien leiden.

»Niklas!«, rief sie. »Gib bitte an, dass dies für Blüten-Allergiker nicht der richtige Platz wäre. Ich denke an den Oleander.«

»Mache ich, gute Idee, schon wegen der Zypressen. Oleander ist eher giftig, wenn man ihn isst. Wir haben allerdings auch Feigen-, Orangen-, Zitronen- und zwei Olivenbäumchen, und die lösen eindeutig allergische Reaktionen aus. Wie bei deiner Freundin Federica, die deshalb nicht zu unserem Freundestreffen im Garten kommen konnte.«

»Stimmt. Hoffentlich finden wir etwas Passendes in Berlin und können die Bewohner animieren, in unserem Häuschen zu wohnen.«

Adele war aufgeregt und schwirrte im Haus herum.

Irgendwann blieb sie stehen, atmete tief durch und rief aus dem Schlafzimmer ihren Vater in Hamburg an. Er war ebenso geschockt wie sie, als er von Marlenes Zustand erfuhr, und konnte es zuerst nicht fassen. Doch dann stieg er auf seinen gewohnten Handlungsmodus um.

»Wie gut ist Marlene versichert?«

»Na ja.« Adele überlegte. »Wohl eindeutig schlechter als ich.«

»Im Klartext bedeutet das, sie hat keine Zusatzversicherung, nehme ich an.«

»Darüber haben wir nie gesprochen.«

»Okay. Ich erkundige mich beim Krankenhaus, was sie braucht, und melde mich dann bei dir. Gib mir alle Infos, die du hast.«

Während ihr Vater mitschrieb, traten Adele Tränen in die Augen. Auch wenn es ihr wichtig war, selbstständig zu agieren, tat es unendlich gut, in einen privilegierten familiären Hintergrund hineingeboren worden zu sein und Eltern zu haben, die für sie da waren.

Ihr Vater war bestens vernetzt und hatte bisher die meisten ihrer Probleme tatkräftig gelöst.

Nicht immer waren seine Interventionen das, was sie wirklich wollte. Viel zu häufig war sie in der Vergangenheit darauf reduziert worden, ein verwöhntes Gör zu sein, dessen Vati stets zur Stelle war, um seinem Liebling aus der Patsche zu helfen.

Diesmal hatte Adele jedoch keine Scheu, ihren Vater um seine Unterstützung zu bitten. Er kannte Marlene schon lange und mochte sie sehr.

»Wie weit bist du?«, fragte Niklas von unten.

»Ich habe gerade mit Papa telefoniert, wegen Marlenes Versorgung. Er bringt zuerst einiges in Erfahrung und meldet sich dann. Jetzt fange ich mit dem ersten Stockwerk an.«

Nach einer halben Stunde klingelte Adeles Handy.

»Papa!«, rief sie hoffnungsvoll.

»Ich konnte mich schlaumachen. Zuerst habe ich mit der

Ärztin gesprochen, die dich informiert hat. Sie meinte, Marlene würde jeden Tag Fortschritte machen, und die Prognose sei insgesamt gut, aber bis sie sich verständlich artikulieren und selbstständig aufstehen könne, werde noch einige Zeit vergehen.«

Marlene, ihre toughe Marlene, konnte doch nicht so krank sein, dass sie nicht imstande war, mit ihrer allerbesten Freundin zu sprechen?

Adele wischte sich eine Träne aus dem Augenwinkel.

»Sie wird sehr viele Physiotherapiestunden und Ergotherapie brauchen, außerdem Sitzungen mit einer Logopädin, die Marlenes Sprachzentrum mobilisiert. Das ist ein ziemlicher logistischer Aufwand, und hinzu kommt noch die häusliche Pflege, denn alles wird zu Beginn sehr schwer für sie sein, der Toilettengang, sich waschen, Essen zubereiten … Adele, das kannst du allein nicht leisten. Ich habe daher mit der Ärztin vereinbart, dass sich eine Mitarbeiterin der Klinik um die Organisation der Therapiestunden und der Pflegedienstleistungen kümmern wird, und zwar nicht in irgendwelchen Praxen, sondern bei Marlene zu Hause, sodass keine Krankentransporte benötigt werden und du nur zweimal am Tag bei ihr vorbeischauen musst. Die Caritas wird eine Köchin, eine Pflegekraft für einige Stunden am Tag und in der Nacht und eine Reinigungskraft zur Verfügung stellen, und du wirst deren Ansprechpartnerin und als Familienersatz für das psychische Wohlbefinden der Patientin zuständig sein.«

»Das klingt toll, Papa, und du hast natürlich recht, ich wäre damit allein heillos überfordert.« Alles war so schnell gegangen, dass sie bisher nicht zum Denken gekommen war. Jetzt erst erkannte sie die Hürden. »Ich hätte auf diese Weise sogar ausreichend Zeit, mich um meine Grafiken zu kümmern, und müsste keine Projekte absagen.«

Es klang wirklich vielversprechend, dennoch drückte eine Last auf ihre Brust. »Das wird nur leider nicht funktionieren.«

»Wieso?«, fragte ihr Vater.

»Marlene kam immer gerade so über die Runden. Ich bin sicher, dass sie sich das nicht leisten kann.«

»Mach dir keinen Kopf wegen der Finanzen. Das ist bereits geklärt. Mama und ich kommen für die Kosten der Behandlung selbstverständlich auf. Marlene hat auch immer sehr viel für dich getan, als ihr zusammengewohnt habt, und das Mädchen hat schließlich keine eigene Familie mehr. Also sind wir jetzt dran, wir tun es von Herzen gern.«

Adele hielt den Atem an und klammerte sich an den Küchentresen. Natürlich, Marlene und sie hatten unendlich viele Stunden miteinander verbracht, waren mehr Schwestern als Freundinnen, und ihre Eltern wussten das und schätzten Marlene.

»Mir fehlen die Worte, danke. Ihr seid die Besten«, sagte sie und dachte: Kann ich das überhaupt annehmen, was würde Marlene dazu sagen?

»Kopf hoch, Schatz, gemeinsam bekommen wir das schon hin. Möchtest du, dass Mama dich in Berlin unterstützt?«

»Nein, das ist lieb. Aber es ist nicht nötig. Niklas wird mich begleiten. Wir wollen mit jemandem, der eine Weile in Venedig leben möchte, vielleicht ein anderes Pärchen, die Wohnungen tauschen.«

»Klingt interessant, Kleine. Wer sind die Leute? Kennt ihr sie denn?«

»Papa, bitte nenn mich nicht Kleine. Und natürlich kennen wir sie nicht, wir kennen niemanden auf dieser Plattform für Tauschwohnungen. Wir sind doch erst am Suchen, aber wir finden bestimmt was Geeignetes. Ich lasse es dich wissen, sobald wir eine Unterkunft haben.«

»Ihr sucht die Personen also im Internet? Du kannst nie wissen, wen du dort triffst. Es könnte gefährlich sein. Das ist alles viel zu anonym. Wenn ihr jemanden gefunden habt, gib mir Namen und Anschrift, dann werde ich diese Leute überprüfen lassen. Mir geht es um eure Sicherheit.«

»Nein! Bitte nicht. Wir brauchen keinen Ermittler. Du meinst es gut, es ist aber wirklich nicht nötig. Wir organisieren das allein, macht euch bitte keine Sorgen.«

Adeles Wangen waren heiß und sicher knallrot. Es war immer dasselbe mit ihrem Vater, er wollte einfach nicht akzeptieren, dass sie schon lange aus den Kinderschuhen herausgewachsen war. Sie blickte auf, als sie ein Geräusch hörte.

Niklas lehnte im Rahmen der Schlafzimmertür und sah sie mit einem eigenartigen Ausdruck an.

Rasch verabschiedete sie sich und legte auf. Wie lange hatte er schon mitgehört?

»Na, hat dein alter Herr wieder mal alles geregelt?«, fragte er, und Adele gefiel sein Ton nicht.

»Jetzt sei bitte nicht eifersüchtig. Hier geht es nicht um uns, sondern um Marlene. Sie ist, ob es ihr oder uns nun passt oder nicht, auf Papas Geld angewiesen, um gesund zu werden.«

»Adele, mal im Ernst, dein Vater traut mir nicht zu, dich zu beschützen.«

Darauf fiel ihr keine Antwort ein, denn Niklas hatte leider recht.

Niklas

Innerlich schäumte er vor Wut.

Was bildete der Alte sich ein, sich in dieser distanzlosen Weise in ihr Leben einzumischen?

Der Angeber meinte wohl, er brächte nichts auf die Reihe, nur weil er aus anderen, nicht mit solchem Reichtum gesegneten Verhältnissen stammte?

Adele war ihm ins Arbeitszimmer gefolgt. Er ließ sich auf den Stuhl vor seinem Schreibtisch fallen und lehnte sich zurück. Angestrengt massierte er seinen verkrampften Nacken.

»Soll ich dir eine Salbe bringen?« Sie klang schuldbewusst.

»Danke, es geht schon«, brummte er.

»Du kennst Papa. Er will helfen. In anderen Dingen geht mir seine Helikopterart auch mächtig gegen den Strich. Das kannst du mir glauben.«

Es stimmte. Adele konnte sich nur schwer gegen ihren allmächtig erscheinenden Vater durchsetzen. Obwohl sie es hin und wieder versuchte, jedoch meistens erfolglos.

Eben am Telefon hatte sie ganz piepsig geklungen. Er hatte einige Zeit mitgehört und jedes Wort des Alten verstanden. Das mit der finanziellen Unterstützung fand Niklas okay, denn die kam Marlenes Genesung zugute, aber dass der Wichtigtuer auch noch ihre potenziellen Wohnungstauschpartner überprüfen lassen wollte, ging eindeutig zu weit.

Da hatte Adele richtig reagiert und ihrem übergriffigen Vater jegliche Detektivarbeit unmissverständlich verboten.

»Reden wir nicht weiter über meinen Vater. Er ist nun mal ein Egomane, der alles besser zu wissen glaubt.« Adele hatte sich inzwischen gefangen, und die Röte war von ihren Wangen verschwunden. »Die Fotos sind fertig. Wie weit bist du?«

»Wir können gleich starten.«

»Du hast noch nicht mit der Suche angefangen?«

»Nein, ich wollte das mit dir zusammen machen.«

»Die Vorstellung, unser Häuschen mit einem fremden Paar zu tauschen, bereitet mir schon ein bisschen Bauchweh. Wie siehst du das, Niklas, hast du Bedenken?«

»Nein. Ich bin eher neugierig als ängstlich.«

»Ich frage mich nur, ob ich das alles schaffe. Wie wird es mir mit Marlenes Zustand gehen? Ich habe doch gar keine Erfahrung auf diesem Gebiet.« Adele sah ihn hilfesuchend an.

»Du springst einfach ins kalte Wasser, Schatz, was anderes bleibt dir ohnehin nicht übrig. Lies dich gewissenhaft in die Materie ein, dann fühlst du dich vielleicht schon ein bisschen vorbereitet, und denk einfach daran, dass es um deine beste Freundin geht. Wenn du dich in etwas verbeißt, dann bekommst du es auch auf die Reihe. Und jetzt kümmern wir uns erst mal um eine Unterkunft in Marlenes Nähe und schauen uns nach einer geeigneten Wohnung um.«

So unbekümmert, wie Niklas sich gab, fühlte er sich bei Weitem nicht. Ihr schönes Juwel auf der Giudecca, nur durch den Kanal von dem historischen Kern Venedigs getrennt, wollte er in Wahrheit niemand Fremdem überlassen. Allein der Gedanke daran bereitete ihm Unbehagen. Vielleicht waren diese Menschen unachtsam, was den Garten mit den wunderschönen Sträuchern und Blumen betraf, oder sie feierten wilde Partys und beschmutzten ihre edlen Räume, hinterließen Fingerabdrücke an den Wänden oder Schlimmeres. Er wollte es sich lieber nicht vorstellen.

»Adele, wir räumen all unsere Wertgegenstände, das Silberbesteck, die Bilder, das Kristall und selbstverständlich auch die Tischwäsche und die kostbaren Laken in einen Schrank, den wir verriegeln. Was hältst du davon?«

»Und dann fahren wir zu einem der großen Einkaufshäuser nach Mestre und beschaffen eine Art zweite Garnitur für Gäste. Das klingt vernünftig, Niklas. Ich will doch auch nicht, dass unser Haus oder die Pflanzen draußen Schaden nehmen.«

Traurig sah er sich um.

Adeles Geschmack, was die Inneneinrichtung betraf, war einzigartig. Er war stolz auf sie. Keiner würde das wundervoller hinbekommen. Falls sie jemals ihren Job verlor, könnte sie mühelos eine zweite Karriere als Innendekorateurin beginnen. Jedes Zimmer glich einem erlesenen Kunstwerk.

Er seufzte, und sie seufzte mit.

»Sei nicht so unglücklich, lass uns die Angebote mal angucken. Wahrscheinlich malen wir alles viel zu schwarz.«

Es war einfach, die Angebote durchzuklicken.

Das war nicht das Problem.

Nur leider fanden sie keine Wohnung in Friedrichshain, die groß genug wäre für zwei und deren Bewohner über den Urlaubsgedanken hinaus einen ausgedehnten Aufenthalt in Italien in Erwägung zogen.

»Dumm gelaufen«, murmelte Adele verzagt.

»Vielleicht kommt noch etwas, wir müssen die Seite regelmäßig überprüfen. Gib nicht gleich auf. Es war ein erster Versuch.«

6

Konstantin

Veronika stellte sich ungeschickter an, als er vermutet hatte. Sie scrollte durch den Text mit dem Anmeldeformular und stieß seine Hand weg, wenn er an einer Stelle innehalten wollte, um sie genauer zu lesen. Teilweise übersah sie wichtige Informationen, um sich dann darüber aufzuregen, dass sie nicht vorhanden waren. Ihren Anteil daran bemerkte sie nicht. Ihr größtes Problem war ihre Ungeduld. Alles musste jetzt und sofort passieren, sonst war es nichts wert.

»Das geht so langsam voran. Andauernd müssen wir neue Fragen beantworten. Diese Plattform ist veraltet und mühsam. Was die insgesamt wissen wollen, ist doch blödsinnig und überflüssig. Langsam werde ich unrund.«

Bei dieser Bemerkung konnte Konstantin sich ein Schmunzeln nicht verkneifen, denn unrund war seine Vroni nun wirklich nicht.

»Was grinst du so dämlich?«, fuhr sie ihn an. »Machst du dich lustig über mich? Die Seite ist einfach bescheuert und kaum zu durchschauen.«

»Ja«, beschwichtigte er sie und presste die Lippen fest zusammen, um nicht weiter zu schmunzeln.

»Was ›Ja‹?«

»Ich finde die Fragen auch lästig. Aber deine Entrüstung ist etwas übertrieben. Du ärgerst dich darüber wie ein kleines Kind.«

»Und deshalb lachst du mich aus? Ich mache das bei deinen Schrullen nicht, obwohl ich allen Grund dazu hätte.«

»Es tut mir leid, wenn das bei dir so angekommen ist. Und dass ich selbst nicht ohne Macken bin, hat mir schon«, er stockte und schluckte das nächste Wort hinunter, »meine Mutter gesagt. Also sind wir quitt, denn auch du musst einiges aushalten.«

Konstantin bemühte sich, seinen wachsenden Unmut über ihr Verhalten wie Verständnis klingen zu lassen, um keinen unnötigen Streit vom Zaun zu brechen. Aber so ganz schien es ihm nicht zu gelingen, denn Veronika stampfte auf und trat gegen sein Stuhlbein.

»Vergleichst du uns etwa wieder?«, fragte sie scharf.

»Ich liebe dich«, beteuerte er schnell, »vom ersten Augenblick an.«

Diese Erklärung besänftigte Veronika, denn kurz flammte in ihrem Gesicht ein Lächeln auf. »Schon gut, bemüh dich nicht weiter, mich mit deinem Liebesgeschwafel einzulullen. Ich sag es dir besser gleich, damit du keine falschen Schlüsse ziehst: In den Norden will ich auf gar keinen Fall. Die Dänen, Schweden, Norweger und vor allem die Finnen können mir allesamt gestohlen bleiben.«

»Okay«, murmelte Konstantin, dem es dort gewiss gefallen hätte. Unlängst hatte er eine Dokumentation über die skandinavischen Länder gesehen und war beeindruckt gewesen. Aber wenn sie dorthin partout nicht wollte, dann würde es sie eben in ein anderes Land verschlagen.

»Von den Eskimos in ihren Iglus mal ganz zu schweigen. Das kann mir keiner weismachen, dass die dort oben nicht vor Kälte umkommen.«

Jetzt musste Konstantin herzlich lachen.

Sie sah ihn entgeistert an.

»Die Eskimos leben nicht in Skandinavien, sondern in Nordkanada, in Alaska, einige Stämme auch in Sibirien und auf Grönland. ›Inuit‹ ist die politisch korrekte Bezeichnung, aber nicht alle wollen so genannt werden. Da gibt es verschiedene Meinungen.«

»Hör auf, mich zu belehren, und stell mich nicht als unwissend hin. Im Unterschied zu dir habe ich ›Fräulein Smillas Gespür für Schnee‹ gelesen, und das spielt in Grönland, das zu Dänemark gehört. Also weiß ich sehr wohl über die *Inuit* Bescheid und auch, dass die meisten Eskimos nicht in Skandinavien leben.«

Ja, dachte Konstantin belustigt, aber du wirfst mit einer anmaßenden Leichtigkeit alles in einen Topf, den du der Einfachheit halber als »dort oben« bezeichnest. Er behielt diese Erkenntnis wohlweislich für sich und arbeitete still weiter an ihrem Profil.

Zumindest in einem Punkt gab er ihr uneingeschränkt recht: Sie mussten Berlin verlassen, und das besser heute als morgen.

Veronika

Wie gut Konstantin sich vorkam.

Von seinem oberlehrerhaften Getue hatte sie die Nase längst voll. Anfangs fand sie es durchaus reizvoll, wenn er sein umfangreiches Wissen kundtat.

Und ja, es stimmte, sie hatte diesen Mann um jeden Preis haben wollen. Was ihr zuerst leicht erschien, hatte sich allerdings bald zu einer unerfreulichen Herausforderung entwickelt, der sie sich nicht gewachsen fühlte, und sie hatte überlegt, die noch junge Beziehung zu beenden.

Waren es Skrupel, die sie nach einer Weile des Zusammenseins zögern ließen?

Es war ihr nicht mehr möglich, ihre damaligen Gefühle treffend nachzuvollziehen. Ihr inneres Chaos war zu groß, eine Struktur, an der sie sich hätte orientieren können, ließ sich daher nicht finden.

Auch Konstantin war die Sache mit ihr zu heiß gewesen, das hatte sie schon bald nach ihren ersten intimen Begegnungen deutlich gespürt.

Der Sex war prickelnd und, wie er ständig versicherte, besser als alles, was er vorher erlebt hatte. Doch irgendetwas hemmte ihn, ihre Beziehung weiter voranzutreiben.

Gerade als sie sich dazu entschlossen hatte, mit ihm Schluss zu machen, bevor er diesen Schritt möglicherweise vor ihr zu gehen wagte, war das Unglaubliche geschehen: Sie war von ihm schwanger geworden.

Danach gab es kein Zurück mehr.

Veronika atmete tief durch und streckte sich so ausgiebig, dass ihre Glieder knackten.

»Interessiert es dich eigentlich, wohin *ich* ziehen will? Du weißt, dass ich den Norden verabscheue, hast aber nicht gefragt, wo es mir gefallen würde.«

»Nun, du wirst es mir sicher mitteilen, und dort werden wir dann auch hinfahren, egal, ob mir dein Reiseziel gefällt oder nicht. Bist ja sonst nicht so geheimnistuerisch, wenn du dir etwas in deinen Lockenkopf gesetzt hast«, antwortete Konstantin sanft. Sein Tonfall und das angedeutete Lächeln konnten die offensichtliche Gehässigkeit in seinen Worten jedoch nicht verbergen.

Es fiel Veronika schwerer als gedacht, sich in Selbstbeherrschung zu üben. Doch wenn sie darauf etwas erwiderte, könnte sich ein endgültiger Bruch daraus entwickeln, und so weit war sie noch nicht.

»Süden«, platzte sie stattdessen heraus. »Ich will in den Süden.«

»Kannst du das bitte etwas präziser formulieren? Meinst du den Süden von Europa? Oder Afrika, die Karibik, Südamerika, oder malst du dir womöglich ein Leben in Neuseeland aus?«

»Also wirklich!«, ereiferte sie sich. »Wo denkst du denn hin? Natürlich möchte ich in Europa bleiben. Sonnig soll es sein. Lass uns mal die Angebote durchgehen. Ich weiß ganz sicher, wohin ich will, wenn ich es sehe.«

Konstantin warf ihr einen kurzen Blick zu, den sie nicht deuten wollte.

»Schau mal«, sagte er und zeigte auf den Bildschirm. »Dieses italienische Paar bietet eine Wohnung in Palermo an. Es handelt sich um ein Penthouse mitten im Zentrum, und sie wollen dafür nach Hannover, Hamburg oder Berlin. Was hältst du von dem Angebot?«

»Klingt ziemlich attraktiv. Aber wollen wir wirklich nach Sizilien?«

»Mein Traumziel ist diese Insel bestimmt nicht. Sie ist mir

zu ausgesetzt im Meer, und aus Afrika kommen immer wieder Unmengen an Flüchtlingen dort an.« Er seufzte und zog an seinem Ohrläppchen.

»Aber doch nicht in Palermo. Wenn, dann gehen die eher in Trapani an Land oder Gott weiß wo. Mich reizt Palermo aber auch nicht. Vielleicht sind es Vorurteile«, sie knetete nachdenklich ihre Finger, »aber ich verbinde diese Stadt mit der Mafia und glaube, dass es dort sehr schmutzig ist. Abends würde ich mich da nicht so sicher fühlen.«

Konstantin hob den Zeigefinger, und Veronika wusste, dass nun die nächste Besserwisserei folgen würde.

»Vroni, die Mafia hat sich im 19. Jahrhundert auf Sizilien entwickelt, trägt in unterschiedlichen Teilen Italiens aber verschiedene Namen. In Sizilien nennt sie sich ›Cosa Nostra‹. Ich habe gelesen, dass ihre Mitglieder Touristen vor Kleinkriminellen schützen. Das hat schon etwas Beruhigendes an sich.«

Veronika verdrehte die Augen. Sie würde Konstantin am liebsten den Mund zukleben, damit er sie nicht weiter mit seinen selbstherrlichen Monologen quälte. Doch sie zuckte bloß mit den Schultern.

»Gut, dann scheidet Palermo eben aus. Suchen wir also weiter.«

So einfach, wie sie es sich ausgemalt hatte, gestaltete sich das Ganze nicht.

»Ich koche uns Spaghetti aglio olio e peperoncino, darauf habe ich Lust. Was meinst du?«

An Konstantins nach unten gezogenen Mundwinkeln konnte sie erkennen, wie sehr er sich auf dieses Abendessen freute.

Beschwingt begab Veronika sich in die Küche und verschloss ihre Ohren bewusst vor seinen alternativen Vorschlägen.

7

Adele

Sie konnte lange nicht einschlafen.

Irgendwann war alles verschwommen, und sie nickte weg. Doch dann schreckte sie wieder hoch, und ihr Herz pochte bis zum Hals. So erging es ihr einige Male.

Die Aufregung über den unerwünschten Ortswechsel hielt sie wach. Unruhig wälzte sie sich von einer Seite zur anderen, drückte das Kissen hoch, schüttelte den Stoff ihres seidenen Negligés, um sich Luft zu verschaffen, denn es war unerträglich heiß, und schob die verstörenden Gedanken, die sie beschäftigten, erfolglos zur Seite, bis Niklas sich abrupt aufsetzte.

»Geht es dir nicht gut, mein Liebling? Du bist ja ganz verschwitzt.«

»Ich bin einfach so angespannt. Meine Nerven liegen blank.«

»Du Arme.« Er legte den Arm um sie.

Adele machte sich sanft frei.

»Schatz?« Er sah sie fragend an. »Brauchst du ein Glas Eistee oder irgendetwas anderes?«

»Das ist lieb, aber du musst dich nicht so um mich kümmern.«

»Ich will nur nicht, dass du dich quälst.« Er warf einen Blick auf seine Armbanduhr. »Es ist ziemlich weit nach Mitternacht. Hast du überhaupt ein Auge zugetan?«

»Klar, aber nie lange.«

»Du hast ja auch einiges zu verarbeiten. Immerhin ist Marlene deine beste Freundin, und wir müssen nach Berlin zurück. Ich weiß doch, wie viel dir daran liegt, hier in Venedig zu bleiben.«

»Das Universum hat eben einen anderen Plan für uns.«

»Universum? Darüber machst du dich doch sonst lustig.« Er

lachte und zog sie erneut in seine Arme. »Diesmal bitte keinen Fluchtversuch.«

Adele kicherte und kuschelte sich an ihn, drückte ihre Wange in die Kuhle zwischen seinem Kinn und dem Schlüsselbein.

Haut an Haut mit ihrem Mann fühlte sie sich geborgen und sicher. Aber sie wollte ihn mit ihrer Nervosität weder anstecken noch wach halten.

Seine Übersetzungen für den Verlag erforderten deutlich mehr Konzentration als ihre Arbeit. Sie war in der glücklichen Lage, sich ihre Zeit freier einteilen zu können als er. Dafür verdiente sie auch weniger. Wirklich störend fand sie diesen Umstand nicht, denn da war ja noch ihr Vater, der stets das Defizit auf ihrem Konto ausglich.

Niklas wusste das nicht. Es war ein Geheimnis, das ihr Vater und sie hüteten wie den Heiligen Gral. Adele würde vor Scham im Erdboden versinken, wenn Niklas von diesen Transaktionen etwas mitbekäme.

Aber anders ließe sich ihr wunderbares Leben in Venedig trotz Niklas' unermüdlicher und schwerer Arbeit nicht finanzieren.

»Nein, Liebster, ich reiße nicht aus, schlaf ruhig weiter und sammle Kraft für morgen. Alles ist gut. Ich schaffe das allein.«

Adele strengte sich an, reglos wie ein Stock neben ihm zu liegen, befahl sich, leiser zu atmen, und ihrem Herzen, weniger heftig zu pochen.

Erst als Niklas' Brust sich regelmäßig unter dem Laken hob und senkte, wagte Adele es schließlich, so geräuschlos wie möglich aus dem Ehebett zu krabbeln und unter dem Moskitonetz durchzuschlüpfen.

Niklas schlief friedlich weiter.

Vorsichtig schlich Adele auf nackten Füßen in die Küche hinunter, bemüht, keinen Lärm zu machen, und schloss leise die Tür hinter sich.

Eine Welle der Übelkeit überwältigte sie wie aus dem Nichts, und Adele klammerte sich an die Spüle. Sie ließ das Wasser fließen, bis es endlich kalt wurde, und hielt ihre Handgelenke darunter, benetzte auch ihre Schläfen. Bewusst zählte sie ihre Atemzüge und massierte die Haut zwischen ihrem Daumen und dem Zeigefinger. Irgendjemand hatte ihr einmal erklärt, dass sich dort ein wichtiger Akupunkturpunkt befände, den man bei Angstanfällen aktivieren sollte.

Der Druck auf diese Stelle verschaffte ihr auch wirklich Linderung.

Was war los mit ihr?

Sie war doch nicht etwa …

Aber was, wenn doch?

Heute Morgen war sie sich noch sicher gewesen, dass die ziehenden Schmerzen im Unterbauch wieder mal die bald einsetzende Menstruation ankündigten. Bisher hatte sie ihre Tage jedoch nicht bekommen.

Adele hastete ins Gästebadezimmer, fischte aus der untersten Lade des Spiegelschrankes, verborgen zwischen Watte und Reinigungstüchern, einen der Schwangerschaftstests und riss ihn aus der Verpackung. Aufs Äußerste angespannt setzte sie sich auf die Toilette. Sie war so verkrampft, dass es ihr erst nach gefühlten fünf Minuten gelang, ihre Blase zu entleeren und auf den Streifen zu pinkeln. Sie hatte gehört, das aussagekräftigste Ergebnis bekäme man morgens, weil die hCG-Konzentration im Urin dann am höchsten sei. Es war zwar erst mitten in der Nacht, die Dämmerung würde jedoch bald hereinbrechen, das ging bestimmt als früher Morgen durch.

Ungeduldig wartete sie auf das Ergebnis und betete still zu wem auch immer für ein positives Ergebnis.

»Bitte lass eine zweite Linie erscheinen«, murmelte sie.

Endlich war es so weit. Sie starrte auf den Test.

Ein enttäuschtes »Oh« entfuhr ihr, als sie nur einen Strich entdeckte. Der stand unabänderlich für ein negatives Resultat, die ersehnte Schwangerschaft lag nicht vor.

Traurig platzierte sie Test und Verpackung ganz unten im Mülleimer und häufte den Rest an Abfall darüber. Niklas sollte von ihren Fehlschlägen nichts mitbekommen, er war schon so besorgt genug.

Ihre Übelkeit und der Druck im Magen waren wohl auf das ausgiebige Naschen beim Durchforsten der Plattform zurückzuführen. Etwas Gutes hat es jedoch, redete sie sich das Ergebnis schön, eine Schwangerschaft würde Marlenes Versorgung erschweren.

Durch ihr heimliches Tun im Badezimmer war Adele nun erst recht aufgewühlt. Ans Schlafen verschwendete sie keinen Gedanken mehr, sie war putzmunter.

Sie zog sich Niklas' alten Sweater über und schlüpfte in Flipflops.

Im Arbeitszimmer roch es muffig, und sie öffnete die Fensterläden weit, um frische Luft hereinzulassen. Tief atmete sie den beginnenden Morgen ein. Der Garten verströmte den betörenden Duft ihrer unterschiedlichen Pflanzen, und der Himmel begann sich im Osten rosarot zu färben.

Trotz ihrer Sorge um Marlene und der Traurigkeit über den negativen Bescheid wurde Adele von einem ungeahnten Glücksgefühl erfasst. Sie war hier, sie war am Leben, und es gab Niklas an ihrer Seite. Gemeinsam würden sie allen Herausforderungen begegnen und sich ihnen stellen. Es wäre doch gelacht, wenn sie keine Tauschwohnung fänden.

Sie holte ein großes Glas mit Sprudelwasser, klappte das Notebook auf und begab sich abermals auf die Suche.

Es waren, seit sie schlafen gegangen waren, einige neue Anbieter dazugekommen.

Neugierig überflog sie die Profile und stoppte.

Da gab es ein junges Paar direkt in Berlin-Friedrichshain.

Was die beiden schrieben, klang sympathisch und interessant. Sie hatten sich auf keine bestimmte Stadt festgelegt, wollten jedoch in Europa in einer der Metropolen bleiben. Zudem waren sie, was die Dauer des Tauschs anbelangte, flexibel, da sie ebenfalls freiberuflich arbeiteten.

Das hieß, überlegte Adele, sie musste sich ihnen gut verkaufen und ihr Häuschen schmackhaft machen.

»Veronika und Konstantin«, sagte Adele leise, »wir kommen schneller, als ihr glaubt.«

Hoffentlich sprangen nicht allzu viele Mitinteressenten auf dieses Angebot an. Aber ihre Karten waren nicht die schlechtesten.

Obwohl sie vor Aufregung kurz vor dem Zerspringen war, schaute sie sich die Fotos ihres Zuhauses und des Gärtchens noch mal genau an. Besser ging es nicht. Die idyllische Lage kam unwiderstehlich rüber. Ihr venezianisches Kleinod musste man einfach haben wollen.

Adele klickte auf das Profil der beiden und begann zu tippen.

Niklas

Er wollte seinen Arm um Adele schlingen. Doch die Betthälfte neben ihm war leer und fühlte sich kühl an, so als hätte Adele schon seit einiger Zeit nicht mehr hier gelegen. Er setzte sich auf und knipste das Licht an.

Vor dem Fenster war ihr Garten in rosa Licht getaucht. Die Sonne war kurz vor dem Aufgehen. So früh am Morgen pflegte seine Schlafmütze üblicherweise tief in ihr Kissen vergraben leise zu schnarchen.

Wenn er sie nach dem Aufwachen darauf aufmerksam machte, wehrte sie seine »Anschuldigung«, wie sie es nannte, entrüstet ab. Deshalb hatte er sie einmal aus Jux mit dem Handy gefilmt und ihr beim Frühstück den Beweis vorgelegt.

Zuerst war sie verstimmt gewesen und hatte etwas von Datenschutz geplappert, um kurz darauf in schallendes Gelächter auszubrechen.

»Das bin nicht ich. Da hast du eine andere Frau gebucht und in unser Bett gelegt. So einfach kommst du mir nicht davon mit deiner angeblichen Dokumentation meiner Rüssellaute.« Sie hatte die Sätze von einem Lachkrampf geschüttelt hervorgebracht.

Seither war das eines der Themen, die sie in den Wortschatz ihrer Liebesbeziehung aufgenommen hatten. Mitunter pflegten sie eine Art Geheimsprache, meistens im Kreise ihrer Freunde. Niemand außer ihnen verstand den Inhalt ihrer Worte. Das machte ihnen beiden großen Spaß, und sie empfanden es als weiteres Verbindungsglied zwischen ihnen.

Niklas gähnte.

Wo war sie?

Für den Gang ins Bad war sie schon zu lange weg, außerdem hatte sie das Bett verlassen, bevor er aufgewacht war.

Durch das geöffnete Fenster hörte er die Vögel zwitschern.

»Adele!«, rief er. »Engelchen, wo bist du?«

»Unten, im Büro. Du solltest dir das mal ansehen. Ich glaube, ich habe etwas gefunden, das ein paar unserer Sorgen tilgen könnte.«

Er war schon auf der untersten Stufe und schlich sich leise an. Kaum war er hinter ihr, zog er sie in seine Arme. Adele sah sogar von hinten süß aus, wie sie da so in seinem alten Uni-Sweatshirt saß, über das ihre langen, glatten roten Haare fielen.

»Pfui, du Monster, jetzt hast du mich aber ordentlich erwischt.« So wie sie es sagte, wusste er, dass sie ihn natürlich gehört hatte.

Auch das war ein Spielchen zwischen ihnen, bei dem jeder die Regeln kannte.

Sie drehte sich zu ihm um und küsste ihn.

»Ich glaube, Fortuna meint es gut mit uns.«

»Zeig mal.« Niklas zog einen Stuhl neben sie und musterte rasch den Bildschirm.

Ein junges Pärchen, ungefähr in ihrem Alter, war zu sehen.

»Veronika und Konstantin«, las er laut.

Die beiden lächelten Arm in Arm in die Kamera. Die Frau hatte ein rundes Gesicht und braune Kulleraugen. Schwarze Locken kräuselten sich bis auf ihre Schultern. Sie trug eine bunte Bluse oder eine Tunika im Hippielook. Der Mann hingegen hatte eine Glatze und trug eine Brille.

Niklas grinste. »Der Typ erinnert mich an Harry Potter, der sich als Universitätsprofessor verkleidet hat.«

Adele lachte. »Nur dass der gute Harry noch Haare auf

dem Kopf hat. Sie sehen so verschieden aus. Vielleicht war sie seine Studentin? Sie wirkt lebenslustig und er verdammt abgekämpft.«

»Sie scheinen allerdings gleich alt zu sein.«

Die Bilder, die sie von ihrer Wohnung in Friedrichshain eingestellt hatten, gefielen ihm sofort.

»Was sagst du?« Adele sah ihn gespannt an. »Sieht doch cool aus.«

Er stimmte ihr zu. »Jedes Zimmer ist in einem anderen Farbton gehalten, und die beiden haben einen eigenwilligen Stil. Die Möbel sind ein Gemisch aus alt und ultramodern. Sieh dir nur mal die Lampen an.«

»Mir gefällt es. Dort könnte ich mich wohlfühlen. Das Beste an der Sache ist, Marlenes Wohnung liegt keine zehn Minuten entfernt in der ersten Querstraße der Kopernikusstraße. Überall gibt es Spätis, Bars, internationale Küche, und die großen Einkaufsmärkte an der Warschauer Straße sind auch ganz in der Nähe.«

»Klingt wie aus einem Märchen, fast zu gut, um wahr zu sein.« Er kniff ein wenig skeptisch die Augen zusammen. »Bitte sei nicht enttäuscht, wenn nichts draus wird«, fügte er schnell hinzu, weil Adeles Begeisterung schwer zu übersehen war.

»Warum soll da was schieflaufen? Mal nicht gleich den Teufel an die Wand.«

Niklas bemerkte ihre Verstimmung. Wenn sie etwas unbedingt haben wollte, benahm sie sich oft wie ein störrisches, verwöhntes Kind, ohne Rücksicht auf Verluste.

»Ich will nur vermeiden, dass du dich da zu sehr hineinsteigerst.«

»Wahrscheinlich hast du recht«, gab sie widerwillig zu. »Ich habe vorhin Kontakt aufgenommen, aber noch nichts von ihnen gehört.«

»Schatz, ich bitte dich. Schau mal auf die Uhr. Die beiden werden wohl noch in den Federn liegen und nicht wie du andauernd vor dem Computer sitzen.«

»Vielleicht doch«, murmelte sie schnippisch.

»Wenn das von dir zitierte Universum es so will, werden wir die Wohnung bekommen. Und wenn nicht, Friedrichshain ist groß. Bei hundertvierzigtausend Einwohnern findet sich mit Sicherheit noch eine andere Möglichkeit.«

»Aber ich will genau diese Wohnung, sie ist perfekt.«

»Komm, Liebling, lass uns frühstücken, und danach gucken wir, ob sie geantwortet haben. Okay?«

»Abgemacht. Aber du holst uns frische Croissants. Meines mit Aprikosenmarmelade.«

Niklas lachte und küsste sie auf den Mund. »Stets zu Diensten.«

8

Veronika

War es in erster Linie ihr Anliegen oder seines, Berlin so bald wie möglich zu verlassen?

Denn so träge, wie Konstantin sich verhielt, schien er es nicht besonders eilig zu haben. Wieder mal überließ er es ihr, die Angelegenheit zu regeln.

Sie tapste barfüßig in ihre sonnenblumengelb gestrichene Küche mit den ebenfalls gelb lackierten Türrahmen. Ihre steinalte Bialetti-Maschine versah noch ordentlich ihren Dienst, und sie mochte den Kaffee daraus um einiges lieber als den aus Konstantins Kapselmaschine. Es war ein ständiger Anlass zur Diskussion zwischen ihnen. Er wollte sie von seinem hypermodernen Hightechgerät überzeugen, und sie ließ es nicht zu. Der Kaffee schmeckte einfach schal, egal welche Sorte er einkaufte.

Nachdem sie sich einen Espresso aufgebrüht hatte, schön stark und ohne Zucker oder Sahne, legte sie die Füße auf den Stuhl neben sich.

Tat das gut.

Konstantin schlief noch und konnte daher nicht meckern, Kaffee sei Gift für ihre Nerven. Solche bescheuerten Sätze kamen gerade von dem Mann, der ohne Koffein nicht zu arbeiten beginnen konnte. Er schüttete das Zeug literweise in sich hinein, wogegen sie jeden Tropfen genoss, ja fast schon zelebrierte.

»Ertappt!« Konstantins raue Stimme riss sie unsanft aus ihren Gedanken.

»Wobei?«

»Du wolltest den Konsum von Nikotin, Alkohol und Koffein einschränken, wenn nicht ganz lassen.«

»Rauche oder saufe ich etwa gerade?«, knurrte sie und leerte ihre Tasse.

»Schon gut, Vroni, war nicht so gemeint. Und guten Morgen.«

Unter »gut« verstand sie etwas anderes.

»Morgen«, brummte sie und dehnte ihre Glieder.

Das luftige Sommerkleid, das sie nach dem Duschen übergezogen hatte – es versprach heute wieder sehr heiß zu werden –, spannte um ihre Brust.

Sie stand auf und schlang einen leichten Schal um ihren Oberkörper.

»Hast du schon die jüngsten Einträge auf der Tauschplattform kontrolliert?«

Es war ihre Art, ihm das Frühstück zu verderben.

Verlegen sah er von seinem Teller hoch. »Ich dachte, du machst das?«

»Ich? Es sollte für uns beide gleich wichtig sein, hier abzuhauen. Meinst du nicht?«

»Klar doch, aber du bist eindeutig firmer als ich, was die digitale Welt betrifft.«

»Das kann man sich gut einreden, um sich lästige Arbeit zu ersparen.«

»Wenn du das so siehst.«

»Lass mal, ich überprüfe, ob etwas Interessantes hereingekommen ist. Ohnehin bin ich mir immer noch nicht sicher, wohin der Wind uns treiben soll.«

Veronika ging in Konstantins Arbeitszimmer und wunderte sich, wie schmuck es aussah. Dann fiel ihr wieder ein, dass sie gestern alles für die Fotosession aufgeräumt und ansehnlich drapiert hatten.

»Vroni!«, rief Konstantin ihr nach. »Meine teure Kaffeemaschine müssen wir unbedingt in der Kammer verstauen. Nicht dass ein Fremder sie benutzt und womöglich unsachgemäß bedient.«

»Du hast Sorgen. Meine Bialetti ist über die Jahre zum Kultobjekt erklärt worden. Die dürfen die Leute anscheinend kaputt machen, wenn ich dich richtig verstanden habe?«

»Sei nicht gleich so gereizt. Davon war nie die Rede.« Er

blies ihr seinen Atem in den Nacken. Sie hatte ihn gar nicht hereinkommen gehört. »Also, öffnen wir die Zauberbüchse.«

»Das habe ich bereits getan. Sieh mal, wir haben ein paar Interessenten.«

»Zeig her«, sagte Konstantin und stellte einen Stuhl neben ihren, der eigentlich seiner war. Bevor er sich jedoch ein Bild machen und seine Meinung äußern konnte, erklärte Veronika ihm, wohin sie unter keinen Umständen wollte.

»Du erwägst hoffentlich nicht, es dir in Dubrovnik oder in Belleville, einem dieser grauenvollen Vororte von Paris, den Banlieues mit ihren billigen Hochhaussiedlungen, gemütlich zu machen? Dann haben wir noch Dublin, das geht nicht, da könnten wir ja gleich nach Beirut wechseln. Zugegeben, sie schreiben alle sehr freundlich und nett. Aber das täte ich an ihrer Stelle auch, wenn ich dafür Berlin bekäme.«

»Veronika, da ist noch eine Nachricht, die hast du vermutlich übersehen. Ein Pärchen bietet sein Haus in Venedig an.«

»Tatsächlich. Die wohnen auf der Giudecca, das ist zwar nicht die Innenstadt Venedigs, aber über einen Kanal in ein paar Minuten erreichbar.«

»Dort wimmelt es geradezu von Kanälen. Das wäre also nicht das Problem. Sieh nach, was sie schreiben.«

»Die beiden heißen Niklas und Adele, kommen ursprünglich aus Hamburg …« Sie unterbrach sich und sagte: »Sind also zum Glück Deutsche, damit hätten wir sprachliche Verständigungsschwierigkeiten schon mal aus dem Weg geräumt.« Sie richtete den Blick wieder auf die Nachricht. »Sie sind jungverheiratet, und die Bilder sind klasse, es gibt einen kleinen Garten mit üppig blühenden Sträuchern und eine Steinveranda. Wohnzimmer, Küche, Gästebad und Arbeitszimmer befinden sich im Erdgeschoss, das Schlafzimmer und ein weiteres Bad auf der ersten Etage. Hier steht, sie würden gern so bald wie möglich umziehen, da eine ihrer Freundinnen, die in Friedrichshain lebt, schwer erkrankt ist und sie ihr beistehen wollen.«

»Richtige Gutmenschen.«

Wurde Konstantin etwa sarkastisch? Das wäre ein ganz neuer Zug an ihm.

Veronika dachte konzentriert nach. Venedig hatte was an sich, das ihr gefiel. Und ein Häuschen mit Terrasse und Garten, ein wenig abgelegen, aber doch gut angebunden, war schon immer ihr Traum gewesen. Bot sich hier etwas an, wonach sie sich insgeheim sehnte?

»Die beiden scheinen es eilig zu haben. Wir wollen unsere Zelte auch schleunigst abbrechen. Der Ort ist attraktiv, und was die beiden schreiben, klingt so, wie wir es uns vorstellen, warum also nicht?«

»Mailen wir ihnen erst mal zurück und warten ab, was sie zu sagen haben. Vielleicht hat ja schon ein anderer aus Berlin zugeschlagen. Das wäre schade.« Konstantin schien die Möglichkeit ehrlich zu bedauern.

So euphorisch kannte Veronika ihn nicht. Er lag mit seiner Betrachtung des Angebotes aber gar nicht mal falsch. Auch sie konnte sich dem Reiz nicht entziehen.

Rasch tippte sie: »Wir haben Interesse an einem vorübergehenden Tausch. Ihr klingt sympathisch, und euer Häuschen entspricht unserem Geschmack. Der Garten ist eine kleine Idylle, eine richtige Wohlfühloase.«

»Das hast du charmant formuliert. Bin gespannt, wie sie reagieren.«

Kaum hatte Konstantin das gesagt, kam auch schon eine Antwort.

»Eure Wohnung wäre für uns perfekt. Sie liegt nur wenige hundert Meter von der meiner Freundin entfernt, und wir sind an einem Tausch sehr interessiert.«

Konstantin

Er betrachtete Veronika verstohlen von der Seite. Ihre Wangen glühten vor Begeisterung. Der Schal, den sie vorhin um sich geschlungen hatte, war zu Boden geglitten, ohne dass sie es bemerkt hatte.

»Vielleicht haben wir das große Los gezogen, genauso wie diese Adele und dieser Niklas.«

»Frag sie bitte, ob sie Haustiere haben, denn das wurde bisher nicht erwähnt. Eine Katze könnte unserem Kleinen schaden.«

»So etwas gibt man doch in seinem Profil an.«

»Trotzdem, nicht dass wir am Ende auf ein Haustier aufpassen müssen, weil sie das vergessen haben.«

»Okay.«

Kurz nach Veronikas neuerlicher Mail kam auch schon eine Reaktion.

»Wir wohnen hier zu zweit, denn wir haben leider noch keine Kinder, und unsere ›Haustiere‹ befinden sich im Garten und zwitschern uns am Morgen wach.«

»Lustig sind die beiden.«

»Vielleicht färbt es ab? Ein wenig Spaß könntest du auch vertragen.«

Konstantin wusste, dass Veronika auf seine gedrückte Stimmung anspielte. Doch seit sie dieses Projekt in Angriff genommen hatten, ging es ihm entschieden besser.

»Sag den beiden zu. Wenn sie einverstanden sind, können wir schon nächste Woche umziehen. Ich fange sofort an, die Kammer zu entrümpeln und mit Dingen vollzustopfen, die jeder sehen kann. Das heißt«, er zwinkerte ihr zu, »meinen Kaffee braut in der nächsten Zeit deine kultige Bialetti.«

»Endlich bekommt sie auch von dir den Zuspruch, den das gute Stück verdient.«

In einem seltenen Anfall von Rührseligkeit umarmte Konstantin Veronika. Sie fühlte sich gut an. Angenehm mollig rund an den richtigen Stellen. Seine längst eingeschlafenen Lebensgeister schienen nach Wochen der Abgestumpftheit auf einmal wieder zu erwachen. Er hatte Lust auf sie.

Er knabberte an ihrem Ohrläppchen.

»Holla«, sagte sie, »du spuckst mir ins Ohr. Das ist eklig.«

Nicht mal diese Worte konnten seine aufflammende Begierde verdrängen. Es war fast wie früher, als er von ihr nicht genug kriegen konnte.

»Stell dich nicht so an und komm mit ins Schlafzimmer, und zwar dalli.«

Veronika warf ihm einen überraschten Blick zu, stand aber ohne Widerrede auf.

»Mir ist jetzt eher nach Sex auf dem Küchentisch oder gleich hier, auf deinem Sekretär«, sagte sie keck. Mit einer raschen Handbewegung wischte sie einige Papiere beiseite, die langsam zu Boden segelten, und setzte sich mit gespreizten Beinen auf die Schreibtischplatte. Ihr Kleid rutschte hoch, und Konstantin bemerkte, dass sie keinen Slip trug. Sie war frisch rasiert, fast so, als hätte sie sich auf das vorbereitet, was nun passierte.

Der Sex war kurz und feurig.

Danach fühlte er sich so unbekümmert wie schon lange nicht mehr. Eine schwere Last fiel Stück für Stück von ihm ab.

»Ich liebe dich«, hauchte Veronika. »Und jetzt hopp, hopp, Abmarsch. Die Arbeit wartet nicht.«

Es war keine kalte Dusche, aber das Glücksgefühl von gerade eben wurde umgehend schwächer.

9

Adele

Sie kauerte auf einem schmiedeeisernen Stuhl in ihrem Garten, und Tränen flossen über ihre Wangen.

Sie konnte es sich nicht vorstellen, ihr wunderbares Heim zu verlassen.

Giovanna, die neben ihr saß, legte ihre Hand auf die von Adele. »Du musst es nicht tun.«

»Das ist leicht gesagt. Wer soll sich dann um Marlene kümmern? Sie hat niemanden außer mir. Ich kann sie nicht im Stich lassen. Aber ich …« Sie wurde von einem weiteren Weinkrampf geschüttelt. »Ich will nun mal nicht weg von hier. Es war mein innigster Wunsch, in Venedig zu leben, und den hat Niklas mir erfüllt. Jetzt muss ich weg und weiß nicht mal, für wie lange.«

»Sobald deine Freundin sich erholt hat, spricht nichts dagegen, dass du wiederkommst.«

»Sie ist linksseitig gelähmt. Das ist zwar reversibel, das heißt, die Physiotherapeutin trainiert sie. Aber ich muss zumindest so lange bleiben, bis sie wieder allein zurechtkommt.«

»Das spricht für sich.« Giovanna stand auf und nahm das Tablett mit der Karaffe und den Gläsern, um es in die Küche zu bringen. »Dein Zitroneneistee schmeckt übrigens hervorragend.«

»Ach, da habe ich bloß ein Pulver aus einem der exklusiven Shops um den Markusplatz mit Wasser vermischt. Selbst gemacht ist davon gar nichts.«

»Hauptsache, es ist gut. Komm jetzt, wir packen, sonst wird das heute nichts mehr.«

Giovanna war eine echte Freundin. Sobald sie von Marlenes Drama erfahren hatte, war sie zu Adele gekommen und hatte ihr uneingeschränkt ihre Hilfe angeboten. Und Adele war dankbar, denn allein hätten Niklas und sie es in der kurzen Zeit nicht geschafft. Gerade mal eine Woche war ihnen geblieben, nachdem sie sich mit Veronika und Konstantin einig geworden waren, und davon waren drei Tage bereits verstrichen, die sie mit dem Organisieren ihrer Arbeit und der Reise sowie mit dem Schreiben endloser To-do-Listen verbracht hatten. Jetzt stand der Umzug kurz bevor, und es gab so viel wegzuräumen, zu sortieren, einzupacken, dass sie gar nicht wusste, wo sie beginnen sollte.

Giovanna hingegen war praktisch und hatte einen Plan, den Adele widerstandslos befolgte. Auch Niklas, der prinzipiell gern und häufig Konzepte entwarf, fügte sich Giovannas Vorstellungen.

»Versprichst du mir, diese beiden Tauschpartner, Veronika und Konstantin, einmal aufzusuchen und zu schauen, ob in unserem Häuschen alles okay ist?«

»Das haben wir schon einige Male besprochen, und ich habe dir zugesagt, auch zu überprüfen, ob sie die Pflanzen im Garten gießen und den Rasen mähen. Bitte steigere dich nicht so hinein. Es sind schließlich keine Vandalen, sondern anscheinend normale Menschen wie du und ich. Außerdem verbindet euch etwas Entscheidendes. Auch dieses andere Pärchen überlässt sein Zuhause fremden Menschen, nämlich euch.«

»Das ist mir schon klar. Aber Niklas und ich sind eben erst hier sesshaft geworden und mit der Familienplanung beschäftigt. Ich habe nicht die geringste Lust auf Berlin. Verstehst du das?«

»Natürlich. Keine Frage. Ihr macht dort ja auch keinen Urlaub, sondern müsst eine Aufgabe meistern.«

»Ich liebe Berlin, und Friedrichshain ist großartig. Dass es uns ausgerechnet dorthin verschlägt, sollte mich eigentlich freuen.«

Während Giovanna und sie alles aussortierten und Bedienungsanleitungen für die verschiedenen Geräte im Haus bereitlegten, kümmerte sich Niklas um die weiteren Informationen für ihre Tauschpartner. Er erstellte eine Übersicht, wann gegossen werden sollte und welche Pflanzen wie viel

Wasser brauchten, und schrieb eine Liste mit Hinweisen, wo man günstig einkaufen konnte oder in welchen Trattorien sich ihrer Ansicht nach ein Besuch lohnte. Er pinnte sogar einen aktuellen Plan der Abfahrt- und Ankunftszeiten der Vaporetti an das Schwarze Brett, an dem schon unterschiedliche Notfallnummern hingen.

Giovanna kicherte. »Es kommt mir so vor, als wäre das Haus euer Kind, und ihr gebt den Babysittern genaue Anweisungen für den Fall der Fälle.«

Alle lachten, denn Giovannas Witzelei hatte etwas an sich, dem man sich nicht entziehen konnte.

Schließlich öffnete Niklas eine Flasche Spumante und reichte Crostini mit Sardellen dazu.

»So«, sagte er streng. »Jetzt bedanken wir uns bei Giovanna und stoßen auf gute Zeiten an.« Er hob sein Glas, und das Abendlicht brach sich im Kristall. »Auf uns.«

Trotz der ausgelassenen Stimmung beschlich Adele das unbestimmte Gefühl, dass möglicherweise schlechte Zeiten auf sie zukamen. Zum Glück musste sie Venedig nicht allein verlassen, sondern war in Begleitung ihres Ehemanns.

»Alles wird gut«, murmelte Niklas, als könnte er ihre Gedanken lesen.

»Und wenn nicht?«, fragte sie verzagt.

»Verlass dich auf mich, auf uns. Wir machen schließlich keine Expedition ins ewige Eis.«

»Das steht zu hoffen.« Giovanna lächelte sanft und zerzauste mit einer Hand ihr kurz geschorenes, bunt gefärbtes Haar, bis es in alle Richtungen stand. Als Modedesignerin bevorzugte sie einen extravaganten Look, an den Adele sich sofort gewöhnt hatte, sobald sie Giovannas herzerwärmende Art erkannte.

Irgendwann verzog sich Adeles unangenehmes Gefühl und löste sich in Wohlgefallen auf.

Nachdem Giovanna sich verabschiedet hatte und in eines der Wassertaxis gestiegen war, ging sie ins Bad, tuschte ihre Wimpern, trug rosa Lippenstift auf und kniff sich in die blassen Wangen, bis sie ein wenig Farbe bekamen.

»Ich schaue grauenvoll aus«, erklärte sie ihrem Spiegelbild und wurde zugleich von Schuldgefühlen überschwemmt.

Würde sie ihre beste Freundin wiedererkennen?

Was, wenn sie den Schock über deren Veränderung nicht verbergen konnte?

Adele kam sich hilflos vor.

Hilflos und inkompetent.

Niklas

Er hatte es so dahingesagt, um Adele nicht noch mehr in Sorge zu versetzen, aber glaubte er es auch?

Es wird alles gut werden.

Niklas war niemand, dem Veränderungen leichtfielen. Daher war auch der Umzug nach Italien lediglich seiner allumfassenden Liebe zu Adele geschuldet gewesen. Er machte ihr keinen Vorwurf, dass es nun zurück nach Berlin ging, wahrscheinlich hätte er ebenso gehandelt wie sie. Ganz sicher war er zwar nicht, aber es fühlte sich um einiges besser an, der menschenfreundlichen Stimme in seinem Kopf zu folgen.

Adele übte ihren Beruf ja ebenso wie er freiberuflich aus. Nur war es kein Geheimnis, dass sie es, während er mindestens vierzig Stunden an seinen Übersetzungen saß, mit ihren Grafikjobs im besten Fall auf siebzehn bis achtzehn in der Woche brachte.

Er gönnte ihr die freie Zeit, die sie im Garten oder mit ihren Freundinnen verbrachte. Dass sein Schwiegervater ihr dieses unbekümmerte Leben durch seine großzügigen Geldspenden ermöglichte, grub sich jedoch wie ein Stachel in Niklas' Herz.

Seine Frau war naiv oder vielmehr gutgläubig genug anzunehmen, dass die finanzielle Unterstützung wie geschmiert an ihm vorbeilief.

Einige Male hatte er versucht, sie darauf anzusprechen, war dann aber meist zurückgerudert, weil sie in einer für ihn fast beklemmenden Art die Beziehung zu ihrem Vater verteidigte.

»Bist du auf Papa eifersüchtig?«

»Natürlich nicht. Wie kommst du darauf?«

Nein, eifersüchtig war er nicht. Er mochte bloß dessen protziges Gehabe nicht.

»Niklas!«, rief sie und schwebte, er konnte es nicht anders bezeichnen, wie eine Fee in den Raum. Das weiße, kurze Shirt reichte bis zum Bund ihres schwingenden Rockes und unterstrich ihre Wespentaille. Sie hatte sich frisch gemacht, und ihr dichtes rotes Haar fiel wie ein Samtvorhang weit über ihre Schultern. Heute trug sie es offen, so wie es ihm am besten gefiel.

»Komm zu mir, mein Herz«, sagte er und breitete seine Arme weit und einladend aus.

Aber sie blieb vor ihm stehen und warf ihm einen bekümmerten Blick zu.

»Je näher der Termin rückt, desto größer wird meine Verzweiflung, der Sache nicht gerecht zu werden. Marlene braucht eine fachkundige Hilfe und nicht so ein unwissendes Kalb wie mich.«

Sie war kurz davor, in Tränen auszubrechen, und Niklas stand schnell auf und drückte sie an sich.

»Was deine Freundin braucht, ist neben all der professionellen Unterstützung, die sie ja ebenso erhält, eine liebevolle Person, mit der sie eine Unmenge an Lebenszeit verbracht und viel Spaß und Freude erlebt hat. Und das bist nun mal du.«

»Du findest immer die richtigen Worte.«

Sie schmiegte sich an ihn, und Niklas dachte, was für eine eigenartige Mischung seine wunderbare Frau doch war: heiter, ausgelassen, unbeschwert und fröhlich und dann wieder tiefschürfend, unsicher und schwermütig.

»So, und jetzt mache ich uns ein Sorbetto di limone. Das hilft gegen die Hitze und die Anstrengung des heutigen Tages. Außerdem vertreibt es unsinnige Gedanken.«

10

Konstantin

War es sinnvoll, wie Veronika sich verhielt?

Sie räumte unbesonnen, wenn nicht gar chaotisch, in ihrer Wohnung herum.

Es polterte und krachte, Zimmertüren schlugen zu, wurden wieder geöffnet, und die Scheiben der Fenster klirrten vom Zugwind.

In einem etwas zu scharfen Ton wies er sie darauf hin. »Könntest du die Lautstärke reduzieren? Du ordnest alles Mögliche um, flitzt von einem Raum zum anderen, verschiebst die Gegenstände aber nur, anstatt dir darüber Gedanken zu machen, was wir in der Kammer verstauen sollten.«

Veronika stellte sich daraufhin breitbeinig vor ihn und schnauzte ihn derb an: »Dann mach den verdammten Laden eben selbst sauber und stell deine affigen Möbel so auf, wie es dir gefällt. Mir ist das schnuppe. Denn dir passt schon lange überhaupt nichts mehr, was ich mache. Außerdem hatten wir längst besprochen, was alles in die Kammer gehört.«

»Mir ist nicht egal, was du machst. Red keinen Quatsch. Das stimmt nicht. Ich meinte bloß, da fehlt ein Konzept. Auch mir wächst diese Geschichte über den Kopf. Noch dazu, wo es nun so schnell gehen muss. Ich komme nicht mal dazu, meine Unterlagen zu sortieren und darauf zu achten, dass wir nichts zurücklassen, was uns schaden könnte.«

»Du quengelst wie ein Kleinkind, das seinen Lolli nicht bekommt. Deine Unterlagen sind alle auf deinem Computer gespeichert. Du hättest dich schon vor geraumer Zeit darum kümmern sollen, dir ein Notebook zu besorgen und die Dateien auf das neue Gerät zu übertragen. Du willst doch wohl nicht den alten schweren Krempel nach Venedig mitschleppen?«

Konstantin hatte ebendas vorgehabt und keine einzige Sekunde lang darüber nachgedacht, wie es zu bewerkstelligen wäre. Nun würde er noch mal losmüssen, um sich einen Laptop zu kaufen.

Veronika hatte vor Zorn rote Wangen. »Ich verstehe dich einfach nicht. Wie kannst du so ahnungslos mit dieser Veränderung umgehen?«

Langsam dämmerte es Konstantin. Sie warfen einander genau dasselbe vor. Und ebenda lag der sprichwörtliche Hund begraben.

»Den Laptop besorge ich noch, aber nicht mehr heute. Immer mit der Ruhe, Vroni«, begann er und wurde sofort unterbrochen.

»Ruhe? Die haben wir erst, wenn unser Zeug im Minivan verstaut ist. Den kannst du fahren, während ich im Zug sitze und meine geschwollenen Füße und Beine ausstrecke. Denn du willst mir hoffentlich keine Autofahrt zumuten.«

»Davon war nie die Rede. Mir sind dein Wohlbefinden und die Sicherheit unseres ungeborenen Kindes sehr wichtig, das ist dir hoffentlich klar. Zum Glück habe ich den alten VW-Bus behalten. Der hat uns schon in mehr als nur einer Situation genützt.«

»Ja, eh«, maulte Veronika, aber es hörte sich nicht sehr überzeugend an.

»Die Route habe ich bereits genau durchgerechnet. Ich fahre von Berlin direkt nach Venedig bis zum Anleger Tronchetto. Von dort aus kann ich die Autofähre zum Lido nehmen, die legt einmal die Stunde ab. Das Auto lasse ich in einem günstigen Parkhaus stehen und besorge ein Wassertaxi, das unseren Kram zur Giudecca befördert. Mit kurzen Pausen brauche ich ungefähr dreizehn Stunden bis nach Venedig, und dann kommt es darauf an, wie lange ich auf die Fähre warten muss und wie das mit dem Transport im Taxi ist. Zur Not kann ich einen Teil auch mit dem Vaporetto in unser neues Zuhause bringen.« Er lächelte aufmunternd. »Das Ganze schaffe ich in weniger als zwei Tagen.«

»Warte mal. Stopp«, bat sie. »Solltest du nicht einen Zwischenstopp einplanen, um dich auszuruhen? Klingt alles sehr anstrengend.«

»Vielleicht steige ich wirklich über Nacht in einer Pension in Österreich ab, um ein wenig Kraft zu tanken.«

»Bitte mach das. Sobald ich unsere Wohnung verlassen habe, hinterlege ich unsere Schlüssel in dem Laden mit den lustigen Stickern für die Touristen. Das ist anonym genug, finde ich. Der Typ dort übernimmt häufig solche Aufgaben. Dann fahre ich mit meinem Trolley zum Bahnhof, und von da aus geht es nach Santa Lucia, so heißt der Platz, an dem der Zug in Venedig hält. Das Vaporetto, das zur Giudecca fährt, habe ich schon gegoogelt. Adele und Niklas werden ihr Haus bereits verlassen haben, und der Schlüssel liegt in der Bar an der Haltestelle für uns bereit. Wir haben vereinbart, füreinander via Mail oder Skype erreichbar zu sein, falls es Probleme mit dem Haus oder unserer Wohnung gibt.«

»Skype wird nicht nötig sein, beschränken wir uns lieber auf den Mailkontakt.« Konstantin warf Veronika einen besorgten Blick zu.

Veronika erwiderte ihn nicht, sondern betrachtete angelegentlich ihre feuerrot lackierten Fußnägel in den Flipflops.

Veronika

Wenn du wüsstest, dachte sie.

Natürlich hatte sie bereits ein, zwei Gespräche über Skype geführt. Es fühlte sich einfach echter an, mit jemandem von Angesicht zu Angesicht zu reden, und was konnte da schon groß schiefgehen? Sie waren Fremde füreinander und würden es auch bleiben.

Diese Adele sah einer britischen Schauspielerin zum Verwechseln ähnlich. Veronika hatte einige Zeit und eine Suchanfrage bei Google gebraucht, bis sie darauf gekommen war, an wen die junge Frau sie erinnerte.

Adele war die perfekte Doppelgängerin von Rachel Hurd-Wood aus der Verfilmung von Süskinds Roman »Das Parfum«. Ihr Gesicht war blass und ebenmäßig und umrahmt von dichtem flammend rotem Haar.

Veronika war sich mickrig vorgekommen, als sie einander am Bildschirm gegenübersaßen. Ihre schwarzen Locken kringelten sich zauselig in alle Richtungen, und ihr Gesicht kam ihr auf dem Display des Computers pausbäckig und fleckig vor.

Adele war elegant in matte Sandfarben gekleidet, die ihre grünen Augen zum Strahlen brachten. Sie war liebenswürdig, sprach nasal, eben wie eine höhere Tochter aus Hamburg. Ihr Gehabe tat ihrer überwältigen Schönheit keinen Abbruch, aber Veronika empfand Abscheu gegen diese Art von Frauen, die ihr so offensichtlich überlegen waren.

Der Mann, Niklas, sah aus wie ein ewiger Student, und er war keineswegs so verkniffen wie ihr Konstantin, sondern stellte seinen Humor auf angenehme Weise zur Schau.

Sie hatten die wichtigsten Informationen ausgetauscht, denn mündlich funktionierte das allemal besser als über diese Memos, die sie überallhin pinnten, damit die jeweils anderen sich auf Anhieb im fremden Zuhause zurechtfinden konnten.

»Was ist?«, fragte Konstantin liebevoll. »Geht es dir und dem Baby gut? Du brütest doch hoffentlich nichts aus?«

»Nein«, wehrte Veronika ab, »ich war in Gedanken nur schon auf der Reise. Schade, dass wir sie nicht zusammen machen können.«

»Ich würde auch lieber im Zug neben dir sitzen und die Landschaft vorbeirauschen sehen, aber so ist es die beste Lösung. Für dich, in deinem Zustand, ist es auf alle Fälle schonender.«

»Dadurch bleibt die meiste Arbeit an dir hängen. Dafür verspreche ich dir feierlich, die Blumen und Sträucher in diesem romantischen Zaubergarten zu gießen und sogar den Rasen zu mähen. Adele legt großen Wert darauf, es ist ihr Schmuckstück.«

»Tut sie das?« Konstantin wirkte pikiert. »Ich kann mich nicht daran erinnern, davon in ihren Mails gelesen zu haben.«

»Nein«, ruderte Veronika schuldbewusst zurück. »Ich dachte nur, dass ich mich gern darum kümmern werde, weil wir uns dort bestimmt sehr wohlfühlen und uns endlich wieder richtig entspannen werden.«

»Darauf freue ich mich schon. Wenn wir uns bei unserem ersten italienischen Sonnenuntergang mit einem Lemon Soda zuprosten, beginnt für uns beide ein neuer Lebensabschnitt.«

»Ja«, Veronika lächelte, »und ich hoffe, wir können die schwere Zeit dann endgültig hinter uns lassen.«

11

Adele

»Diese Veronika kam mir eigenartig vor.«

»Wie meinst du das?«

»Sie war fahrig, sprang von einem Thema zum anderen und überschlug sich regelrecht mit ihren Fragen. Ich hatte den Eindruck, dass sie mir gar nicht richtig zuhörte, und sie war schon bei der nächsten Frage angelangt, kaum dass ich Pieps sagen konnte.«

»Ich fand sie auch etwas überdreht. Aber das wird die Aufregung sein, auch die beiden haben einen Umzug zu organisieren. Und befreunden wollen und müssen wir uns mit ihnen ja nicht.«

»Stimmt. Veronika soll bei Gott nicht meine neue beste Freundin werden.« Sie konnte sich ein Grinsen nicht verkneifen.

Niklas zog Adele neben sich auf die Couch im Wohnzimmer und reichte ihr ein Häppchen mit salziger Butter. »Da, iss, hast du abgenommen? Bei dem Stress würde es mich nicht wundern.«

»Mhm, ich bin etwas appetitlos. Du weißt ja, wie schwer mir der Umzug fällt, vor allem unter diesen Umständen.«

Er nahm ihre Hände in seine. »Es ist doch nicht für immer. Wenn alles nach Plan läuft, wohnen wir schon bald wieder in unserem Häuschen.«

»Ist es nicht eigenartig, dass nur die Frau mit uns geskypt hat?«

»Das denke ich nicht. Der Kerl zeigt sich wahrscheinlich nicht so gern. Kein Wunder bei dem Foto, das er von sich eingestellt hat. Ein Glatzkopf eben.«

Adele lachte. »Du bist ganz schön spöttisch. Pass nur auf, dass dir deine Haare nicht ausfallen.« Sie zog die Beine unter sich. Mann, war das Sofa gemütlich.

»Hast du herausgefunden, warum die beiden ihre Wohnung in Berlin tauschen wollen? Haben sie einen bestimmten Grund genannt?«

Adele legte die Stirn in Falten und überlegte. »Nein. Aber das ist doch egal. Sie wollen vermutlich einfach einen Ortswechsel. Das wünschen sich viel mehr Leute, als wir uns vorstellen können. Mal eine Weile woanders zu leben scheint so etwas wie ein neues Hobby zu sein.«

»Wohl eher eine Flucht aus einem nervtötend langweiligen Alltag.«

»Kann sein. Manche haben aber triftige Gründe. Wir zum Beispiel. Wäre Marlene nicht ernsthaft erkrankt ... mich würde nichts von hier verjagen.«

Niklas

Sosehr er Adele liebte, mitunter zerrte ihre Art mächtig an seinen Nerven. Sie wähnte in jeder Kleinigkeit eine Bedrohung und schaffte es manchmal einfach nicht, sich auf das Positive zu konzentrieren.

War sie immer schon so gewesen?

Gut, Feinfühligkeit und Sensibilität gehörten zu ihrem Charakter, ebenso wie der Umstand, dass sie nahe am Wasser gebaut war.

Doch ihm schien sie momentan noch eine Spur kribbeliger als sonst, und das war wahrscheinlich nicht allein dem Umstand des Umzugs geschuldet, sondern auch oder noch viel mehr ihrer Unfähigkeit, schwanger zu werden. Natürlich hatte er den negativen Test gefunden. Er hatte sie aber nicht darauf angesprochen, um ihr weiteren Kummer zu ersparen. Sie wünschten sich beide ein Kind, doch seit dem Umzug nach Italien schien Adele geradezu zwanghaft alles daranzusetzen, dass dieser Wunsch so bald wie möglich Wirklichkeit wurde. Damit setzte sie sich viel zu sehr unter Druck.

Es würde in Berlin schon alles gut gehen, sagte er sich, immerhin hatten sie lange dort gelebt und kannten sich aus. Das war ein Vorteil. Und auch wenn Adeles Vater sich oft über Gebühr in ihr Leben einmischte, war Niklas ihm doch dankbar für seine Unterstützung. Ohne seine tatkräftige Hilfe bei der Organisation von Marlenes Angelegenheiten in Deutschland wären die Umzugsvorbereitungen nicht so schnell und problemlos über die Bühne gegangen. Er hatte eine Pflegerin eingestellt und die Lieferung und Installation eines Pflegebetts mit Aufstehhilfe sowie den Krankentransport veranlasst, der heute stattfand, sodass Marlene bereits wieder in ihrer Wohnung war und sehnlichst Adeles Besuch erwartete, wenn sie dort ankamen.

Morgen schon säßen sie beide im Flieger vom Airport Marco Polo nach Berlin. Der Flug dauerte ungefähr eine Stunde und vierzig Minuten. Die Schlüssel für die Wohnung in der Kopernikusstraße lagen bereit, und wenn es Unklarheiten gab, wären sie und das Tauschpärchen jederzeit erreichbar.

So weit, so gut. Niklas schnaufte durch.

»Besorgt?« Adele beugte sich zu ihm.

»Nicht die Spur, alles läuft nach Plan. Dein Vater hat das toll hinbekommen. Alle Achtung.«

Er konnte die Freude über sein Lob in Adeles Gesicht sehen. Sie wusste, dass zwischen ihm und ihrem Vater eine tiefe Kluft bestand. Akzeptiert hatte sie dieses Hindernis jedoch von der ersten Stunde ihres Kennenlernens an nicht. Beharrlich glaubte sie an eine Versöhnung, dabei hatte es nie einen Streit gegeben, und es konnte demnach keine Aussprache erfolgen. Niklas fühlte sich von Adeles großspurigem Vater schlicht und einfach seines Wertes beraubt. Daran würde keiner von Adeles Versuchen, Nähe zwischen ihnen herzustellen, etwas ändern. Erst wenn der Alte aufhörte, Niklas zu vermitteln, dass er weit unter dem stand, was er als »seinen Kreisen zugehörig« bezeichnete, würden sie einander auf Augenhöhe begegnen können.

Für den Einsatz für Marlene war Niklas seinem Schwiegervater aber ehrlich dankbar, und diesen Eindruck vermittelte er darum auch gern seiner Frau.

Der Flug nach Berlin war kurz, aber anstrengend gewesen. Turbulenzen hatten sie durchgeschüttelt, und die Getränke in dieser Billiglinie waren außerdem kostenpflichtig. Zu Niklas' Verdruss hatte Adele auch noch ihren Tränen freien Lauf gelassen und fortwährend unter leisem Schniefen darüber geklagt, ihr geliebtes Häuschen in Venedig fremden Menschen überlassen zu müssen.

Kein Trost, kein Küsschen konnte ihren Schmerz lindern.

Niklas, der sich selbst als eher geduldig einschätzte, war kurz davor gewesen, sie anzubrüllen. Auch für ihn war es schließlich eine Last, fortan auf unbestimmte Zeit in Berlin zu leben.

Endlich waren sie durch die Zollkontrolle und hatten ihr Gepäck vom Band geangelt. Hand in Hand standen sie vor dem Flughafengebäude, bis sie an der Reihe waren, ein Taxi zu besteigen, das sie mitsamt ihren Habseligkeiten zur angegebenen Adresse brachte. Adeles Kopf lag schwer auf seiner Schulter.

»Da, da ist die richtige Hausnummer!«, rief Adele und zeigte auf ein graues Haus, an dem der Putz abblätterte. »Halten Sie bitte hier und helfen Sie uns, die Koffer auszuladen. Ich hole nur schnell die Schlüssel.«

Niklas' Magen schnürte sich beim Anblick des Gebäudes zusammen.

Das sah ja grauenvoll aus. Dabei war dieser Anblick gar nicht mal untypisch für manche Gegenden in Berlin. Wie schnell man doch vergessen konnte!

Nun, das Viertel war belebt und bunt, und das hatte ihnen immer gefallen.

Während Adele zum Laden eilte, in dem die Schlüssel hinterlegt waren, beschlich ihn ein unangenehmes Gefühl, das er nicht benennen konnte.

Als er den Fahrer bezahlte, hätte Niklas ihn am liebsten gebeten, sie zurück zum Flughafen zu bringen.

Selbstverständlich sagte er nichts, sondern steckte sein

Portemonnaie wieder ein und stieg aus dem Wagen. Seine trübe Stimmung verbarg er gekonnt vor Adele, die beflügelt den Schlüsselbund in ihrer Hand schaukelte. Sie, die üblicherweise um so vieles feinfühliger war als er, schien nicht im Geringsten nervös zu sein. Er verstand ja selbst nicht, warum ihm plötzlich so mulmig war.

Alles Leid, dessen Zeuge er im Flieger gewesen war, hatte sich in Luft aufgelöst.

»Auf, auf!«, rief sie und zerrte ihn zum Kofferraum des Taxis, um ihre Siebensachen herauszuholen. »Jetzt wird angepackt.«

12

Veronika

Es war durchaus entspannend, einmal ohne Konstantin unterwegs zu sein. Sie musste das ununterbrochene Nörgeln und seine ewig schlechte Laune nicht ertragen.

Die eiskalte Cola, die sie mit den Chips aus dem Automaten am Bahnsteig gezogen hatte, war eine Wonne gewesen, und sie hatte jeden noch so kleinen Schluck genossen. Als ihr Magen erneut zu knurren begann, suchte sie den Speisewagen auf und bestellte einen Teller Gemüsereis mit Parmesan. Kaum serviert, verschlang sie das Gericht hungrig. Das Bier, das die alte Frau am Nebentisch trank, war ein italienisches, eine braune Flasche, auf der ihr ein schnauzbärtiger Mann mit Hut grimmig entgegenblickte.

Was schaust du so, dachte sie amüsiert, du kannst mich nicht zum Sündigen verführen.

Ein Tässchen mit Tiramisu sorgte für den würdigen Abschluss, und Veronika marschierte gesättigt in ihr Abteil zurück.

Es tat gut, einmal nicht reden zu müssen. Säße Konstantin jetzt neben ihr, wäre das nicht möglich. Wahrscheinlich hätte er sie dafür gelobt, dass sie keinen Alkohol bestellt hatte, und es wäre wie üblich eine lästige Diskussion daraus entstanden.

Seine Vorhaltungen brummten in ihrem Kopf wie lästige Hummeln.

»Lass in Zukunft deine dummen Sprüche, ich passe schon gut auf unser Kindchen auf«, flüsterte sie ins ansonsten leere Abteil, legte die Füße auf den Sitz gegenüber und ärgerte sich kein bisschen, im Gegensatz zu sonst.

Sie war einen ganzen langen Tag ungebunden.

Vielleicht sollte sie ihren Quälgeist verlassen?

Nein, das ging vorerst nicht, auch wenn so ein Luxus wie jetzt gerade mehr als nur wohltat.

Es war so still, bis auf das regelmäßige Rattern des Zuges auf den Gleisen. Veronika fühlte sich in ihre Kindheit zurückversetzt.

Sie schlummerte selig ein.

Kein einziges Mal wurde sie geweckt, bis der Schaffner an ihre Tür pochte und sie darauf aufmerksam machte, dass sie in Kürze die Endstation Santa Lucia erreichten.

Aufgeregt packte sie ihren Trolley und stand fünf Minuten, bevor der Zug hielt, erwartungsvoll an der Ausgangstür.

Endlich war sie da.

Ohne zu zögern, beschloss sie, sich statt des Vaporettos ein Wassertaxi zu gönnen. Veronika fand, als schwangere Frau stand es ihr zu, den Weg des geringsten Widerstands zu wählen.

Daher gelangte sie rascher und um einiges komfortabler als geplant ans Ziel. Der nette Chauffeur trug ihren Koffer bis vor die Haustür. Veronika gab ihm ein fürstliches Trinkgeld, und er bedankte sich überschwänglich. Sie wusste eben, wie sie sich beliebt machte. Erfreut nahm sie seine Visitenkarte entgegen.

Wer weiß, wozu sie das Taxi noch mal brauchen würde.

Als der Mann herzlich grüßend gegangen war, fiel ihr ein, dass Adele ja den Schlüsselbund im Souvenirladen an der Anlegestelle für sie deponiert hatte. Also ließ sie den Trolley und ihre Umhängtasche vor der Tür stehen und lief los, um ihn zu holen.

Alles klappte wie vereinbart. Erleichtert marschierte sie die paar Meter zurück zum schmucken Häuschen, das von außen schon sehr einladend auf sie wirkte.

Als sie den richtigen Schlüssel zum Aufsperren suchte, legte sich eine feste Hand auf ihre Schulter.

Erschrocken fuhr Veronika herum und sah in das freundliche Gesicht einer fremden Frau mit einer verrückten Frisur. Kurz geschoren und bunt.

»Ciao, meine Liebe«, sagte die Frau, »ich bin Giovanna, die Freundin von Adele und Niklas. Deswegen wollte ich überprüfen, ob hier alles in Ordnung ist.«

Veronika, die Italienisch sprach, dankte fließend und ärgerte sich im Stillen.

»Soll ich Ihnen das Haus zeigen, Sie herumführen und Ihnen einen Espresso machen? Ich habe«, sie grinste schelmisch, »ein paar Eclairs aus der besten Pasticceria Venedigs zur Begrüßung mitgebracht. So erschöpft, wie Sie aussehen, meine Beste, täte Ihnen ein kleiner Energieschub gut.«

Was für eine aufdringliche Person!

Sie fühlte sich nicht erschöpft. Im Gegenteil, sie war so entspannt wie schon lange nicht mehr.

So hatten sie das nicht besprochen, bei keiner ihrer Unterhaltungen war von einer Giovanna die Rede gewesen. Veronika würde sich demnächst über deren unnötiges Einmischen, auch wenn es gut gemeint war, bei Adele beschweren.

Sie wollte nichts anderes, als in Ruhe gelassen werden, und keine neuen, lästigen Bekanntschaften schließen. Aus ihrer schönen Stadt Berlin hatte sie schon die wissensdurstige Luise vertrieben. Auf der Giudecca brauchte sie weiß Gott keine Wiederholung.

Neugier ist der Katze Tod, sinnierte Veronika und blaffte schroff: »Ich bin von der Reise müde und möchte nichts lieber als unter die Dusche und mich dann im Bett verkriechen.«

»Das verstehe ich nur zu gut. Muss eine anstrengende Bahnfahrt gewesen sein.« Die Frau unterbrach sich und musterte Veronika gründlich von Kopf bis Fuß. »Da haben Sie vom Norden in unseren Süden so einige Kilometer auf dem Buckel, Sie Arme.«

»Kann man so sagen, es war aber einigermaßen harmlos. Es gab gutes Essen. Und die Landschaft fand ich ziemlich interessant und abwechslungsreich.« Veronika ärgerte sich, denn jetzt hatte sie aus Verlegenheit ausgerechnet gegenüber dieser redseligen Person ihre eigene Redseligkeit unter Beweis gestellt.

»Meine Liebe, Sie sprechen trotz kleiner grammatikalischer Fehler ein ausgezeichnetes Italienisch, bin ich denn zu schnell für Sie?«

»Keineswegs«, entgegnete Veronika kurz angebunden. »Ich bin einfach nur etwas ausgelaugt. Verzeihen Sie mir daher bitte meine Patzer«, setzte sie frostig nach.

Diese aufdringliche Giovanna ging auf Veronikas eindeutige Zurückweisung nicht ein. Im Gegenteil, sie wischte sie mit einer eleganten Handbewegung beiseite.

»Ach was, Sie sprechen besser als einige meiner venezianischen Freunde. Aber wollten Sie nicht gemeinsam anreisen, Sie und Ihr Ehemann? Es ist ihm doch nichts passiert?«

Fing das hier nun auch schon wieder an?

Die doofe Nuss war zäh wie ein eklig schmatzender Kaugummi. Einer, der sie noch dazu an wilde Waldbeeren erinnerte. Diesen Geschmack hasste Veronika besonders.

»Konstantin kommt mit einem kleinen Umzugswagen nach, und er ist übrigens mein Lebensgefährte, wir sind nicht verheiratet.«

Was tat sie da?

Sie hatte sich doch nicht vor dieser unangenehm zudringlichen Person zu rechtfertigen?

Tickte sie noch richtig?

Veronika änderte ihre Strategie, winkte unmissverständlich zum Abschied und kehrte Giovanna den Rücken zu. Dann hantierte sie jedoch so ungeschickt mit dem Schlüsselbund, dass diese ihr die Schlüssel mit Nachdruck aus der Hand nahm und für sie die Haustür aufschloss.

»So, da wären wir.« Das Frohlocken in ihrer Stimme war nicht zu überhören. »Ein kleines Paradies auf Gottes Erden, nicht wahr? Sie haben Glück. Wenn Ihre Wohnung in Friedrichshain nur halb so schön ist, werden sich Adele und Niklas dort sicher ebenfalls wohlfühlen.«

Wenn diese Giovanna sie noch einmal »meine Liebe«, »meine Beste«, »Sie Arme« oder »meine Gute« nannte, würde Veronika ihr kaltblütig den Hals umdrehen.

Durch das Schweigen der Frau wurde ein sinnloser Mord verhindert.

Veronika kicherte über ihre verschrobenen Gedanken und

murmelte: »Es ist die Müdigkeit, die mich etwas überreizt reagieren lässt.«

»Das ist Ihnen nicht zu verdenken. So, und ich verziehe mich jetzt und lasse Ihnen die Eclairs da. Wenn Sie mich brauchen, meine Handynummer ist an der Pinnwand befestigt.«

Von dir will ich nichts weiter, als in Ruhe gelassen werden, dachte Veronika und fragte sich, ob die Freundin ihrer Tauschpartner wohl ebenfalls einen Schlüssel besaß.

Und wenn schon, überlegte sie weiter, sie und Konstantin hatten nichts zu verbergen, auch wenn es mehr als nur lästig wäre, durch einen ungebetenen Besuch überrascht und gestört zu werden.

»Danke für die Süßigkeiten. Aber könnten Sie vorher Bescheid geben, wenn Sie das nächste Mal vorbeikommen wollen? Sie müssen sich keine Sorgen machen, Adele hat uns genau erklärt, was wir zu tun haben, um das Häuschen und den Garten in Schuss zu halten«, erklärte Veronika in zuckersüßem Ton.

»Dann ist ja alles in bester Ordnung. Ich wohne übrigens nicht hier auf der Giudecca, sondern im Herzen Venedigs«, setzte die Frau nach, und so etwas wie Stolz schwang in ihrer rauen Stimme mit.

»Falls ich mal Lust habe, dieser Einöde hier zu entkommen«, Veronika grinste, »können wir uns ja gern auf einen Cappuccino in *la bella Venezia* treffen«, schwindelte sie unbekümmert.

»Sicher. So, nun muss ich mich beeilen, das Boot legt in ein paar Minuten ab.«

Zum Glück, dachte Veronika und betrat endlich das Haus, ohne sich noch mal nach Giovanna umzudrehen.

Konstantin

Veronikas Verhalten ging ihm ganz gehörig gegen den Strich.

Wenn er sie anrief, ging sie prinzipiell nicht ans Telefon oder wenn doch, dann erst nach dem vierten Versuch, da musste er aber schon Glück haben.

Andersherum war es das genaue Gegenteil. Kaum kam es ihr in den Sinn, und war die Angelegenheit auch noch so unbedeutend, versuchte sie, ihn zu erreichen. Hob er mal nicht ab, klingelte sein Handy so lange, bis er es am liebsten entsorgt hätte.

Gerade war es wieder so weit. Konstantin schuftete sich damit ab, die Kisten und Koffer von der Ladefläche des VW-Busses zu heben, und das Handy brummte und brummte.

Einen Zwischenstopp hatte er nicht eingelegt. Als die Müdigkeit zu groß wurde und er einen Sekundenschlaf befürchten musste, war er zum nächstgelegenen Rastplatz gefahren und hatte sich ein paar Stunden Ruhe in unbequemer Haltung gegönnt.

Veronika und er hatten kurz miteinander gesprochen, einige nichtssagende Worte gewechselt, an die er sich nicht mehr erinnern konnte. Sie schien gut angekommen zu sein, das war ihm im Gedächtnis geblieben.

Jetzt zerrte er das Gepäck zum Lift der Garage, in der er den VW-Bus abgestellt hatte, musste zweimal hin- und herlaufen und fuhr ins Erdgeschoss, wo das Taxi schon auf ihn wartete.

»Wohl ein längerer Urlaub geplant?«, fragte der Mann, der sein Käppi verkehrt herum trug, gut gelaunt und half Konstantin, sein Zeug im Kofferraum und auf der hinteren Sitzbank zu verstauen.

Konstantin murmelte etwas selbst für ihn Unverständliches und rieb sich die müden Augen. Der fehlende Schlaf machte ihm zu schaffen.

»Einer meiner Kollegen wird Sie auf die Giudecca bringen, ich habe einen guten Preis für Sie ausgemacht, was hier nicht ganz so einfach ist.«

»Danke«, sagte Konstantin, »das weiß ich zu schätzen.«

Die Überfahrt vom Lido über die bewegte Lagune bereitete ihm Unbehagen, wenn nicht gar Übelkeit.

»Sind Sie seekrank?«, fragte der Taxibootfahrer, der sein Käppi ebenfalls verkehrt herum trug. Konstantin konnte nicht einordnen, ob es höhnisch oder mitfühlend gemeint war.

Aber es war ihm egal. Er wollte nur noch ihr Zeug in das Haus befördern und sich dann aufs Ohr hauen.

»Anscheinend ja. Ich bin noch nie in so einer Situation gewesen. Mir ist schrecklich übel, und der Himmel oben verschwimmt mit dem Wasser unter uns.«

Der Mann gab ein undefinierbares Glucksen von sich und ankerte geschickt das Boot am Kai der Giudecca.

»Na, dann mal schnell raus aus dem Boot. Aber warten Sie, ich helfe Ihnen. So wackelig, wie Sie auf den Beinen sind, gehen Sie mir sonst womöglich über Bord, und ich verliere meine Lizenz wegen unterlassener Hilfeleistung.«

»Danke«, brachte Konstantin hervor, der kurz davor war, sich zu übergeben.

Der Taxibootfahrer hievte die Gepäckstücke wie ein Lasttier auf seine Schultern, und Konstantin wusste nicht so recht, ob er träumte oder sich in der Realität befand.

Erst als er Veronikas vertraute Stimme hörte, kam er wieder ganz zu sich.

»Kony, endlich!«, rief sie und stand umflort von der Nachmittagssonne vor der Haustür.

»Adrettes Frauchen und ein nettes Anwesen haben Sie da, Signore«, äußerte der Taxibootfahrer schmunzelnd, schob die Kappe nach vorn, sodass der Schild seine Augen beschattete, und seine Mundwinkel hoben sich anerkennend.

Ohne weitere Worte stellte er das Gepäck geräuschvoll vor der Tür ab.

Konstantin kramte umständlich nach Münzen in seiner Hosentasche, doch Veronika sagte trocken: »Lass nur«, und steckte dem Mann einen Schein zu.

Er hob grüßend die Hand an die Schirmmütze und ging davon.

»Komischer Kauz«, befand Veronika, »aber komm erst mal rein. Du wirst aus dem Staunen nicht rauskommen.« Sie lachte über ihr Wortspiel, das keines war, aber daran war Konstantin inzwischen gewöhnt.

Ihm verschlug es die Sprache. Die Bude übertraf alles, was er sich vorgestellt hatte.

»Im Garten habe ich dir schon einen Gin Tonic der feinsten Art, nämlich ›Malfy Rosa‹, zubereitet, für mich gibt es Rosenwasser. Die haben hier nur das Beste vom Besten.«

»Vroni«, wies Konstantin sie peinlich berührt zurecht. »Die wollen sicher nicht, dass wir ihre Vorräte leer trinken.«

»Leer trinken? Hahaha.« Sie kicherte auf eine Art, die ihm gehörig auf seine ohnehin schon überreizten Nerven ging. »Dann schau mal in den Kühlschrank und guck in die Gefriertruhe. So viel können die in einem ganzen Leben nicht verdrücken.«

Konstantin fiel keine Erwiderung ein, die es wert gewesen wäre, gesagt zu werden, denn der Duft, der aus der Küche drang, ließ die Säfte in seinem leeren Magen ordentlich durcheinanderwirbeln.

»Die haben extra für uns diese überirdische Lasagne mit Radicchio und Taleggio bereitgestellt, die Zutaten sind typisch für dieses Gebiet. Ich musste sie nur noch aufwärmen. Und habe schon sehnlichst gewartet, dass du endlich hier auftauchst.«

Konstantin ließ sich auf einen der orangen Acapulco-Gartenstühle fallen und nippte an seinem Drink. »Da hast du aber mehr Gin als Tonic reingemacht. Sollte es nicht eher umgekehrt sein?«

»Sei nicht so eine Spaßbremse. Es ist unser erster Abend hier in Venedig, und den wollen wir genießen. Ich nippe nicht mal dran, wollte bloß dir eine Freude machen. Schau.« Sie hielt ihr Glas mit dem Rosenwasser hoch. »Du siehst verdammt mitgenommen aus. Also lass mal locker.«

Veronika hockte auf einer Art Loungebank mit lila Kissen, die sich mit den türkisen Blumen ihres bunt gemusterten Kleids bissen. Für solche schlecht aufeinander abgestimmten Farbkompositionen hatte Konstantin von jeher ein gutes Gespür, auch wenn er selbst sich eher grau in grau kleidete.

Schon nach dem dritten Schluck spürte er den Alkohol in seinen Adern. Ein wohliges Gefühl breitete sich in ihm aus.

Er raffte sich aus seinem Sessel auf und beugte sich zu Veronika hinab. Manchmal war er zu grob zu ihr. Das hatte sie nicht verdient.

»Ich habe mich auf dich gefreut«, sagte er daher und drückte ihr einen Kuss auf die Nasenspitze.

Röte schoss in ihre Wangen. Damit hatte sie entschieden nicht gerechnet, und er nahm sich vor, in Zukunft wieder netter zu ihr zu sein.

Beschwingt erhob sie sich und servierte die dampfende Lasagne.

13

Niklas

»Schatz«, Adele blieb entsetzt stehen, »wir haben uns in der Hausnummer geirrt.« Gebannt starrte sie auf das mit unzähligen geschmacklosen Graffitis beschmierte Holz.

»Nein, wir sind hier schon richtig.« Niklas versuchte, seine Stimme beruhigend klingen zu lassen, auch wenn es ihm schwerfiel. »Mir gefällt das auch nicht, obwohl es in den Kiez passt. Sieht irgendwie schmuddelig aus. Aber das ist halt Kunst. Und du magst doch moderne Kunst.«

Adele erwiderte nichts darauf.

Vielleicht, so überlegte Niklas, versuchte sie, das Ensemble der Farben und Muster als Gemälde zu interpretieren, um nicht als Banausin zu gelten. Sie hielt große Stücke auf ihr Kunstverständnis.

Wie seine Liebste so entrüstet dastand und ihren Blick nicht von der besprühten Tür abwenden konnte, musste er lachen. Er nahm sie in die Arme und küsste ihre Wange.

»Sieh es mal so: Wir befinden uns in unmittelbarer Nähe der ›East Side Gallery‹, dem längsten noch erhaltenen Teilstück der Berliner Mauer. Und anscheinend reicht sie bis zu unserer Haustür.« Mit einem übertrieben zur Schau gestellten Kennerblick, die Hand nachdenklich ans Kinn gelegt, ergänzte er: »Wobei ich zugeben muss, das hier an der Tür sieht eher nach Vandalismus aus als nach einem Werk der mehr als hundert Künstler aus einundzwanzig Ländern, die den politischen Wandel von damals auf Beton verewigt haben, da gebe ich dir recht.«

Sie lächelte ihn schief an, zwinkerte und erwiderte sein Lächeln.

»So«, sagte er entschlossen, »und jetzt ab in unser neues Zuhause.«

Sie schleppten ihr Gepäck durch einen sehr dunklen, breiten

Korridor, der das Haupthaus vom Hinterhof trennte. Bewegungsmelder gab es keine, und der Lichtschalter funktionierte nicht. Nachts hier durchzulaufen war sicher keine Freude.

»Da wären wir.« Niklas hielt inne, und Adele tat es ihm gleich.

Gegenüber ihrer Erdgeschosswohnung standen, ein Stück entfernt, fünf große überfüllte Mülltonnen in einer Reihe, dahinter befand sich eine ungepflegte Rasenfläche im Schatten der benachbarten Häuser, die ebenfalls zur Kopernikusstraße hinausgingen.

»Glaubst du, da gibt es Ratten?«, fragte Adele ängstlich und erschauerte.

»Wie kommst du denn darauf? Natürlich nicht.«

»Guck dich mal um. Es ist dreckig hier, und anscheinend gibt es keinen Hausmeister, wenn nicht mal das Licht im Durchgang funktioniert. Und falls es einen Reinigungsdienst gibt, war der schon lange nicht mehr da.«

»Lass uns mal das Gepäck reinbringen«, lenkte er ab.

Adele war manchmal so was von hypersensibel.

Zugegeben, ihm gefiel es hier draußen auch nicht.

Was würde sie erst drinnen erwarten?

Adele

»Oh Gott«, stöhnte sie, kaum dass sie die paar Stufen im klammdüsteren Treppenhaus erklommen und die Eingangstür aufgesperrt hatten.

Falls Niklas jetzt versuchte, sie zu beschwichtigen, würde sie ihm eine kleben. Würde sie natürlich nicht, denn solche körperlichen Impulsdurchbrüche waren ihr fremd. Doch allein der Gedanke daran bereitete ihr Behagen.

»Und, was ist?«, zischte sie, als er bloß reglos dastand und in die dunkle Wohnung starrte.

»Sehen wir uns erst mal den Rest an. Vielleicht ist es gar nicht so schlimm, wenn wir das Licht anknipsen.« Er drückte ihr einen schnellen Kuss auf die Wange, weil ihm ihre Entrüstung natürlich nicht entgangen war.

Sie ließen das Gepäck vor der geöffneten Tür stehen und besichtigten zuerst die schmale Küche. Gut, hier sah es aus wie beschrieben, eine Kaffeemaschine stand auf der Ablage, der Kühlschrank war reichlich mit Wein, Käse, Butter, kaltem Huhn, rohem Schinken und unterschiedlichen Gläsern, allesamt sorgsam beschriftet, bestückt.

»Sauregurkenzeit«, murmelte sie, und Niklas berichtigte sie unmittelbar: »Da gibt es auch Marmeladen. Scheint alles selbst eingemacht und noch ungeöffnet zu sein. Ist doch eine nette Geste.«

Auf dem Fenstersims standen Töpfe mit Basilikum, Rosmarin und Minze.

Niklas füllte ein großes Glas mit Leitungswasser und goss die Kräuter, die sicher seit zwei Tagen in der Hitze vor sich hin welkten.

»Was ist das denn?« Adele zog einen langen Plastikvorhang, der neben der Spüle hing, beiseite. »Ich glaub es nicht. Guck dir das mal an.«

Niklas trat neben sie, und der Ausdruck auf seinem Gesicht sprach Bände. »Das nennt sich Frankfurter Bad. Ich weiß zwar, dass die Duschen früher oft in der Küche waren, aber ich dachte, unsere wäre im Badezimmer. Suchen wir das mal.«

Sie fanden es, und es sah gar nicht mal so übel aus.

»Wahrscheinlich haben die das im Nachhinein einbauen lassen. Die Dusche in der Küche wirkt auch unbenutzt.«

»Stimmt«, pflichtete Adele ihm bei.

Wohnraum und Schlafzimmer waren groß, die Betten ordentlich gemacht und frisch bezogen, und an den Wänden im Wohnzimmer hingen gerahmte Filmposter. Nebenan befand sich eine Art Büro, das man auch von der Küche aus erreichen konnte. Kunsthistorische Wälzer türmten sich auf den Regalbrettern.

»Hübsch finde ich, dass jedes Zimmer in einer anderen Farbe gestrichen wurde.«

»Ja, stimmt. Das gefällt mir auch. Ich frage mich bloß, wie die beiden zu den tollen Fotos gekommen sind. Darauf wirkte alles viel größer. Und trotz der bunten Farben ist die Wohnung recht düster. Das liegt sicherlich an der Lage im Erdgeschoss, dargestellt war es aber anders. Na warte, die kriegen von uns keine so gute Bewertung.«

»Schau mal, da ist eine weitere Tür. Vielleicht ist dahinter ein begehbarer Kleiderschrank?«

»Träum weiter, Schatz. Die Klamotten müssen wir auf eine Stange im Schlafzimmer hängen, und der Rest wird in Kommoden verstaut.«

»Was ist es dann? Ein weiteres Zimmer wurde nicht erwähnt.« Niklas drückte die Türklinke herunter und sah sie skeptisch an. »Abgesperrt.«

»Lass nur. Da drinnen sind sicher Putzmittel, der Staubsauger und das Bügelbrett, eben alles, was man nicht gern in die Mitte der Wohnung stellt, so wie bei uns auch.«

»Ich frag Veronika und Konstantin demnächst danach. Denn wenn wir hier sauber machen wollen, brauchen wir das Zeug.«

»Wenn es dich beruhigt.« Adele amüsierte sich innerlich über Niklas' Argwohn. Er verhielt sich, als vermutete er eine Leiche in der versperrten Kammer.

Jetzt, da sie ihre eigene Missstimmung unter Kontrolle gebracht hatte, ging ihr ein gewisser Großmut Niklas gegenüber leicht von der Hand.

»Eigentlich haben sie uns nicht wirklich belogen, sondern bloß alles ein wenig beschönigt und vergessen, die Tür zum Abstellraum offen zu lassen. Dafür haben sie den Kühlschrank gefüllt. Und es gibt einen Klapptisch und zwei Stühle, die wir in den Innenhof stellen können, um am Abend draußen zu essen.«

»Fast so idyllisch wie in unserem Zaubergarten auf der Giudecca, was?«

»Verdirb mir doch nicht den Spaß, gerade wenn ich versuche, der Situation etwas Positives abzugewinnen.«

Niklas konnte ein Querkopf sein, aber es gehörte einiges dazu, ihn in diese Laune zu versetzen.

»Was passt dir nicht? Worum geht es wirklich?« Adele funkelte ihn an. »Ärgerst du dich wegen Marlene, weil wir ihretwegen für einige Zeit unsere Zelte abbrechen mussten?«

»Wie kommst du denn darauf? Natürlich nicht. Freundschaft geht vor. Und sie hat nur dich.«

Niklas sagte es freundlich, aber Adele wusste, dass er sie anflunkerte.

Bevor sie ihn erneut zur Rede stellen konnte, klingelte ihr Handy.

»Giovanna«, las sie laut vom Display ab. »Ich rede kurz mit ihr.«

Als Adele hörte, was die Freundin ihr erzählte, warf sie Niklas einen irritierten Blick zu und schüttelte ungläubig den Kopf. Mit einer abwehrenden Handbewegung signalisierte sie ihm, dass er gleich mehr erfahren würde.

»Ich fand diese Veronika schon auch etwas schräg. Aber ich wollte mich doch nicht mit ihr anfreunden, sondern bloß die Wohnung tauschen«, erwiderte sie nach einer Weile, als Giovannas Wortschwall versiegte.

»Darum geht es nicht. Sie war irgendwie … eigentümlich, es fällt mir schwer, es genauer zu beschreiben. Vielleicht habe ich mich auch bloß geärgert, weil sie mich nicht in euer Haus lassen wollte. Sie war richtig schroff. Dabei hatte ich bloß angeboten, ihr behilflich zu sein. Und nebenbei bemerkt, diese Frau kleidet sich unmöglich, sie sah aus wie ein Papagei.«

Adele lachte.

Das war typisch Giovanna.

Was interessierte Adele der auffällige Kleidungsstil dieser Unbekannten?

Denn mehr war Veronika für sie nicht. Eine Fremde, die zufällig in genau diesem von Adele gesuchten Stadtviertel eine Wohnung zu vergeben hatte.

»Sei mal nicht so kritisch. Es kann sich eben nicht jeder deine Luxusgarderobe leisten. Übe Nachsicht mit den weniger Vermögenden.« Adele konnte ein Kichern ob ihrer eigenen Wortwahl nicht unterdrücken. »Was mich aber mehr interessiert, wie ist der Mann? Wir haben bisher nur mit dem sogenannten Papagei geskypt.«

»Den kann ich dir leider nicht beschreiben. Sie war allein. Verschwitzt und zerzaust, so als hätte sie längere Zeit nicht geduscht. Der Mann war nicht dabei.«

»Verstehe ich nicht.«

»Sie meinte, er würde ›mit einem kleinen Umzugswagen‹ nachkommen. So wie sie sich ausdrückte, klang es, als wollten die beiden für immer euer Haus übernehmen. Vielleicht sind sie Angehörige einer Sekte? Hausbesetzer?«

»Hör auf. Das macht mir Angst. Veronika mag dir unsympathisch sein, doch da ist sie eine unter vielen, weil du sehr wählerisch bist. Also halte dich einfach fern von ihr.«

Giovanna, die üblicherweise wesentlich besser mit Unhöflichkeit umzugehen wusste als Adele, zog hörbar die Luft ein.

»Sei nicht so undankbar. Mir geht es nur um eure Sicherheit, und du selbst hast mich gebeten, nach dem Rechten zu sehen.«

»Aber doch nicht gleich am ersten Tag. Die beiden sind sicher abgekämpft von der Reise und müssen sich erst mal einrichten und zurechtfinden. Wahrscheinlich hätte ich ähnlich überfordert reagiert.«

»Adele«, Giovanna holte tief Luft, »was mich eigentlich interessiert, wie geht es deiner Freundin, warst du schon bei ihr?«

Es war offensichtlich, dass Giovanna sich durch Adeles Verhalten zurückgewiesen fühlte und daher das Thema wechselte. Doch ihre Frage war nicht unberechtigt.

»Wir sind gerade erst angekommen und haben noch nicht mal ausgepackt. Ich schaue morgen bei ihr vorbei und hoffe das Beste.«

Seufzend beendete sie das Gespräch und wandte sich an Niklas. »Lass uns erst eine Limo trinken, bevor wir auspacken, ja? Giovanna ist herzallerliebst, aber das Telefonat mit ihr hat mich geschafft. Sie ist normalerweise nicht so schnell eingeschnappt.«

14

Veronika

Das Gefühl, in diesem fremden Bett aufzuwachen, war berauschend.

Veronika räkelte sich, und zum ersten Mal nach langer Zeit hatte sie Lust, Konstantin zu berühren.

Er gab ein paar verschlafene Laute von sich und drehte sich zu ihr.

Als er die Augen aufschlug, war da im ersten Moment so ein unbestimmtes Flackern, als blendete ihn die Sonne, er schloss kurz die Lider, dann breitete sich ein Lächeln auf seinem Gesicht aus, und er zog sie scheu in seine Arme.

»Guten Morgen«, flüsterte er.

Und Veronika kuschelte sich an ihn.

Er roch gut, so gut wie damals, als sie ihn kennengelernt hatte.

»Lass uns den Tag genießen. Wir sind in einem kleinen Paradies gelandet.«

Sie küsste seinen Hals.

Er schmiegte sich an sie und tat, was er lange Zeit nicht mehr getan hatte. Seine Lippen suchten ihr Ohrläppchen und saugten daran, seine Hände wanderten über ihren Körper und fanden den Weg unter ihr Nachthemd.

Veronika stöhnte und presste sich an ihn. Sie spürte, wie seine Pyjamahose zu spannen begann, und zog sie am Gummibund hinunter. Er streifte das Nachthemd über ihren Kopf, und nackt umschlangen sie einander.

Es war fast wie früher.

Fast.

Sie strich über seinen kahlen Kopf und küsste seine Stirn.

»Ich liebe dich.«

Er gab keine Antwort, sondern drang in sie ein. Sie umschlang seinen Körper mit ihren Beinen, und er knetete ihre Brüste. Es schmerzte, aber sie machte weder einen Mucks, noch entzog sie sich ihm. Es war schon viel zu lange her, dass sie so miteinander geschlafen hatten.

Nur nicht aufhören, betete sie lautlos.

Mit harten, festen Stößen brachte er sich innerhalb weniger Minuten zum Höhepunkt. Keuchend lag er über ihr, sein Bauch klebte schweißnass an ihrem. Als er sich zufrieden grunzend auf die Seite rollte, ohne sie zu streicheln oder zu küssen, drehte sie ihm enttäuscht den Rücken zu und kniff die Augen zusammen.

Denk nicht darüber nach, befahl sie sich, es wird schon wieder.

Es musste eben einige Zeit vergehen, bis er sich endgültig von dem lösen konnte, was geschehen war.

Es tat nur verdammt weh.

Konstantin

Irgendwann wurde er durch ein anhaltendes Lärmen aus dem Schlaf gerissen.

»Veronika, hast du den Wecker gestellt?«

Er bekam keine Antwort. Die Bettseite neben ihm war leer. Also langte er nach ihrem Handy, um dem durchdringenden Läuten ein Ende zu bereiten. Veronika hatte ihr Telefon anscheinend mitgenommen, dafür lag ihr Notebook geöffnet auf dem Nachtkästchen.

Von dort kam das Klingeln. Ein Anrufer versuchte beharrlich, sie via Skype zu erreichen.

»Vroni!«, rief er, beugte sich über ihre Bettseite und packte ihren Laptop.

»Kony?« Sie lehnte am Türrahmen, eingewickelt in ein langes, flauschiges Badetuch. Nur der Ansatz ihrer vollen Brüste und die lackierten Zehennägel waren zu sehen. Das dunkle Haar ringelte sich verführerisch um ihre feuchten Schultern.

Ein Stromstoß durchfuhr ihn.

Sie hatten miteinander geschlafen.

Neuerlich überkam ihn die Lust. So viel Verlangen nach ihr hatte er schon seit Wochen nicht mehr verspürt. Unter der Decke strich er genüsslich über die Haut seiner Oberschenkel und überlegte, sie gleich noch mal zu nehmen.

Wie sie wohl darauf reagieren würde?

Gab es noch eine Chance für sie?

»Was denn? Zuerst rufst du nach mir, als würde das Haus in Flammen stehen, und dann glotzt du mich an, ohne ein Wort hervorzubringen.«

Sofort verging seine Lust, die Erregung verschwand so plötzlich, wie sie gekommen war, und seine Stimmung schlug um. Die miese Laune war zurück.

»Da versucht jemand, dich zu erreichen.« Er unterdrückte den Groll in seiner Stimme.

»Ja, und? Warum bist du nicht rangegangen?«, herrschte sie ihn an.

Dabei war es ein ungeschriebenes Gesetz, dass er die Finger von ihren digitalen Geräten zu lassen hatte. »Das ist immer noch meine Privatsphäre«, klang es in seinen Ohren nach.

Was gab es auf so viel Widersprüchlichkeit zu erwidern?

Lieber den Mund halten, als sich neuen Ärger einzuhandeln, beschloss er.

Stumm reichte er ihr das Notebook.

Sie kam zum Bett und nahm es unwillig entgegen.

Nachdem sie einen kurzen Blick auf das Display geworfen hatte, sagte sie: »Das waren die beiden.«

Ihr Badetuch umklammerte sie mit einer Hand, denn es drohte zu rutschen. Eine Brust lag bereits frei.

Diesmal verspürte er keinen Funken Begehren, sondern verspannte sich.

»Wer?«

»Blöde Frage. Wen meine ich wohl?«, giftete sie.

Besser, er entgegnete nichts darauf, er zöge ja doch nur den Kürzeren.

Unmittelbar sprach sie weiter. »Die beiden, in deren schmuckem Häuschen wir leben.«

»Adele und Niklas?«

»Bingo.« Sie tat so, als hätte er eine Preisfrage richtig beantwortet.

Er mochte es nicht, wenn sie zynisch oder süffisant wurde. Es gereichte ihr äußerlich nicht zum Vorteil. Ihr Gesicht verzerrte sich dabei auf unattraktive Weise. Früher mal hatte er ihrer Art etwas abgewinnen können, ihre unberechenbaren Reaktionen konnten durchaus erheiternd sein. Sie hatten ihm gefallen und Farbe in sein trostloses Dasein gebracht. Er fand Veronika damals unwiderstehlich, sprühend und aufregend, konnte sich ein Leben ohne sie nicht vorstellen. Sogar ihre Wutausbrüche hatten ihn zum Schmunzeln gebracht. Erst später war ihm aufgefallen, wie unschön ihr Mund sich dabei verzog, wie sie ihre Augen zu Schlitzen zusammenkniff, wie die Zornesröte in ihre Wangen stieg.

Hätte er all das schon zu Beginn bemerkt und richtig einordnen können, wäre nie passiert, was geschehen war. Doch wer wusste das schon wirklich?

»Warum rufst du nicht zurück? Anscheinend brauchen die beiden etwas.«

»Was glaubst du, was ich vorhabe? Aber doch nicht halb nackt, ich ziehe mich erst mal an, und dann können sie in aller Ruhe ihre Fragen stellen.«

Veronika konnte überheblich wie kaum ein anderer Mensch sein, den er kannte.

»Hier oben im Schlafzimmer ist der Empfang gar nicht so schlecht«, bemerkte sie nach einer Weile.

Sie saß in einem ihrer floral gemusterten weiten Kleider neben ihm und hatte ihre nackten Beine überkreuzt.

Veronika öffnete das Programm, stellte die Verbindung her, und Adele tauchte unmittelbar am Bildschirm auf.

Konstantin kannte Niklas und Adele zwar von Fotos, aber im realen Leben beziehungsweise über die Kamera hatte er bislang keinen von beiden gesehen. Adele sah hübsch aus mit dem zarten Gesicht und dem feurig roten Haar. Sie erinnerte ihn an eine Gestalt aus einem Fantasy- oder Märchenfilm.

»Hi, wie geht es euch? Gefällt euch unsere Wohnung? Natürlich ist sie kein Vergleich zu eurem Schlösschen hier«, plapperte Veronika drauflos und war auf einmal eine ganz andere Frau.

Freundlich lächelnd und bestens gelaunt.

Adele saß auf dem schmiedeeisernen Stuhl unter ihrem Fenster im Innenhof. Sie trug ein luftiges T-Shirt. Auf dem Tisch stand ein Krug mit Eistee.

»Hallo, wir haben sie uns ein wenig anders vorgestellt«, antwortete sie verhalten. »Doch im Großen und Ganzen passt alles. Danke übrigens für die Lebensmittel und den guten Wein.«

»Das kann ich nur zurückgeben. Eure Lasagne mit dem tollen Käse war ausgezeichnet.«

»Aber sag mal, Veronika, wo sind eure Putzsachen? Niklas wollte heute Morgen den Boden in der Küche aufwischen, fand aber keinen Eimer oder Putzmittel.«

Veronika zögerte und warf Konstantin einen irritierten Seitenblick zu, der für einen kurzen Moment einen Schreck bekam, dass nun alles auffliegen könnte. Aber sie hatten die Kammer ja leer geräumt und alles, was zuvor darin verstaut gewesen war, entsorgt.

»In dem kleinen Zimmer, das vom Arbeitszimmer abgeht, das war früher die Dienstbotenkammer. Wir haben da alles Mögliche abgestellt. Ich verstehe nur nicht, warum du dort nichts gefunden hast. Da ist alles drin. Staubsauger, Besen, Eimer und der Swiffer. Auch die geliebte Bialetti von Konstantin.« Veronika kicherte verhalten.

»Die Tür ist abgeschlossen, und wir haben keinen Schlüssel gefunden.«

Veronika lachte übertrieben. »Oje, das habe ich in der ganzen Hektik wohl vergessen. Tut mir leid. Natürlich gibt es einen Schlüssel. Er müsste unter einer meiner Regenjacken hängen, wenn ihr ihn am Schlüsselbrett nicht findet. Bitte schau gleich nach, ich warte so lange.«

Konstantin war verärgert. »Wie konnte das geschehen? Ich dachte, du hättest das organisiert?«, fauchte er, sobald Adele den Raum verlassen hatte.

Veronika wandte sich demonstrativ von ihm ab.

»Da.« Adele war wieder auf dem Bildschirm, und zwischen ihren Fingern baumelte ein Schlüssel. »Danke, er hing genau da, wo du meintest.«

»Da bin ich froh. Es wäre mir schrecklich unangenehm, wenn ihr alles neu kaufen müsstet, bloß weil wir den Schlüssel verlegt haben.« Veronika strich über ihre immer noch nassen Haare. »Adele, da gibt es noch etwas, was ich gern klären würde.«

Konstantin hielt die Luft an und fürchtete sich vor Veronikas nächsten Worten.

»Eure Freundin Giovanna ist gestern hier aufgetaucht und verhielt sich ein wenig aufdringlich. Sie schien außerdem zu glauben, dass ich ohne Konstantin in Venedig bin.«

»Hm. So ist sie manchmal, sie meint es nicht böse. Sicher war sie bloß verunsichert, als sie dich allein angetroffen hat. Ich habe deinen Mann ja auch noch nicht gesehen. Immer haben wir zu zweit oder zu dritt geskypt.«

»Also, wenn das alles ist, können wir schnell Abhilfe schaffen. Konstantin, begrüßt du bitte mal Adele?«

»Selbstverständlich.« Er nahm stirnrunzelnd das Notebook entgegen und setzte sich auf. »Hallo, Adele. Tut mir leid, dass wir uns bisher noch gar nicht kennengelernt haben.« Er lachte gezwungen, weil er die ganze Situation als absurd und unnötig, wenn nicht gar störend empfand. »Ich überlasse das Organisatorische gern meiner Veronika. Sie macht das besser als ich. Nicht umsonst nennt sie mich ihren zerstreuten Professor. Doch wie du siehst, gibt es mich, und ich hoffe, ihr genießt eure Zeit in Berlin ungeachtet der Umstände, die euch dorthin gebracht haben. Wir jedenfalls fühlen uns hier bei euch sehr wohl.« Er zwinkerte ihr zu.

Sie wechselten noch ein paar Sätze, die das Wetter, die bequemen Betten und andere Belanglosigkeiten betrafen.

»Also, falls ihr in nächster Zeit mal wieder etwas nicht findet, meldet euch.« Konstantin verabschiedete sich, beendete die Unterhaltung und warf dann Veronika einen fragenden Blick zu. »Das mit dem Schlüssel war unnötig. Du hättest die Kammer überhaupt nicht mehr abschließen müssen, nachdem sie ausgeräumt war. Hattest du einen bestimmten Grund dafür?«

»Auch ich kann nicht an alles denken. War keine Absicht.«

15

Niklas

»Na, die beiden machten doch einen ganz aufgeräumten Eindruck, und putzen können wir jetzt auch.« Er setzte sich auf den zweiten Stuhl und grinste Adele an.

»Unbedingt, Schatz. Hast du gelauscht, während ich geskypt hab?«

»Als Lauschen würde ich das nicht bezeichnen. Bloß zugehört, und ihr wart ja nicht unbedingt leise wie die Mäuschen, die als unsere Untermieter irgendwo unter einem der Schränke an Käseresten knabbern.«

Adele brach in helles Lachen aus. »Zuerst beruhigst du mich, dass es hier sicher keine Ratten gibt, und jetzt das? Entscheide dich mal. Ich bin froh, dass ich jetzt auch Konstantin sehen und mit ihm sprechen konnte. Er wirkt auf mich sympathischer als Veronika. Später, wenn ich von Marlene zurückkomme«, sie atmete tief ein und langsam wieder aus, »rufe ich Giovanna an und erzähle ihr von dem Telefonat.«

»Gute Idee«, pflichtete Niklas ihr bei.

Natürlich war ihm nicht entgangen, wie angespannt Adele sich wegen ihres ersten Besuchs bei Marlene fühlte. Aber da musste sie durch.

»Während du unterwegs bist, setze ich mich an den Computer und arbeite am Text, später kaufe ich ein. Es gibt einige interessante Läden hier in der Gegend. Mir knurrt jetzt schon der Magen.«

»Du bist eben ein Schatz, der sich auch in der Küche gut macht.« Adele seufzte und stand auf. »Ich gehe dann mal los.«

»Lass es nicht zu nah an dich heran.«

»Leichter gesagt als getan, immerhin ist Marlene meine beste Freundin, und ich weiß nicht, was jetzt auf mich zukommt.«

»Sie wird es schaffen, das haben dir die Ärzte doch versichert. Es braucht nur seine Zeit. Alles wird gut, du wirst sehen. Marlene ist eine starke Frau mit einer nicht zu unterschätzenden Willenskraft.«

»Stimmt. So ist sie schon, seit wir uns kennen.«

Als Adele nach einer heftigen Umarmung fortgegangen war, räumte Niklas die Sachen wieder weg und stand dann etwas ratlos im Arbeitszimmer. Konstantins Computer war riesig, nahm fast die gesamte Schreibtischplatte ein und erinnerte an ein Fossil aus grauer Vorzeit.

Und schwer war das Ding auch noch.

Niklas stand der Schweiß auf der Stirn, als er es schließlich geschafft hatte, das Gerät auf dem Boden abzustellen.

Er nahm sein Notebook aus der Umhängtasche und loggte sich ins fremde Netz ein. Bisher hatten sie alle Skype-Unterhaltungen auf Adeles iPad geführt.

Nachdem er sich einen starken Espresso gemacht und einige Stunden gearbeitet hatte, speicherte er seine Datei ab.

Wie es wohl Adele mit Marlene ging?

Sollte er sie anrufen?

Nein, entschied er. Ein Telefonat könnte sie stören, und sie würde ihm später alles genauestens schildern. Er gähnte und beschloss, gegen die Müdigkeit den Einkauf jetzt zu erledigen.

Er wollte heute Abend eine Hackfleisch-Gemüse-Pfanne zubereiten. Rasch kritzelte er die Zutaten auf ein Blatt Papier, das er aus dem Drucker gezogen hatte. Champignons und scharfer Chili durften nicht fehlen. Basmatireis und Salat würde es dazu geben.

Er schulterte eine der unzähligen Einkaufstaschen aus Bio-Leinen, die im Vorraum in einer Schublade verstaut waren. Sie kratzte durch das T-Shirt über seine Haut.

Immer diese umweltfreundlichen Utensilien, dachte er amüsiert und verließ beschwingt das Haus.

Er hatte die Person vor dem Eingang nicht gesehen und krachte in sie hinein.

»Hoppla«, kam es scharf von ihr.

»Entschuldigen Sie bitte.«

Eine betagte Frau stand vor ihm und maß ihn mit bösen Blicken von oben bis unten. Sie trug ihr Haar zu einer Hochfrisur aufgetürmt, und das Weiß, das ihrem Alter geschuldet war, wies einen irritierenden Blauton auf.

Er fragte sich, ob ihr Friseur sich im Farbton vergriffen hatte, und unterdrückte ein Grinsen, das der Situation nicht angemessen war.

»Hoffentlich habe ich Sie nicht verletzt?«

»Ich bin ja keine Porzellanpuppe. Auch wenn Sie mir einen ordentlichen Schrecken eingejagt haben. Sind Sie immer so stürmisch?«

»Nur kurz vor Geschäftsschluss.« Sein Versuch, lustig zu sein, ging völlig daneben.

»Sie können noch nicht lange hier sein, sonst wüssten Sie, dass es Spätis gibt, die auch nachts geöffnet haben. Und um diese Zeit«, sie blickte auf ihre Armbanduhr, eine Cartier, wie ihm auffiel, »werden Sie keine Mühe haben, einen Supermarkt zu finden, der nicht die Türen vor Ihnen verschließt.«

Zumindest war sie humorvoll, wenn auch etwas zänkisch.

»Danke für den Hinweis. Wir sind wirklich erst gestern angekommen.«

»Sie sprechen von der Wohnung im Erdgeschoss, nehme ich an, denn in den anderen *Unterkünften*«, sie verzog missbilligend ihr faltiges Gesicht, »hausen die Polen. Also viele Arbeiter auf einer zu geringen Fläche. Weil unsere Malocher zu faul zum Schaffen sind.«

Niklas, der noch keinen der anderen Hausbewohner getroffen hatte, sparte sich einen Kommentar, weil er eine politische Diskussion vermeiden wollte.

»Stimmt. Wir sind gerade in die Erdgeschosswohnung eingezogen.«

»Wo sind die richtigen Mieter?«

Niklas grinste in sich hinein. Was für eine neugierige alte Dame.

»Richtig? Wir sind jetzt richtig.«

»Junger Mann, Sie tun sich keinen Gefallen, sich mit mir anzulegen. Sie wissen genau, was ich meine.«

Eigentlich wollte Niklas nichts lieber, als den Einkauf erledigen und kochen, um danach sein von Adele sicher hochgepriesenes Wunderwerk zu genießen.

»Wir haben für ein paar Monate unsere Wohnungen getauscht«, gab er Auskunft. »Sie sind in Venedig, wo wir ein Häuschen besitzen, und Adele und ich sind währenddessen hier.«

Bestürzt sah sie ihn an.

»Heutzutage ist das eine beliebte Art, in einer anderen Stadt unterzukommen, ohne ein Hotel buchen zu müssen«, beeilte er sich zu sagen. »Es gibt eigene Plattformen, die das anbieten.«

»Hm«, sie besann sich, »klingt verdammt nach Airbnb.«

»Ja«, er lächelte über ihre Wortwahl, »ähnlich ist das System irgendwie schon. Nur zahlt dabei keiner für die fremde Wohnung.«

Die alte Dame kannte sich gar nicht mal so schlecht aus. Er sah sie genauer an und schätzte sie auf etwas über achtzig. Sie war leger gekleidet und bis auf ihr Haar recht unauffällig.

»Dann leben die beiden also jetzt in Venedig?«

»Genauer gesagt befindet sich unser Haus auf der Giudecca, das ist eine Insel, die durch einen breiten Kanal vom historischen Zentrum getrennt ist.«

»Das wird ja immer schlimmer. Ich kenne Venedig gut, war selbst mit meinem inzwischen verstorbenen Ehemann einige Male dort. Venedig ist eine sehr schmutzige Stadt.«

Bevor er protestieren konnte, fuhr sie schon fort. »Und die Giudecca ist doch nicht Tag und Nacht erreichbar. Der jungen Frau gefällt es dort sicher nicht. Sie ist so ein scheues, fragiles Geschöpf und noch dazu schon wieder schwanger. Sie wirkt auf mich nicht wie eine, die eine Hausgeburt einem Krankenhausaufenthalt vorzieht. Und dann ist da ja auch noch das Kind, das sie im Tragetuch mit sich herumschleppt. Ein Schreibaby, selbst erst wenige Monate alt, das viel Aufmerksamkeit erfordert. Kein Wunder, dass dem armen Vater alle Haare ausgefallen sind, dem bedauernswerten Glatzkopf.«

Jetzt konnte Niklas ihr nicht mehr folgen.

»Veronika ist doch nicht schwanger. Und ein Baby hat sie auch nicht. Ängstlich würde ich sie zudem wirklich nicht nennen. Eher ein wenig forsch.«

»Veronika? Heißt die Frau nicht Pauline? So eine zierliche Blonde mit einem dicken Bauch, den sie stolz vor sich herträgt. Das Baby schreit unentwegt. Ihr Name steht doch auf dem Klingelschild.«

»Kommen Sie bitte kurz mit nach vorne zum Eingang an der Straße«, bat Niklas, der sich daran nicht erinnern konnte, die Frau irritiert.

»Ich wollte ohnehin am Boxhagener Platz meine Runde drehen und die Asozialen beobachten. Ein guter Tipp übrigens, wenn Sie Ihren Geschmack an außergewöhnlichen Charakteren entdecken wollen.«

Niklas nickte, verstand aber kein Wort.

Gemeinsam verließen sie den Innenhof und gingen durch den dunklen Korridor, wobei die alte Frau sich durchaus zu Recht beschwerte: »Frechheit, hier kann man in der Finsternis zu Tode stürzen, und keiner unternimmt etwas.«

Niklas öffnete ihr die Tür, dann blieb er stehen. »Da, gucken Sie mal. Da steht doch …« Er zögerte und sah noch mal genau hin, aber er las nur Konstantins Namen. Eine Pauline gab es nicht, auch keine Veronika. Auch auf keinem der anderen Klingelschilder.

Die alte Frau kramte umständlich nach ihrer Lesebrille und begutachtete das Schild. »Das ist neu, das erkennt sogar eine Halbblinde. Davor stand der Name der Blonden mit drauf, wie hieß die gleich, Karoline?«

»Sie meinten vorhin Pauline, nicht Karoline.«

»Das spielt keine Rolle. Alles Namen aus der Mottenkiste. Veronika hieß sie jedenfalls mit Sicherheit nicht. Das hätte ich mir gemerkt. So ein abscheulicher Name prägt sich ein. Jetzt gibt es da anscheinend nur noch ihn, den Glatzkopf. Typisch Mann.«

Niklas wusste nicht, was er darauf erwidern sollte, und schwieg.

»Na ja, genießen Sie Ihren Aufenthalt hier und das schattige Plätzchen im Innenhof. Die Mülltonnen sollten Sie nicht stören, die werden regelmäßig geleert. Vielleicht schau ich mal auf ein Gläschen vorbei.«

Das fehlt gerade noch, dass sich Adele diesen Quatsch anhören muss, dachte Niklas. Laut sagte er: »Es wäre uns ein Vergnügen.«

Im Grunde war es keine Lüge, die Alte war durchaus erheiternd und gewieft.

Sie nickte ihm wohlwollend zu und marschierte zügig in die andere Richtung.

Niklas stand noch eine Weile vor dem Klingeltableau und den Briefkästen. Die schrullige Frau hatte recht. Die Schilder für die Erdgeschosswohnung waren beide neu.

Adele

»Wahnsinn.« Sie begrüßte Niklas mit einem Kuss und warf ihre Ledertasche in eine Ecke des Flurs.

»War es so anstrengend?« Er umarmte sie liebevoll und strich über ihr Haar.

»Im Gegenteil. Die Reha hat wahre Wunder vollbracht. Marlene ist viel besser drauf, als ich angenommen hatte. Obwohl sie noch vieles durcheinanderbringt. Aber sie kann sprechen, noch etwas schleppend zwar, aber mit einiger Mühe verstehen die Betreuerinnen und ich sie ganz gut. Ich dachte immer, so etwas Grauenvolles passiert nur anderen. Und jetzt ist es eben meiner engsten Freundin passiert. Trotzdem hatte Marlene eine Riesenportion Glück im Unglück.« Adele holte ein Glas aus dem Küchenschrank und ließ es mit eiskaltem Leitungswasser volllaufen. Gierig trank sie es in einem Zug aus. »Ich bin völlig ausgedörrt.«

»Kann ich mir vorstellen, bei der Hitze. Ich hatte eigentlich vorgehabt, für heute Abend eine Hackfleisch-Gemüse-Pfanne zu kochen, mit Champignons und scharfem Chili, Basmatireis und Salat. Ich habe zwar alles besorgt, aber keine Lust, am Herd zu stehen.« Er grinste.

»Soll ich?« Selbst Adele wusste, dass ihre Frage rein rhetorisch war.

Niklas grinste noch eine Spur breiter. »Natürlich nicht, ich koche es einfach morgen. Was hältst du davon, wenn wir uns heute einen scharfen Eintopf beim Portugiesen bestellen, ich habe auch eine Flasche Rotwein mitgebracht, und es uns im Innenhof gemütlich machen?«

»Gute Idee.«

Als sie einander gegenübersaßen, nahm Niklas Adeles Hand und knetete ihre Finger.

Sie fand, er benahm sich ein wenig eigentümlich. Ihn schien etwas zu beschäftigen.

»Du wirkst bedrückt. Geht es um Marlene? Ich habe heute, als ich sie gesehen habe, instinktiv gewusst, ich schaffe das. Mach dir bitte keine Sorgen um mich.«

»Nein, nein, alles okay«, wehrte er ab. »Hier wohnen nur ein paar merkwürdige Menschen«, begann er und brach abrupt ab.

»Hast du unsere Nachbarn kennengelernt?«

»Nicht direkt, nur so im Vorübergehen.«

Adele bemerkte, dass er nicht darüber sprechen wollte. Gut, sie würde sich ein Nachfragen für später aufheben. Klar war sie neugierig, wer diese »merkwürdigen Menschen« waren. Sie wohnte schließlich auch hier.

Adele erzählte während des Essens, dass sie Marlene nun jeden Tag für ein paar Stunden lang Gesellschaft leisten würde. Sie hatte sich mit den Pflegerinnen und der Ergotherapeutin besprochen und einige Denksportübungen auf ihrem iPad herausgesucht, die sie zum geistigen Training mit ihrer Freundin spielen wollte.

»Das hört sich vernünftig an. Schaden tut es sicher nicht, es wird immer wieder empfohlen. In der Werbung.« Er grinste, und sie musste ebenfalls lachen.

»Stell dir vor, das Aneurysma hätte vielleicht früher entdeckt werden können. Marlene fühlte sich etwas angeschlagen und führte ihre verschiedenen Symptome wie Herzrasen, Zittern, Schweißausbrüche und regelmäßige Kopfschmerzen einerseits auf die Hitze und ihre Trennung von Detlev, andererseits auf ihren Arbeitseifer zurück. Du kennst sie ja, Stillsitzen ist nicht ihre Art, sie macht selten Pausen und hängt auch noch am Wochenende vor dem Computer. Irgendwann halfen die üblichen Medikamente nicht mehr gegen ihre Kopfschmerzen, und sie konnte sich kaum noch konzentrieren. Ja, und ehe sie darauf kam, dass es was Ernstes sein könnte, und sich untersuchen ließ, ist es dann geplatzt.«

»War sie allein, als es passierte?«

»Gott sei Dank nicht. Sie hat gerade eine Power-Point-Präsentation für ein Seminar an der Uni gehalten und kippte ohne Vorwarnung vor der Projektwand um. Ab dem Zeitpunkt fehlt ihr jegliche Erinnerung. Der Rettungsdienst wurde von den Studenten alarmiert, und man brachte sie ins Krankenhaus Friedrichshain, wo sie sofort operiert wurde. Als die Narkose nachließ, kam sie wohl ab und an kurz zu sich, aber die Bilder zogen wie in einem Traum an ihr vorbei, so hat sie es mir beschrieben. Erst nach einer Weile und nachdem sie von der Atemunterstützung befreit worden war, konnte sie ihre Situation halbwegs begreifen.«

»Wie verhält sie sich dir gegenüber?«

»Sie ist überglücklich, dass ich bei ihr bin, hat aber auch Schuldgefühle. Ich hab ihr natürlich gesagt, dass sie die nicht haben muss.«

»Du kannst eh nichts anderes tun, als Zeit mit ihr zu verbringen und das Gedächtnistraining zu unterstützen, Schatz.«

»Ich weiß. Ihre Prognose ist wirklich gut. Sie muss nur üben, üben, üben. Also körperlich trainieren, um kräftiger zu werden, und geistig, um ihre Konzentration zurückzuerlangen.

Zum Glück ist sie nicht mehr einseitig gelähmt, auch wenn ihre Muskeln noch nicht alles mitmachen. Was die Sprach- und Wortfindungsstörungen betrifft, so braucht es viel Geduld, da sind die Denkaufgaben sicher sinnvoll. Sie erinnert sich an kaum etwas aus den ersten Tagen, außer dass ihr im Krankenhaus und später in der Rehaklinik ständig die gleichen banalen Fragen gestellt wurden.«

»Das macht man so wegen der zeitlichen und räumlichen Orientierung«, klärte Niklas sie auf.

»Das ist mir schon klar. Weißt du, was der Grund dafür war, dass Marlene nach Hause durfte? Auf eine der ihr permanent gestellten Fragen antwortete sie wohl schleppend langsam, aber mit einem unüberhörbar spöttischen Unterton: ›Haben Sie ein Aufnahmegerät? Diesem nicht menschlichen, geduldigen Zuhörer beantworte ich gern alle Fragen ein einziges Mal, dann können Sie sich, sooft Sie das Bedürfnis danach verspüren, alles anhören.‹ Kurz darauf wurde die häusliche Pflege vereinbart.«

»Für diese beeindruckende Rede wird sie eine Stunde gebraucht haben, nehme ich an.«

»Wenn nicht länger, aber es hat funktioniert. Ich bin stolz auf sie. Morgen beginnen wir mit ein paar der einfacheren Denksportübungen. Wirst sehen, es dauert wesentlich kürzer, als wir dachten, bis Marlene wieder auf den Beinen ist und wir zurück in unser Häuschen können.«

»Das Gute an diesem Tausch ist, dass keine fix einzuhaltenden Zeiten vereinbart wurden. Wenn es so weit ist, können wir einfach Eigenbedarf anmelden«, sagte Niklas und lächelte zufrieden.

Sie tranken den Wein aus und beobachteten die Menschen, die zum Teil grüßend an ihnen vorbei zum letzten Haus des Hofes gingen.

Eigentlich wirken diese anderen Mieter gar nicht mal so merkwürdig, dachte Adele und rätselte, was Niklas vorhin gemeint hatte.

Sie überlegte, ihn auf sein Unbehagen anzusprechen, hielt

sich aber zurück. Wenn der richtige Moment gekommen war, würde er sich ihr von sich aus anvertrauen.

Niklas

Ihm ging die Begegnung mit der alten Dame nicht aus dem Kopf, aber er wollte den Abend nicht mit dieser seltsamen Geschichte ruinieren. Adele sprudelte nur so über vor Glück, voll der Erleichterung, dass es Marlene bereits wieder so gut ging. Ein Wort ergab das nächste. Wenigstens schien die Sorge um ihre liebste Freundin nun kleiner geworden zu sein.

Morgen, wenn er einkaufen ging, würde er eine Weile im Innenhof darauf warten, ob er der alten, schrägen Dame noch mal begegnete.

Was er sich davon versprach, wusste er selbst nicht, aber etwas an der Sache war ihm nicht geheuer.

Sein Schlaf war unruhig und von wirren Träumen geprägt. Um etwa drei Uhr morgens schreckte er schweißgebadet hoch.

»Adele?«, fragte er leise, doch sie lag in ihre Decke eingemummelt und schlief.

Kurz war ihm, als stünde die alte Frau mit dem silberblauen Haarturm neben seinem Bett. Er meinte, ihre knöchrigen, kühlen Finger auf seiner Haut zu spüren.

»Sie da, junger Mann, wachen Sie gefälligst auf«, befahl sie ihm schroff. »Die Schwangere ist blond und nicht dunkelhaarig. Ihr plärrendes Baby trägt sie im Tragetuch vor dem Bauch. Ich mag alt sein, aber vergesslich bin ich deshalb nicht.«

»Sie sollten etwas gegen die Arthritis unternehmen«, murmelte er schlaftrunken, und Adele gab ihm einen unsanften Stoß in die Seite.

Sie saß aufrecht neben ihm im Bett und sah ihn verwundert an. Das Mondlicht schien ihr ins Gesicht.

»Ich kann dich nicht erkennen«, murrte sie und knipste die Lampe auf dem Nachtkästchen an.

Niklas sah sie an. »Schwein gehabt, du bist nicht die Alte.« Er kicherte.

»Führst du neuerdings Selbstgespräche? Oder meinst du wirklich, ich hätte Arthritis?«

Selbstgefällig streckte sie ihm ihre langgliedrigen Finger zur Überprüfung entgegen.

Niklas brach in schallendes Gelächter aus. »Mein Schatz, wenn nur ein Zehntel dieses Alptraums wahr würde, könnte dir kein Arzt Linderung verschaffen.«

»Schlaf weiter.« Resolut schaltete sie das Licht aus.

Am nächsten Morgen frühstückten sie friedlich und genossen die Sonnenstrahlen, die noch nichts von der Hitze des Tages verrieten.

»Bis später, Schatz, und bring bitte Schokolade mit.« Adele drückte ihm gut gelaunt einen feuchten Kuss aufs Ohr, als sie alles wieder in die Wohnung geräumt hatten und er sich mit einer Einkaufstasche auf den Weg machte, um zum Supermarkt zu gehen, während sie die Sachen in den Kühlschrank stellte.

In Niklas klangen immer noch die Traumfetzen nach, manchmal stieg ein Teilchen hoch und fügte sich einem Puzzle gleich an ein weiteres. Zusammen ergaben sie vermutlich einen Sinn, den zu entschlüsseln er noch nicht imstande war.

Minutenlang lauerte er im Hinterhof auf eine neuerliche Begegnung mit der alten Frau.

Als er das Herumstehen schon aufgeben wollte, öffnete sich die Tür zum Treppenhaus, und sie trat heraus. Heute zog sie einen grau-grün gestreiften Einkaufstrolley hinter sich her.

»Sie schon wieder, guten Tag«, begrüßte sie ihn barsch und fügte pfiffig hinzu: »Warten Sie auf mich?«

»Ja«, brummte er verlegen. »Sie haben es auf den Punkt gebracht.«

Sie blieb neben ihm stehen, lehnte den Hackenporsche an eine der Mülltonnen und musterte ihn aufmerksam.

»Worum geht's?«

»Um unser Gespräch. Es will mir seit gestern nicht mehr aus dem Kopf.«

»Das, was ich Ihnen sagte, entspricht den Tatsachen. Ich könnte Ihnen noch weitere interessante Geschichten von anderen Mietern erzählen, mir fällt eben einiges auf. Die Leute verhalten sich ja nicht gerade mucksmäuschenstill in ihren schlecht isolierten Behausungen.«

»Von den anderen Hausbewohnern will ich nichts erfahren, außer es betrifft uns persönlich. Deswegen bin ich heute hier, denn Konstantin und Veronika sind nun mal die besagten Tauschpartner, die beiden leben jetzt in unserem Häuschen auf der Giudecca.«

»Eine Veronika wohnt dort ganz sicher nicht. Der Kahle ist mit dieser verklemmten, gehemmten Blonden zusammen und hat auf jeden Fall ein Kind mit ihr, das zweite ist unterwegs.«

»Das Kind, ist es ein Mädchen oder ein Junge?«

»Verwechseln Sie mich mit einer Hellseherin? Die Frau trägt den Nachwuchs in einem Tragetuch mit sich herum, komplett verdeckt von buntem Batik, und als ich das Kleine einmal sehen wollte, rannte sie davon. Das war schon etwas befremdlich. Glauben Sie mir.«

»Vielleicht ist sie soziophobisch?«

»Sozio… was?«

»Das bedeutet, sie hat Angst, sich öffentlich zu zeigen oder zu blamieren.«

»Hm«, machte die alte Frau und rollte ihren Einkaufswagen vom Müllcontainer zu sich. »Mag sein, aber ich hörte nicht nur das Kind, sondern auch sie oft weinen, ihr Küchenfenster geht ja zum Innenhof raus. Und einmal wurde sie von der Ambulanz weggebracht. Mitsamt ihrem Baby.«

»Haben Sie Konstantin, ihren Partner, mit ihr und dem Baby gesehen?«

»Nein, das war merkwürdig. Es war immer nur die junge Frau, Pauline, die mit dem Kindchen unterwegs war. Es weinte immer so laut, dass man die Schreie beim besten Willen nicht überhören konnte. Ich denke, daher hatten die beiden Eltern oft Krach.«

»Danke«, murmelte Niklas und war um einiges verwirrter als noch kurz zuvor.

Er beschloss, diese schräge Angelegenheit erst mal für sich zu behalten und zu versuchen, sie aufzuklären.

16

Veronika

»Konstantin!«, rief Veronika begeistert. »Komm mal in den Garten.«

Sie lag gemütlich in einem Liegestuhl. Das schmucke Häuschen befand sich inmitten einer kleinen Siedlung, stand aber dennoch allein. Ganz so, wie es ihr gefiel.

»Schatz, soll ich dir etwas bringen? Eine Erfrischung vielleicht?«

Er stand vor ihr, groß, glatzköpfig, und wieder einmal wunderte sie sich über die Kraft ihres Willens zu Beginn ihrer Beziehung, diesen Mann ganz für sich haben zu wollen.

Er war schlicht und einfach eine gefühlsduselige Memme.

»Nein, alles gut. Ich wollte dich nur fragen, ob du etwas dagegen hättest, wenn ich hier ein wenig Gras anbaue?«

»Gras? Du meinst Marihuana?« Er warf ihr einen entgeisterten Blick zu und ließ sich auf der zweiten Sonnenliege nieder.

»Was denn sonst? Die Küchenkräuter stehen auf dem Fenstersims in diesen albernen handbemalten Keramiktöpfen, hier draußen gibt es nur Sträucher und Blumen, die mich zum Niesen bringen. Wegmachen können wir die nicht, aber ein bisschen Gras würde Abhilfe schaffen. Abgesehen davon, dass es eine beruhigende Wirkung hat.«

»Dir ist aber schon klar, dass auf Cannabis während der Schwangerschaft verzichtet werden sollte? Es schädigt das Kind. Fühlst du dich angespannt, Veronika?« Er sah sie besorgt an.

»Nein, ich nicht, aber du wirkst ziemlich verkrampft. Es könnte dir ein wenig Ruhe verschaffen und dich von deinen trüben Gedanken ablenken. Übrigens, auch deine Nasenschleimhäute werden durch diese Übermacht an blühenden Sträuchern gereizt.«

»Ja. Aber Gras anzubauen wäre sicher keine Lösung. Stell dir mal vor, die Carabinieri erwischen uns. Was dann passiert, möchte ich mir nicht ausmalen. Außerdem gibt es da noch diese fürsorgliche Schnüfflerin, die du beim Einzug getroffen hattest. Glaubst du, der würde dieser spezielle Geruch entgehen?«

»Beim Anbauen riecht das Gras doch noch nicht, erst wenn du es rauchst. Aber es stimmt. Wir sollten uns unauffällig verhalten.«

Konstantin atmete sichtlich beruhigt aus.

»Was hältst du von einem Ausflug hinüber nach Venedig? Würden Touristen das nicht machen?«

Manchmal entpuppte ihr Liebster sich ja doch als Genie. Veronika grinste.

»Super Idee. Ich verziehe mich nur noch kurz ins Bad, dann können wir los.«

Vergnügt tänzelte sie ins Haus.

Konstantin

Er war verzweifelt.

Wie kam er bloß aus dieser Misere heraus?

Er würde alles dafür geben, die Zeit zurückdrehen und das Geschehene ungeschehen machen zu können.

Es ging nicht, noch dazu hatte die Vergangenheit sich in eine grauenvolle Gegenwart verwandelt, und er war bei Gott nicht schuldlos daran. Veronika alles Schlechte, was passiert war, anzuhängen führte nicht zur Lösung seines Problems, und es war falsch. Er trug ebenso wie sie die Verantwortung für das Unheil.

»Bist du eingeschlafen? Reiße ich dich wenigstens aus schönen Tagträumen?«

Veronika stand frisch geduscht in einem ihrer bunten Sommerkleider vor ihm und lächelte ihn von oben herab zärtlich an.

Es war fast wie damals, und er zersprang innerlich vor Sehnsucht nach jener Zeit.

»Warte mal, Vroni«, er stutzte, »klingelt dein Handy?«

»Nein, das steckt in meinem Rucksack. Es wird wohl ein Skype-Anruf unserer Tauschpartner sein. Aber da gehe ich jetzt nicht ran.«

»Und wenn es wichtig ist?«

»Dann melden die sich garantiert wieder. Bestimmt geht es bloß um irgendwas, das sie nicht auf Anhieb finden, so unselbstständig, wie die drauf sind. Aber das ist kein Tausch mit Hotelservice, die müssen schon allein klarkommen. Wir gehen denen ja auch nicht wegen jeder Kleinigkeit auf die Nerven.«

Konstantin dachte ebenfalls, dass es vermutlich um nichts wirklich Wichtiges ging, konnte das andere Pärchen aber sehr gut verstehen. In seiner Berliner Wohnung war es jedenfalls um ein gutes Stück anders als hier in deren tollem Zuhause auf der Giudecca. Außerdem hatte Niklas eine übersichtliche Liste angefertigt, auf der alles Notwendige Punkt für Punkt erklärt wurde. Er hatte darauf auch einige Notrufnummern vermerkt, die eines Elektrikers und die eines Installateurs eingeschlossen. Gut, auf der Giudecca waren sie ein wenig weiter vom Trubel der Innenstadt entfernt und auf diese Hilfestellungen angewiesen. In Friedrichshain musste man nur wenige Schritte gehen, um das Gewünschte zu erreichen. Alles, was man brauchte, lag praktisch vor der Haustür. Einzig für einen Besuch der riesigen Einkaufszentren und Malls waren etwa zehn Minuten Gehweg einzuplanen.

»Was hast du? Du starrst schon wieder so komisch. Jetzt komm schon, sonst versäumen wir das Vaporetto.«

Ächzend hievte er sich hoch.

Seine Gelenke knackten, und Veronika grinste ihn schelmisch an.

»Wir werden alle nicht jünger.«

Das Boot schaukelte zwar weniger heftig als bei seiner letzten Fahrt, doch schwindlig wurde ihm trotzdem, und sein Bauch rumorte.

»Wir sind gleich da.« Veronika fasste nach seiner Hand. »Dann wird es besser.«

Konstantin nickte, auch wenn er sich weiterhin am liebsten übergeben hätte.

Kaum hatten sie das andere Ufer erreicht und den schwankenden Holzsteg zur Spaziermeile hin überquert, legte sich eine kräftige Hand auf seine Schulter.

»Wen haben wir denn da? Buongiorno, Sie müssen der vermisste Ehemann sein.«

Eine Fremde musterte ihn belustigt.

»Oh«, sagte Veronika, »hallo, Giovanna. Konstantin, das ist die hilfsbereite Seele Giovanna, Adeles Freundin, von der ich dir erzählt habe. Und dieser schöne Mann hier ist meine bessere Hälfte.«

Er grüßte verhalten.

»Ich wollte gerade das Vaporetto nehmen, um nach euch zu sehen. Das letzte Mal habe ich vergessen, mir Veronikas Handynummer geben zu lassen. Habt ihr gerade Zeit? Gehen wir doch zusammen etwas trinken, um auf eine schöne Zeit für euch anzustoßen, dann können wir auch unsere Nummern austauschen. Für den Notfall, meine ich.«

Konstantin überlegte angestrengt, wie sie dieser nervtötenden Klette entrinnen konnten.

»Diese Bar da vorne sieht verlockend aus, trinken wir dort ein Gläschen *alla nostra*, wie es hierzulande heißt«, hörte er Veronika zu seiner Überraschung sagen.

»Ich bevorzuge beim Anstoßen *salute*, denn die Gesundheit ist unser wichtigstes Gut«, entgegnete Giovanna kühl.

Konstantin nickte, und Veronika verdrehte die Augen. Gemeinsam steuerten sie die Bar an.

17

Adele

Sie sang selbstvergessen vor sich hin.

Das Küchenfenster stand offen, und im Geäst des einzigen Baumes, der auf dem an den hässlichen Hinterhof angrenzenden Rasenstück stand, trällerten die Vögel in unterschiedlichen Stimmlagen.

Allem Scheußlichen wohnt etwas Schönes inne, philosophierte sie still.

Die Wohnung war gar nicht mal so übel, jedenfalls nachdem sie den ersten Schock überwunden hatten. Der riesige blaue Kühlschrank stand ihr im Weg, nicht nur einmal war sie dagegengestoßen. Aber auch ihr Häuschen verfügte über so manche Stolperfalle. Wer an den Standort bestimmter Möbelstücke nicht gewöhnt war, dem wurden diese leicht zum Hindernis. Das konnten sie einander kaum vorwerfen.

Vergnügt setzte sie sich an den Küchentisch und beschloss, erst mal einen Eistee zu trinken, bevor sie ihr Notebook holte, um ein wenig zu arbeiten. Trotz des Umzugs und der Zeit, die sie bei Marlene verbrachte, war sie mit ihren Aufgaben im Plan, was sie unter diesen Umständen selbst ein wenig wunderte. Doch wenn sie etwas zu erledigen hatte, dann tat sie es. Daher kam sie fast nie in Verzug, auch wenn Niklas meinte, das läge nur an ihrem geringeren Arbeitsaufwand, und sie als verzogene Göre betrachtete. Ausgesprochen hatte er es ihr gegenüber nie, aber sie merkte es an seinen Blicken.

Zu ihrer Freundin würde sie in etwa zwei Stunden rüberbummeln und ihr unterwegs einen Strauß Blumen besorgen. Marlene liebte frisch gefüllte Vasen, aus denen üppige Blütenköpfe ragten.

Sie sah aus dem Fenster und meinte, Niklas, der zum Laden laufen wollte, zu sehen. Gerade als sie anhob, um nach ihm zu rufen, verkrampfte sich ihr Bauch. Ein unverkennbarer, wohlvertrauter und innig gehasster Schmerz stellte sich ein.

Dabei befand sie sich gerade mitten im Zyklus, die nächste Menstruation war noch gar nicht fällig.

Ängstlich fasste sie unter ihr Kleid und schob den Slip beiseite.

Ihre Finger waren blutig.

Sie hastete zum Fenster, aber von Niklas keine Spur.

Traurig ging sie ins Badezimmer und duschte ausgiebig, während ihre Tränen flossen.

Es fühlte sich an, als hätte ihr Körper sich gegen sie verschworen.

Er wollte ihr kein Kind schenken.

Sie hatten bereits an Adoption gedacht und an In-vitro-Fertilisation. Doch zuvor wollten sie es auf dem natürlichen Weg versuchen. Das ging nur einfach schon viel zu lange schief.

Seufzend trocknete sie sich ab und schlüpfte in ihre Trainingshose und ein weißes T-Shirt.

Dann ging sie ins Schlafzimmer, um die Betten zu machen. Es bereitete ihr Freude, ihnen ein kuscheliges, sauberes Nest für die Nacht vorzubereiten.

Sie zog das Laken glatt und bemerkte sofort die roten Flecken. Sie musste also heute Nacht oder am Morgen zu bluten begonnen haben.

Zorn löste die Traurigkeit ab, und sie riss das Leintuch von der Matratzenauflage und schleuderte es auf den Boden.

»Verdammt!«, wütete sie und trat gegen den Stoff.

Laut weinend hob sie das Laken auf und trug es zur Waschmaschine. Bisher hatte sie das altmodische Ding noch nicht bedient. Ratlos starrte sie auf die unzähligen Knöpfe mit den verwaschenen, unlesbaren Beschriftungen.

Mit welchem Programm bei welcher Temperatur wusch Veronika Flecken heraus? Sie wollte bei diesem Fossil nichts falsch machen.

Entschlossen wählte sie via Skype Veronika an.

Es läutete und läutete, doch niemand nahm ihren Anruf entgegen.

Unzufrieden zerknüllte sie das Leintuch und warf es vor die Waschmaschine, besann sich dann aber eines Besseren und weichte es in eiskaltem Wasser ein.

So bekam man Blutflecke am effektivsten aus dem Stoff.

Ernüchtert entschied sie, heute nicht mehr zu arbeiten, sondern ihre Freundin direkt aufzusuchen, auch wenn die Physiotherapeutin sicherlich noch da war und Übungen mit ihr machte.

Adele wollte jetzt keine Minute mehr allein sein, und da Niklas gern trödelte, war Marlenes Anwesenheit genau das Richtige.

Was bin ich bloß für eine bescheuerte Egoistin?

Meine kranke beste Freundin als Schulter zum Ausweinen zu benutzen?

Niklas

Er war verstört.

Das Gehörte wollte ihm nicht aus dem Sinn.

Entweder litt die Alte an einer Psychose, oder eine schwangere Pauline hatte bis vor Kurzem mit Konstantin und einem Baby hier gelebt. Konnte es sein, dass der Mann eine Familie hatte, von der seine Freundin womöglich nichts wusste? Aber wieso lebte sie dann hier mit ihm, und wo war die andere, die blonde Frau?

Kopflos lief Niklas von einem Geschäft zum nächsten und hatte schon längst vergessen, was er ursprünglich besorgen wollte.

In der Nähe des Boxhagener Platzes holte er sich in einem der Spätis zwei Flaschen Berliner Bockbier.

Inzwischen war Nachmittag, und er setzte sich auf eine der wenigen freien Bänke in den Schatten. Er kam sich beobachtet vor und wurde auch kritisch beäugt.

Kein Wunder, er war hier ein Fremdkörper, da er weder

einer der Elterngruppen angehörte, deren Kinder vergnügt im Sandkasten herumtollten, noch sich zur trinkfreudigen Gemeinschaft auf dem Platz gesellte.

Mit einer ungeschickten Drehung öffnete er die erste Flasche und trank ein paar Schlucke, bevor er zu husten begann.

Was sollte er unternehmen?

An der Geschichte war eindeutig etwas faul. Nur ob der Geisteszustand seiner betagten Nachbarin oder Konstantin und Veronika der Grund waren, konnte er nicht abschließend beurteilen. Es machte ihn misstrauisch allen dreien gegenüber.

Leicht beduselt erhob er sich und stellte die leeren Flaschen neben die Bank, damit Ärmere sie nehmen und das Pfand dafür einstecken konnten.

Kaum schlauer als zuvor ging Niklas nach Hause.

Adele war noch bei Marlene, also setzte er sich an den Schreibtisch und überlegte, das Tauschpärchen anzurufen.

Oder sollte er das besser unterlassen?

Missmutig klappte er seinen Laptop auf, um ihn gleich darauf wieder zu schließen. Er wollte Konstantins Privatsphäre nicht verletzen, aber es fühlte sich für ihn auch so an, als hätten sie über ihre Tauschpartner im Vorfeld zu wenig erfahren. Und vielleicht gab es ja eine ganz banale Erklärung, die alles verständlich machte? Abermals öffnete er seinen Laptop und ärgerte sich über seine Unschlüssigkeit.

Mit einem mulmigen Gefühl im Bauch rief er die beiden an.

Veronikas pausbäckiges Gesicht, umrahmt von den dunklen Locken, erschien auf dem Bildschirm, sie strahlte ihm entgegen.

»Hallo! Sorry, dass ich heute Mittag euren Anruf verpasst habe. Hoffentlich war es nichts Dringendes. Konstantin und ich sind nach Venedig hinübergefahren, und rate mal, in wen wir gleich bei der Anlegestelle reingelaufen sind?«

Wie soll ich das wissen, dachte er brummig.

»In eure beste Freundin, Giovanna. Wir haben dann zusammen einen Aperol Spritz getrunken. Was verschafft mir das Vergnügen deines Anrufs?«

»Äh … also«, stotterte er, da er nicht wusste, wie er anfangen sollte.

»Ist etwas zu Bruch gegangen? Das macht doch nichts. Dafür haben wir extra eine Versicherung abgeschlossen.«

»Das ist es nicht. Ich habe im Hof eine nette ältere Dame getroffen, die mich mit ihrer Erzählung über euch durcheinandergebracht hat.«

»Ach?« Veronikas Gesicht wurde größer, als sie näher an die Kamera rückte, und dann erschien auch Konstantins Kopf auf dem Computerdisplay.

Mann, dachte Niklas, ist dieser Typ kahl. Nicht ein einziges Barthaar spross aus der bleichen Haut. Er sah aus, als hätte er Monate ohne einen Sonnenstrahl in einem verdunkelten Zimmer oder, schlimmer noch, im Kittchen verbracht.

»Das war bestimmt die Gerber aus dem dritten Stock im Hinterhaus. Was hat diese intrigante Hexe von sich gegeben?« Auf Veronikas ohnehin schon geröteten Wangen bildeten sich dunkle Flecke.

Konstantin legte seine Hand auf ihren Scheitel. »Vroni kann manchmal etwas aufbrausend sein. Sie ist temperamentvoll, ein Grund mehr, weshalb ich sie so liebe.«

Bevor Niklas etwas dazu sagen konnte, drehte Veronika ihr Gesicht zur Seite und küsste Konstantins spitze Nase.

»Er ist eben ein Kavalier. Doch das ändert nichts an der Tatsache, dass Frau Gerber eine Trinkerin ist. Sie erfindet dauernd Märchen über alle Nachbarn.«

»Betrunken kam mir diese Frau nicht vor. Aber geschwätzig war sie.«

»Glaub mir, die ist nicht ganz dicht. Dauernd hält sie einen auf, wenn man dringend irgendwohin muss, und quasselt einen voll.«

Konstantin nickte. »Ich wohne schon um einiges länger als Vroni in der Wohnung im Erdgeschoss, und die alte Frau hat nicht nur mich gestört. Sie spioniert allen im Haus nach. Auch die anderen Mieter beschweren sich häufig bei der Hausverwaltung. Aber keine Chance. Sie lebt schon ewig im Haus, und gegen die Geschichten, die sie sich ausdenkt, ist kein Kraut gewachsen.«

Konstantin zog an seinem Ohr.

Niklas war verwirrt.

Ging er einer Trinkerin mit zu viel Phantasie auf den Leim?

»Aber …« Er zögerte, wie es oft seine Art war, um dann unvermittelt herauszuplatzen: »Veronika, bist du schwanger?«

Veronikas Augenbrauen zogen sich einen Moment lang zusammen, dann drückte sie Konstantins Gesicht an ihres.

»Tatsächlich, ich habe es noch kaum jemandem verraten, aber wir erwarten Nachwuchs.«

»Und habt ihr schon ein Kind? Die alte Dame erklärte mir, ihr hättet bereits ein Baby.«

Beide schwiegen und sahen einander bestürzt an, dann übernahm Konstantin das Gespräch.

»Wir werden zum ersten Mal Eltern. Ich weiß nicht, was Frau Gerber sich da wieder zusammengereimt hat. Frag ruhig mal die anderen Mieter. Du wirst dich wundern, was du da so alles zu hören bekommst.«

»Aber die alte Dame hat euer Baby nicht nur einmal laut schreien gehört.«

Veronika schüttelte den Kopf. »Das verstehe ich nicht, sie muss da etwas verwechseln. Vielleicht ist sie bereits dement. Mir ist außerdem schleierhaft, wie sie meine Schwangerschaft in diesem frühen Stadium überhaupt bemerkt haben will. Man sieht doch noch gar nichts.«

Konstantin lachte. »Doch, Vroni, man sieht es.«

Niklas dachte nach. Er wollte Ärger und Unstimmigkeiten vermeiden, auch wenn das alles noch keinen rechten Sinn ergab. Daher setzte er sein Pokerface auf, das eigentlich nur seiner Kartenrunde zu Unizeiten vorbehalten war, und meinte höflich: »Übrigens herzlichen Glückwunsch zur Schwangerschaft. Das hätte ich jetzt fast vergessen.«

Seine Worte wirkten offensichtlich besänftigend auf die beiden, denn sie lächelten ihn freundlich an. »Danke. Wollt ihr auch Kinder?«

Niklas zögerte, bevor er auf ihre Frage einging. Er wollte den beiden nicht zu viel Privates anvertrauen.

»Ja. Das ist unser größter Wunsch. Doch es will leider bisher nicht klappen. Adele ist deswegen sehr niedergeschlagen.«

»Bei uns war es das genaue Gegenteil. Wir dachten gar nicht daran, sofort ein Baby zu bekommen, aber es ist einfach so passiert und hat unser Leben völlig auf den Kopf gestellt.«

»Das kann ich mir gut vorstellen. Gut, dass ihr die Schwangerschaft Adele gegenüber nicht erwähnt habt. Sie wäre todunglücklich gewesen.«

Niklas beschloss, nicht weiter nachzubohren und auch diese ominöse Pauline nicht zu erwähnen. Das Gespräch war harmlos und gut verlaufen. Vielleicht konnte er zu einem späteren Zeitpunkt darauf zu sprechen kommen, nachdem er sich mit Adele beratschlagt hatte.

Wenigstens verstand er jetzt, warum Veronika so füllig war.

Na, schalt er sich, ich bin anscheinend doch einer dieser ignoranten alten weißen Cis-Männer, kaum ist eine etwas rundlicher, erklär ich mir das mit einer Schwangerschaft.

Sie verabschiedeten sich freundlich, und Veronika fügte hinzu: »Falls Adele mich heute Morgen angerufen hat, kann sie es später gern noch mal versuchen.«

Er trennte die Verbindung und rief seine Frau an. Bereits beim ersten Läuten hob Adele ab, und er erkannte an ihrer Stimme, dass sie schlecht drauf war.

»Liebling, wann kommst du?«

»Ich bleibe heute ein wenig länger bei Marlene, weil sie keinen guten Tag hat. Bereite bitte schon mal was zu essen vor und stell einen Wein kalt. Ich muss jetzt wieder reingehen.«

Grußlos legte sie auf.

Er ging in die Küche, holte Teller, Gläser und Besteck und deckte den Tisch.

Adele sollte sich freuen, wenn sie heimkam.

Er würde das Essen kochen, das er schon gestern geplant und eingekauft hatte.

Unbehaglich fragte er sich, warum Adele eben am Telefon so unterkühlt gewesen war.

Hatte es etwas mit ihm zu tun?

Oder ging es wieder darum, nicht schwanger werden zu können?

Er hatte seine Spermien untersuchen lassen, die waren in Ordnung; auch bei ihr stimmte alles, jedenfalls nach Auskunft zweier Gynäkologen.

Rasch wischte er die tristen Gedanken beiseite und begann mit dem Kochen.

Schon bald wurde die Tür geöffnet, und Adele stürmte herein.

Erfreut nahm Niklas sie in die Arme und roch den frischen Duft unbekannter Blumen, der sich mit ihrem typischen Körpergeruch vermischte.

»Alles okay mit dir, Liebste?«

»So würde ich das definitiv nicht nennen. Aber du wirkst heiter und hast«, sie schnüffelte, »anscheinend wieder mal dein Bestes in der Küche gegeben. Danke dafür.«

Als fröhlich würde er seine Gefühlslage nicht bezeichnen. Doch er hatte gelernt, nicht sofort mit Unannehmlichkeiten herauszurücken.

Das Gespräch über seine eigenartige Begegnung durfte er nun aber nicht länger aufschieben. Sie waren sich einig, immer ehrlich zueinander zu sein.

»Adele, ich wollte dir etwas erzählen, was mich beunruhigt. Etwas, wegen dem ich vorhin mit Veronika und Konstantin geskypt habe.«

»Wirklich?« Seine Frau sah ihn erstaunt an.

Sie war blasser als sonst, vielleicht auch besonders betont durch ihre schönen roten Haare, die heute mehr denn je glänzten.

»Ich hatte es, bevor ich zu Marlene gegangen bin, nämlich auch versucht, aber niemanden erreicht.«

»Worum ging es?«

»Nichts Wichtiges. Ich wollte die Einstellung der Waschmaschine erfragen, da ich aus dem alten Ding nicht schlau wurde.«

Niklas erkannte am Ausdruck ihrer Augen, dass Adele ihm nicht die ganze Wahrheit sagte.

Hatte sie womöglich ebenfalls Kontakt zu der alten Dame gehabt?

Wusste sie, dass etwas nicht stimmte?

»Adele, wir wollten offen zueinander sein. Bitte sag mir, was dich bedrückt und wieso du Veronika angerufen hast.«

Adele nippte am Rosé und blickte ihn dann an. An den langen Wimpern ihrer graugrünen Augen hingen Tränen.

»Niklas, ich habe meine Periode. Wir werden nie ein Kind bekommen.«

Er stand auf, ging um den Tisch herum und nahm sie in seine Arme. Sie weinte leise.

Irgendwann putzte sie entschlossen ihre Nase mit einer Serviette und tupfte die verlaufene Wimperntusche von ihren Wangen.

»Ich komme damit zurecht, auch wenn es mir das Herz bricht«, sagte sie. »Denn wichtiger als alles andere ist, dass wir zusammen sind. Erzähl du mir jetzt bitte, was du auf dem Herzen hast. Was war los?«

Niklas zögerte.

»Verderben wir uns nicht den lauen Abend. Es hat Zeit bis morgen. Da ist Regen angesagt, dann kuscheln wir uns ins Bett, und ich erzähle dir meine Horrorstory.«

»Versprochen?«

»Ja.«

Trotzdem fiel es Niklas schwer einzuschlafen.

18

Konstantin

»Das haben wir gut hinbekommen, finde ich. Was meinst du, Vroni?«

»Nein, das sehe ich komplett anders. Konstantin, checkst du das denn nicht? Die Gerber könnte für uns zu einem ernsthaften Problem werden. Sie quatscht eindeutig zu viel.«

»So schlimm ist das nicht. Mich stört es natürlich auch, dass sie unsere Tauschpartner anquasselt, doch bisher hat sie damit noch keinen nennenswerten Schaden angerichtet. Niklas war so eingenommen von deiner Schwangerschaft, dass er darüber alles andere vergessen hat.«

»Klar, er war aber trotzdem ziemlich durch den Wind und hat meiner Meinung nach viel zu gezielte Fragen gestellt.«

»Na und? Die Alte phantasiert sich ihre Geschichten eben zusammen, wie es ihr gefällt. So sollte es klingen, und so hat er es mit Sicherheit auch verstanden. Ich hatte den Eindruck, er wollte bloß sichergehen, dass alles, was sie von sich gibt, erfunden ist. Um mehr ging es ihm nicht. Er ist eher der vertrauensvolle Typ. Und er war wirklich geknickt, dass seine Frau kein Kind bekommen kann. Dieses persönliche Drama setzt ihm unter Garantie mehr zu als alles, was die alte Schachtel ihm zugeflüstert hat.«

»Aber was, wenn er anderen Nachbarn davon erzählt? Oder wenn die lästige Luise *zufällig* bei uns auftaucht? Siehst du denn nicht, dass unser fragiles Kartenhaus, das wir so mühevoll aufgebaut haben, dadurch in sich zusammenfallen könnte? Ohne dass wir hier, so weit weg, auch nur annähernd etwas davon mitbekämen?«

»Veronika, ich bin mir sicher, dass deine Hormone dein logisches Denken gerade negativ beeinflussen. Das ist völlig normal und überhaupt nicht abwertend gemeint. Du musst dir keine Sorgen machen. Alles ist gut und wird auch so bleiben. Mit dem Gespräch gerade konnten wir das Schlimmste abwenden.«

Veronika

Konstantin konnte manchmal so was von arglos und naiv sein.

Veronika knabberte an einem ihrer Fingernägel. Sie überlegte angestrengt. Doch ihre Gedanken betrafen nicht die Schwangerschaft, sondern das doofe Geschwätz der Gerber. Dem musste Einhalt geboten werden.

»Komm, Vroni, lass uns auf die Terrasse gehen. Ich bin froh, dass wir wieder hier sind, drüben in der Altstadt wurde es mir langsam zu voll mit den ganzen Touristen, die in allen möglichen unverständlichen Sprachen sprechen.«

»Das ist nun mal unsere Strafe, Kony. Denk doch an den Turm von Babel.«

Sein entgeisterter Blick vermittelte Veronika mehr als viele Worte.

Konstantin war zwar klug, aber ziemlich ungebildet.

Daran konnte auch sie nichts ändern.

»Soll ich dir erklären, was ich damit meine?« Veronika drückte ihm einen Kuss auf die Wange.

»Gern, aber fass dich kurz, ich hole schon mal die Getränke aus dem Kühlschrank.«

»Der Turmbau zu Babel ist eine biblische Geschichte. Im übertragenen Sinn bedeutet sie, dass die Menschen Gott gleichkommen wollten, also höher hinaus, als es ihnen zustand. Diese Überheblichkeit passte Gott nicht, daher stoppte er den Bau des Turms, indem er eine Sprachverwirrung verursachte, die dazu führte, dass keiner mehr den anderen verstand. Damit beendete er den Plan.«

»Und trotzdem ist es der Menschheit gelungen, sich über den Allmächtigen hinwegzusetzen und sich schließlich in unterschiedlichen Sprachen zu verständigen, denn es gibt ja Übersetzer.«

»Touché!« Veronika lachte über Konstantins Schlagfertigkeit. »Lass das nur keinen der vielen Priester hier hören.«

»Ach«, er grinste, »die würden mich doch eh nicht verstehen. Außer einer von denen beherrscht unsere Sprache.«

»Los! Komm, ich will mein teures Rosenwasser im Märchengarten trinken«, gab sie ihm lachend zur Antwort und zerrte ihn mit sich.

Sie war mit den Gedanken jedoch schon längst wieder woanders.

»Würde es dir etwas ausmachen, wenn ich morgen zu einer Untersuchung nach Mestre hinüberfahre?« Gespannt wartete sie auf seine Antwort. Sie hoffte, er würde zustimmen und nicht zu viele Fragen stellen, denn so wäre es am leichtesten, ihren vorhin gefassten Plan zu realisieren.

»Im Gegenteil. Du musst regelmäßige Kontrollen machen. Das meinte auch deine Ärztin zu Hause.«

»Ja, und ich halte mich auch daran. Ich fahre besser schon sehr früh los, weil ich nicht weiß, wann ich an der Reihe bin. Die Assistentinnen konnten mir das am Telefon nicht verbindlich sagen. Kann sein, dass ich länger warten muss.«

»Ich komme mit. Immerhin sind wir in einem fremden Land, auch wenn wir die Sprache sprechen.«

»Nein«, wehrte Veronika ab, »ich bin keine unmündige Zwölfjährige. Das schaffe ich allein. Es ist aber sehr lieb und fürsorglich von dir, mich begleiten zu wollen. Falls ein Problem auftaucht, rufe ich dich selbstverständlich sofort an. Und ein Ultraschallbild von unserem Baby bringe ich dir auch mit.«

19

Adele

Sie wachte ruckartig auf.

Irgendetwas hatte sie aus ihrem tiefen Schlummer gerissen.

Waren es Niklas' Schnarchgeräusche?

Nein, er lag ganz still da, auf die Seite gedreht, und atmete rhythmisch.

Es war das feine Tröpfeln.

Ein leichter Wind blies Regen gegen die Fensterscheibe.

Endlich eine Pause von der unerträglichen Hitze.

Sie warf einen Blick auf den Wecker, der auf ihrem Nachtkästchen stand.

Räkelte und streckte sich, bis ihre Glieder ein zartes Knacken von sich gaben.

Niklas rührte sich noch immer nicht.

Es war noch sehr früh am Morgen. Zeit genug, um noch eine Weile weiterzuträumen.

So lehnte sie sich in die Kissen zurück und döste vor sich hin.

Das Rauschen draußen wurde stärker, und Adele befand sich wieder auf dieser Insel, deren Namen sie vergessen hatte. Sie wohnte mit ihren Eltern in einer Art Strohhütte direkt am schillernden Wasser. Nur feiner weißer Sand trennte sie von den kringeligen Wellen, und mit ihrem Vater machte sie einen Ausflug in die Berge auf einer silberfarbenen Vespa, die er extra dafür gemietet hatte. Oben angelangt, war der Blick über die kleine Insel berauschend.

»Komm«, sagte er, nachdem er den Roller an einen dürren Baum gelehnt hatte, »ich zeige dir etwas, an das du dich immer erinnern wirst. So etwas sieht man sonst nur in Filmen.«

Sie marschierten eine Weile durch einen spärlich bewachsenen Wald über trockenen Boden.

Auf einmal blieb ihr Vater stehen, zeigte nach vorne und rief: »Da, schau, meine Kleine!«

Knapp vor ihnen erhob sich wie aus dem Nichts ein Fels, über den klares Wasser strömte, sprudelte, spritzte und sich weiter unten in einen kleinen See ergoss.

»Das ist unsere blaue Lagune. Ist sie nicht wunderschön? Als Mama und ich unsere erste gemeinsame Reise gemacht haben, sind wir hier Hand in Hand ins Wasser gesprungen.«

Adele wich erschrocken zurück. »Das werden wir jetzt aber nicht tun.«

»Keine Bange, meine Kleine, ich wollte dir diesen magischen Ort nur zeigen.«

»Danke, Papa«, hauchte sie.

War es ein Traum oder die Wirklichkeit?

Adele stürzte sich kopfüber in die Fluten und schrie gellend auf.

Niklas

Er wurde von einem schrecklichen Schrei aus einem wirren Traum gerissen und fuhr erschrocken in die Höhe.

»Adele.« Er tastete nach ihr.

Sie lag auf der Seite, und ihre Haut war feucht von Schweiß.

Er rüttelte sie. »Wach auf. Du hattest einen Alptraum, hast so laut geschrien, dass ich fast aus dem Bett gefallen wäre.«

»Ich bin wach.« Sie drehte sich zu ihm um und wischte über ihre Augen. »Den Schrei habe ich auch gehört. Gerade als ich im Traum in den Wasserfall gesprungen bin.«

Niklas verstand nicht.

»Mein Vater hat mir vor vielen Jahren eine blaue Lagune auf einer Ferieninsel gezeigt. Ich war zu feige, um hineinzuspringen, dabei glitzerte das Wasser so verführerisch, aber es kam aus einem eiskalten Bergquell, wie er mir später erklärte.«

»Adele, es regnet in Strömen, und es ist schon fast Mittag.

Hörst du das Stimmengewirr vor dem Fenster? Im Hof sind eindeutig viele Menschen. Ich ziehe mir rasch etwas an und schau mal nach, was da draußen los ist.«

»Ja, mach das. Ich dusche inzwischen und komme dann nach.«

Niklas konnte sich auf die Menschenmenge, die sich im Innenhof versammelt hatte, zuerst keinen Reim machen. Die Leute redeten aufgeregt durcheinander, in teils fremden Sprachen, er verstand kein Wort. Sie zeigten auf etwas, das ausgestreckt in einer roten Pfütze auf dem nassen Boden lag. Jemand telefonierte mit der Polizei, wie einigen Wortfetzen zu entnehmen war. Niemand beachtete ihn.

Er bahnte sich einen Weg durch die aus sämtlichen Ausgängen strömende, immer größer werdende Menschengruppe, um nachzusehen, um was es sich handelte.

Als er endlich in der vordersten Reihe angekommen war, prallte er entsetzt zurück.

Vor ihm lag der verkrümmte Körper einer Person mit abgewandtem Gesicht und verdrehten Gliedern in einer Lache aus Blut. Sie bewegte sich nicht, war völlig reg- und leblos.

Niklas zwang sich, inzwischen selbst vom strömenden Regen komplett durchnässt, die Leiche genauer zu betrachten. Auch sie war klitschnass, im Regenwasser schimmerte das Blut hellrot. Ein Arm ragte unter der verbogenen Gestalt hervor.

Und Niklas stockte der Atem.

Augenblicklich erfasste er, wer da vor ihm lag.

Frau Gerber.

Am Handgelenk trug sie die Cartieruhr, die er bereits zweimal bei ihr gesehen hatte.

Sie musste aus großer Höhe gestürzt sein, denn ihr armer, zerschundener Körper wies viele Verletzungen auf. Sicher waren auch einige Knochen gebrochen, denn irgendwie wirkte sie auf Niklas wie eine Gummipuppe, die durch kein stabiles Gerüst mehr zusammengehalten wurde. Ihre inneren Organe wollte er sich gar nicht vorstellen. Hinzu kam die sichtbare Zertrümmerung ihres Kopfes. Der weißblaue Haarturm war zur Seite gerutscht und ließ einen tiefen Spalt erkennen. Geleeartige weißgraue Gehirnmasse trat aus dem aufplatzten Schädel heraus.

Es fehlte nicht viel, und Niklas hätte sich neben der Leiche übergeben.

Auf einmal waren Sanitäter, Feuerwehrleute und Polizisten da, drängten sich durch die Menge, und die Leute gewährten ihnen unaufgefordert Raum.

Ein Sanitäter, über den ein zweiter einen Schirm gespannt hielt, beugte sich über den leblosen Körper und kontrollierte die Atmung und andere eventuell noch vorhandene Lebensfunktionen.

Er schüttelte schließlich den Kopf.

Die Sanitäter breiteten eine Rettungsdecke über der Toten aus, um sie notdürftig vor dem Regen zu schützen, bis die Forensiker der Polizei eintrafen.

Später brachten sie Frau Gerber sicher zum Pathologen, damit dieser die Todesursache feststellte, mutmaßte Niklas.

Ging es um Selbst- oder Fremdverschulden?

Er dachte an den Forensiker seines Lieblingsautors Simon Beckett, David Hunter hieß der skurrile Typ, der gleich hier an Ort und Stelle seine präzise Diagnose stellen würde.

»Weiß jemand, um wen es sich bei der Verstorbenen handelt?«, fragte einer der Polizisten die Umstehenden.

Schweigen breitete sich aus, was wahrscheinlich auch den mangelnden Deutschkenntnissen mancher Bewohner geschuldet war.

»Das ist Frau Gerber aus dem Hinterhaus«, verkündete Niklas knapp.

Der Polizeibeamte bedeutete ihm, sich zusammen mit ihm und seinen Kollegen etwas von den anderen zu entfernen.

»Ich kannte die alte Dame allerdings nur flüchtig.«

»Und trotzdem haben Sie sie in dieser abgewandten Lage erkannt?«, fragte ein jüngerer Polizist, der ihn musterte.

»Ja, allerdings erst bei genauerem Hinsehen. Wegen ihrer weißblauen Haare, und mir ist die Uhr an ihrem Handgelenk aufgefallen. Es handelt sich um eine Santos von Cartier aus dem Jahr 1988, ein sehr seltenes Exemplar. Die ist heil geblieben, wahrscheinlich, weil sie an keinem Lederarmband befestigt war.«

Der ältere Polizist sah ihn interessiert an und warf seinem Kollegen einen auffordernden Blick zu, weiterzufragen.

»Woher wissen Sie über diese spezielle Uhr so gut Bescheid?«

»Früher habe ich mich ein wenig mit dem Thema Uhren beschäftigt. Es war eine Art Hobby. Ich hatte sogar eine kleine Sammlung angelegt. Nichts Besonderes. Weihnachtsgeschenke betuchter Verwandter und den einen oder anderen Flohmarktfund. Doch vor meinem Studium musste ich die Uhren leider alle verkaufen. Meine Familie hat nicht so viel Geld.«

»Dürfen wir Ihnen später, nachdem die Spurensicherung hier war, noch einige Fragen stellen?«

»Natürlich. Mein Name ist Niklas Bekensen.« Niklas machte eine Kopfbewegung in Richtung des Hauseingangs. »Dort wohnen wir, gleich im Erdgeschoss, erste Tür links. Sind eben erst eingezogen.«

Kaum fertig gesprochen, flog die Haustür auf, und Adele bahnte sich einen Weg durch die gaffenden Menschen, um zu ihm zu gelangen. Beim Anblick der Toten blieb sie wie angewachsen stehen.

»Niklas«, kam es piepsig, »was ist passiert? Wer ist das?«

20

Konstantin

Wo blieb Veronika?

Inzwischen war es fast Nachmittag.

Konstantin beobachtete jedes anlegende Vaporetto an der Haltestelle, beäugte jeden der aussteigenden Passagiere, doch seine Vroni war nicht dabei.

Als er heute Morgen die Augen aufgeschlagen hatte, war die Stelle neben ihm im Bett verwaist gewesen. Und nicht bloß das, sie hatte sich obendrein kühl angefühlt, so als hätte Veronika ihren Schlafplatz schon vor längerer Zeit verlassen.

Warum hatte er nicht bemerkt, dass sie aufgestanden war?

Hatte er ihre Umarmung, ihr obligatorisches Küsschen diesmal glatt versäumt?

Das war ihm noch nie passiert.

Vielleicht wollte sie ihm den notwendigen Schlaf verschaffen, in letzter Zeit war es ihm kaum vergönnt gewesen, mehr als ein, zwei Stunden ruhig und traumlos durchzuschlafen.

Bei all ihrer Schroffheit, Veronika liebte ihn und zeigte es ihm deutlich durch diese kleinen Gesten, die außer ihm niemand deuten konnte.

Allerdings hatte Vroni ihr Handy an der Ladestation gelassen, und so konnte er sie nicht erreichen.

Gestern Abend hatte sie sich noch darüber beschwert, dass die Batterie ihres Smartphones immer schwächer wurde und sie sich demnächst ein neues würde beschaffen müssen. Trotzdem war sie so wie er davon ausgegangen, dass es morgen genug Saft haben würde, um den Tag in Mestre zu überstehen.

Er hatte sie darum gebeten, ihm die Ultraschallaufnahme via WhatsApp zu schicken, sobald sie den Ausdruck in ihrer Hand hielt.

Und jetzt hing dieses blöde Telefon am Kabel, hatte zwar

hundert Prozent Saft, doch Veronika war weder erreichbar noch war es ihr möglich, Kontakt mit ihm herzustellen.

Sie konnte manchmal so unbedacht sein, so kopflos.

Andererseits war sie nicht weit von ihm entfernt und in guten Händen.

Ihre Friedrichshainer Ärztin hatte ihr eine erstklassige Gynäkologin in Mestre empfohlen.

Was regte er sich also auf?

Er ärgerte sich, dass er vorhin noch mal eingeschlafen war. Mit einem starken Negroni, den er nach einem Rezept aus dem Hemingway-Kochbuch zubereitet hatte, das in Adeles Küche im Regal stand, war er nach einigen Stunden Arbeit nach draußen gegangen, hatte den Liegestuhl vom Rasen auf die Terrasse getragen, seinen Cocktail geschlürft und war damit gut bedient gewesen. Während er vom Alkohol lahmgelegt schlief, hatte es leicht zu regnen begonnen.

Sein erster Gedanke beim Aufwachen war der an Veronika gewesen.

Hoffentlich hatte sie sich für stürmisches Wetter gerüstet, denn inzwischen wehte eine steife Brise, und es sah aus, als würde der Regen noch stärker werden.

Während er auf sie wartete, war es später und später geworden, der Zeiger auf der Uhr rückte unweigerlich vor, und Konstantins Besorgnis wuchs ins Unermessliche.

Dunkel hatte er sich an den Namen der Ärztin aus der Gemeinschaftspraxis in Mestre erinnert.

Doch als er dort anrief, schien man nicht verstehen zu wollen, worum es ihm ging. Die mürrische Sprechstundenhilfe, anscheinend völlig überfordert mit den Terminen von vier behandelnden Ärzten, für die sie zuständig war, berief sich stur auf den Datenschutz.

Bei aller Höflichkeit hatte er die Auskunft, ob seine Lebensgefährtin Veronika noch als Patientin bei ihnen war, nicht aus ihr herausgebracht.

»Figura di merda!«, hatte er ihr schließlich erbost entgegengeschleudert und die Verbindung unterbrochen.

Jetzt stand er am Anleger und wartete ungeduldig auf das nächste Vaporetto.

Der Negroni, immerhin ein Gemisch aus jeweils dreißig Milliliter Campari, 1757 Cinzano Rosso und London Dry Gin mit zwei Scheiben Orange und Eiswürfeln, hatte es in sich gehabt.

Immer noch schwirrte Konstantin der Kopf.

Wenn er sich bemühte, einen klaren Gedanken zu fassen, bündelte sich sein Verlangen einzig auf das Leben mit Veronika. So hässlich sie mitunter zu ihm war, so wegweisend bestimmte sie ihr gemeinsames Dasein.

Er war nie ein Schwächling gewesen, weder in der Schule noch im Studium. Seine Ziele hatte er stets vor Augen gehabt. Emotionalität stand bei ihm nicht an erster Stelle. Veronikas Vorgängerinnen – er war trotz seines kahlen Kopfes und des spärlichen Bartwuchses nie ohne Lebenspartnerin gewesen – hatten ihm allesamt diesen sogenannten »Empathiedefekt« vorgeworfen.

Im Nachhinein betrachtet, musste er ihnen recht geben, ihnen zustimmen.

Sich selbst war er immer der Nächste.

Auch wenn er das nie so verstanden hatte.

Die Frau, die vor Veronika an seiner Seite gewesen war, hatte ihn sehr geliebt und oft auf dieses Defizit angesprochen. Doch aufgrund ihrer eigenen massiv vorhandenen Störung war es für ihn stets ein Leichtes gewesen, ihre berechtigten Klagen zurückzuweisen und sie auf ihre eigenen Unzulänglichkeiten aufmerksam zu machen.

Es hatte zu Dramen geführt, an deren Ausmaß er sich nicht erinnern wollte. Handgreiflich war er selbstverständlich nie geworden. Es war sie, die ihn geschlagen, gebissen und gekratzt hatte, weil sie sich nicht mehr anders verständlich machen konnte.

Als er dann Veronika begegnet war, dieser quirligen, selbstständigen dunkelhaarigen Schönheit, hatte er zunächst nicht vorgehabt, seine damalige Partnerin zu betrügen.

Und doch war es so gekommen.

Das nächste Vaporetto legte an, und das Wasser im Kanal schwappte hoch.

Konstantin starrte gebannt auf die Aussteigenden.

War Veronika im Boot, oder hatte sie ihn verlassen?

Die Regentropfen mischten sich mit den Tränen, die, ohne dass er es verhindern konnte, über sein Gesicht flossen.

Hilflos blickte er sich um, als das Vaporetto mit einem tönenden Signal wieder abfuhr.

Veronika

»Hey, Kony, warum heulst du denn?«, fragte sie verwundert.

Da stand er, direkt vor ihr, und schien sie nicht wahrzunehmen.

Der Regen hatte seine Kleidung durchnässt, sodass sie wie eine zweite Haut an ihm klebte. Wie ein Taucher in einem Neoprenanzug kam er ihr vor, der eilig den aufwirbelnden Fluten des Giudecca-Kanals entstiegen war, bevor das Boot ihn streifte.

»Veronika, du bist zurück, du hast mich nicht verlassen.«

»Bist du angetrunken?« Sie hängte sich bei ihm ein, und gemeinsam gingen sie den hölzernen, leicht wackelnden Steg von der Anlegestelle zur Insel entlang.

Er brachte keine einzige Silbe hervor, seine Gefühle blockierten anscheinend seine Sprachfähigkeit.

Wortlos blieb er stehen, nahm sie in seine Arme und presste sie so fest an sich, dass sie nach Luft rang.

»Lass mich los, ich ersticke sonst.«

Erst da kam er zu sich.

Er lockerte seinen Griff, gab ihr die notwendige Luft zum Atmen, entschuldigte sich weinend. Die Sätze, die zuvor in ihm festgesteckt hatten, strömten geradezu aus ihm heraus.

»Vroni. Wo warst du so lange? Ich konnte dich nicht erreichen. Ich war halb tot vor Angst um dich. Ist alles okay mit dir, mit unserem Baby?«

»Reg dich bitte ab. Die Leute schauen schon. Diese Gefühlsduselei geht mir mächtig auf die Nerven. Reiß dich wenigstens zusammen, bis wir zu Hause angekommen sind.«

»Du«, murmelte er. »Du, ich bin so froh, dass du bei mir bist.«

Wenn dieser elende Schwachkopf wüsste, was ihr heute Grauenvolles widerfahren war, er würde sie auf der Stelle wieder und wieder umarmen oder angeekelt von sich stoßen. Zweiteres wäre die schlechtere Option für ihr weiteres Zusammenleben mit dem ungeborenen Kind.

Deshalb musste sie sich und ihm unter allen Umständen die Wahrheit ersparen.

Sie schaltete um in ihren normalen Funktionsmodus. Sie konnte mühelos von einem Programm zum anderen switchen, darin war sie seit dem Vorfall vor nunmehr zweieinhalb Monaten eine wahre Meisterin geworden.

»Jetzt hab dich mal nicht so. Mit dem Baby ist alles in Ordnung, und auch meine hCG-Werte sind normal. Es besteht derzeit keine Gefahr einer Schwangerschaftsdiabetes, mein Blutzuckerspiegel liegt im Normbereich.«

»Hast du das Ultraschallbild mitgenommen? Konnte die Ärztin schon etwas zum Geschlecht sagen? Die waren so was von zugeknöpft am Telefon, die haben mich nicht als Vater des Ungeborenen, sondern wie einen Stalker behandelt.«

»Übertreib mal nicht. Das ist ganz normal. Wärst du mit mir dort gewesen, wären sie anders mit dir umgegangen.«

»Du wolltest doch allein fahren. Ich wäre sehr gern mitgekommen, das ist dir doch hoffentlich klar?«

»Ja. Kony, das ist doch Schnee von gestern. Für mich war es ehrlich gesagt einfacher so.«

»Das verstehe ich zwar nicht, aber ganz wie du willst. Gibt es nun ein Foto? Und weißt du, was es wird?«

»Sorry, manchmal bin auch ich zerstreut.« Veronika kramte in ihrer Umhängtasche aus Filz, jedoch ohne Erfolg. »Verdammt. Das Bild hab ich wohl in der Praxis liegen lassen. Tut mir leid, Schatz. War keine Absicht. Zum Geschlecht konnte die Ärztin noch nichts sicher sagen. Das hat mich gefreut, denn im Gegensatz zu dir will ich lieber überrascht werden.«

Konstantin ging neben ihr die Luft aus.

»Du bist ja klatschnass. Los, nichts wie heim, dann mache ich dir einen Orangenpunsch, damit dir wieder warm wird. Ist das in Ordnung für dich? Ich werde nur daran nippen, um zu überprüfen, ob ich ihn richtig hingekriegt habe.« Sie lächelte. »Übrigens, die Ärztin meinte, ich solle nicht rauchen, denn das verenge die Gefäße. Aber ich rauche ja ohnehin nicht mehr.«

»Nein, Liebling, das tust du nicht.«

Konstantin wartete auf der Terrasse, nachdem er sich einen trockenen Pullover übergezogen hatte und dazu die alte Pyjamahose, die sie nicht mochte. Er sah darin aus wie ein Internatsschüler.

Als sie, ebenfalls wieder trocken und in einem gemütlichen Catsuit, mit dem köstlich riechenden Punsch die überdachte Veranda betrat, war Konstantin kurz vor dem Wegnicken.

»Hey, Schlafmütze.«

Er schreckte hoch und richtete sich noch ein wenig betäubt, aber höchst alarmiert auf.

»Das wird mich aufwärmen«, brachte er stammelnd hervor, als sie ihm die dampfende Tasse reichte.

Er zog an seinem Ohr.

Wie sehr sie diese Geste verabscheute.

Trotzdem setzte sie sich neben ihn, der Liegestuhl drohte jedoch ob ihres gemeinsamen Gewichts zu kippen.

»Na, wenn das Getränk in der Tasse bleiben soll, setze ich mich besser auf die andere Liege.«

»Ich hätte dich und das Kleine lieber näher bei mir, Vroni«, brachte er gequält hervor.

Veronika lachte.

Neben ihnen prasselte der Regen auf das Gras, und die Tiere gaben eigenartige Laute von sich. Die Vögel zwitscherten unverständliche Melodien.

»Ich bin ziemlich durch. Ich will einfach nur duschen und danach am liebsten vor dem Abendessen noch ein Nachmittagsschläfchen machen.«

»Mir geht's genauso. Ich hab dich heute so vermisst. Gut, dass du wieder bei mir bist. Du weißt gar nicht, wie sehr du mir gefehlt hast.«

Veronika nahm sich zusammen und wisperte: »Kony, vielleicht hätte ich dich heute doch gern bei mir gehabt. Dann hätten wir das Baby zusammen ansehen können.«

Konstantin lachte glücklich auf. »Dann machen wir es doch das nächste Mal so. Ich bin immer an deiner Seite, wenn du mich brauchst. Ich würde dich nie im Stich lassen.«

»Das ist mir klar.«

»Und du weißt hoffentlich auch, dass ich dich über alles liebe.«

»Natürlich.«

Veronika schmiegte sich an ihn und dachte: Was weißt du eigentlich von meinem Leben?

21

Niklas

Er hielt Adele in seinen Armen. Sie war auf dem Sofa im Wohnzimmer eingeschlafen, nachdem sich der Trubel im Hof gelegt hatte. Der Schock hatte sie ziemlich mitgenommen.

Irgendwann fuhr sie hoch.

»Habe ich das eben geträumt? Ich rufe meinen Papa an. Gib mir bitte mal mein Handy.«

»Was soll dein Vater daran ändern? Eine alte Dame ist zu Tode gestürzt.«

»Die arme, arme alte Dame.« Adele schnäuzte sich.

»Ich hab sie nur kurz kennengelernt und fand sie durchaus liebenswert, wenn auch etwas grotesk.«

»Grotesk? Woher kanntest du die Frau? Warum weiß ich nichts davon?« Adele wand sich aus seinem Arm und sah ihn aus ihren graugrün schillernden Augen fragend an. Ihre roten Haare bildeten einen leuchtenden Kranz um ihr kalkweißes Gesicht.

Sie sah so wunderschön aus.

Am liebsten hätte er sie geküsst, sie an sich gedrückt und in ihr duftendes Haar gemurmelt: »Schlaf weiter, meine Schöne.«

Doch sie drehte sich jäh weg, als er sie wieder in seine Arme ziehen wollte. Stieß ihn geradezu aggressiv von sich.

»Lass mich! Ich habe vorhin noch bei Marlene angerufen und ihrer Pflegerin Bescheid gegeben, dass ich heute vielleicht nur kurz vorbeischaue. Das war zum Glück in Ordnung.«

»Siehst du, Schatz, das war genau richtig. Besser hätten ich oder dein Vater es dir nicht raten können.«

Adele sah ihn an, als würde sie ihm am liebsten eine Ohrfeige verpassen.

»Niklas, ich bin selbst in der Lage zu entscheiden, was ich tue. Dazu brauche ich weder einen behütenden Ehemann noch meinen Vater, auch wenn das früher für mich immer so selbstverständlich war. Kapierst du das? Dein und Vatis *Engelchen* und *Kleines* ist längst erwachsen geworden und durchaus imstande, ohne eure Unterstützung klarzukommen. Ich bin mit dir zusammen, weil ich dich liebe, von ganzem Herzen, und nicht, weil ich allein vergehen würde. Ich stand gerade noch ein wenig unter Schock, als ich Papa anrufen wollte. Damit ist jetzt Schluss! Spätestens als ich diese arme tote Frau da liegen sah, hat etwas in mir klick gemacht.«

Niklas fühlte sich wie in eiskaltes Wasser geworfen. So resolut kannte er seine wunderbare Frau nicht. Es erschreckte ihn zutiefst und bereitete ihm entsetzliche Angst, dass sie womöglich auf dem Weg war, sich durch ihre neu gewonnene Stärke von ihm zu lösen.

»Aber wir bleiben doch zusammen?«, fragte er verstört.

»Ich habe dir doch gerade erklärt, dass ich dich liebe, aber dennoch ein selbstbestimmter Mensch bin. An eine Trennung ist nicht zu denken.«

Eine schwere Last fiel von Niklas' Schultern.

»Danke, Schatz, nichts anderes wollte ich hören.«

»Dann lassen wir das Thema jetzt bitte. Unsere Liebe steht fest. Daran gibt es nichts zu rütteln. Und nun zurück zum Thema. Ich bin verwundert, dass du die Frau kanntest. Warum hast du mir das nicht erzählt?« Ihr Tonfall war immer noch eine Spur angriffslustig.

»Ich hatte es vor, aber dann haben wir das Gespräch wegen des schönen Abends auf heute verschoben, erinnerst du dich? Ich bin Frau Gerber vorgestern kurz begegnet und gestern dann noch mal, weil ich aus dem, was sie mir erzählt hatte, nicht recht schlau geworden war. Sie hat da ein paar wirklich seltsame Sachen über unsere Wohnungstauschpartner gesagt. Entweder litt sie an einer Psychose, oder eine schwangere Pauline hat bis vor Kurzem mit Konstantin und einem Baby hier gelebt.«

»Wie bitte? Was genau hat sie dir denn erzählt? Und versuch gar nicht erst, mich zu schonen, sonst bin ich womöglich doch schneller weg, als du vermutest.«

Niklas lachte ein wenig gezwungen, dann begann er zu reden.

Adele hörte ihm aufmerksam zu.

Adele

Ihr Ehemann wollte sie abschirmen, vor bösen Dingen bewahren. Aber das brauchte er nicht.

Adele löste sich aus Niklas' Armen und stand umständlich auf, denn nun war auch er kurz eingenickt.

Es klingelte.

Adele warf sich eine ihrer hübschen Tuniken über und schloss die Tür auf.

Zwei Polizisten blickten ihr ernst entgegen.

»Kommissar Özgan«, sagte der ältere, grauhaarige von beiden, der ihr von vorhin vage bekannt vorkam. »Frau Bekensen? Dürfen wir kurz hereinkommen?«

»Selbstverständlich.«

Adele führte sie ins Büro. Es war am weitesten von dem Zimmer entfernt, in dem Niklas schlief. Sie wollte ihn nicht stören.

»Ist Ihr Mann auch zu sprechen?«

»Niklas ruht sich aus. Der Tod dieser Frau hat ihm zugesetzt.«

»Kannten Sie Frau Gerber?«

Adele schüttelte den Kopf. »Mein Mann ist ihr in den vergangenen Tagen zweimal kurz begegnet, aber ich war nicht da.«

»Ihr Mann sagte, dass Sie erst seit Kurzem hier leben?«

»Ach, das ist eine mühselige Geschichte. Wollen Sie die wirklich hören?«

»Wir sind ganz Ohr«, erwiderte der Jüngere, er hatte Pickel um die Nase und roch aufdringlich nach Zigaretten, wie Adele angewidert feststellte.

»Meine beste Freundin hatte ein Aneurysma, das geplatzt ist, und musste operiert werden. Jetzt braucht sie viel Fürsorge und alle möglichen Therapien. Sie lebt allein in Berlin, deshalb mussten wir kurzfristig hierherziehen. Wir haben im Internet nach einer Tauschwohnung gesucht und dem Pärchen, das hier wohnt, vorübergehend unser Haus in Venedig überlassen.«

»Venedig?«, fragte Kommissar Özgan beeindruckt. »Da würde ich auch gern mal mit meiner Frau hin. Haben wir bis jetzt leider nicht geschafft.«

»Die eigentlichen Mieter lernten Sie also zufällig kennen?«, fragte der jüngere Beamte weiter.

»Ja, auf einer Plattform für Tauschwohnungen im Internet. Sie waren die Einzigen, die in Friedrichshain und in der Nähe meiner Freundin wohnen. Also griffen wir zu. Die Wohnung entspricht zwar nicht ganz unserer Vorstellung, aber na ja, dafür haben die beiden es jetzt sehr schön in unserem kleinen Häuschen.«

»Könnten Sie Ihren Mann bitte wecken? Es scheint sich bei dem Tod der alten Dame um Fremdverschulden zu handeln. Daher würden wir gern noch mal mit ihm sprechen.«

Adele tat, wie ihr geheißen, ging ins Wohnzimmer und rüttelte Niklas sanft wach.

»Die Polizei ist da und möchte mit dir sprechen.«

»Ist dein Vater hier?«

»Mein Vater? Natürlich nicht. Ich habe Polizei und nicht Papa gesagt. Komm jetzt, steh auf, wir sind im Büro.«

»Eine Minute«, murrte er und rappelte sich hoch.

In der Tür zum Büro blieb Niklas traumverloren stehen.

»Guten Tag. Tut mir leid, ich bin noch nicht ganz wach.«

»Wir kennen einander schon, Herr Bekensen, Kommissar Özgan mein Name.«

Mit zerzaustem Haar begrüßte er die Polizisten und beantwortete ihre Fragen.

»Ja, ich kannte Frau Gerber flüchtig. Vorgestern habe ich sie zufällig im Innenhof getroffen, ich wäre fast in sie hineingelaufen. Wir sprachen darüber, dass wir nun hier im Erdgeschoss wohnen, und die Frau schimpfte über die polnischen Gastarbeiter. Ich hielt sie für eine schrullige Klatschtante, die über jeden Hausbewohner etwas weiß. Sie fragte mich nach den richtigen Mietern, die jetzt in unserem Haus in Venedig wohnen. Das fand die alte Dame verwunderlich.«

»Wieso?«, warf der pickelige Polizist ein.

»Sie meinte, dass die Frau doch schon wieder schwanger sei, und ließ sich darüber aus, dass sie keinesfalls eine Hausgeburt einem Krankenhausaufenthalt vorziehen würde. Wir wohnen auf der Giudecca, das ist eine vorgelagerte Insel, und dort gibt es keine medizinische Notfallversorgung, man muss immer erst mit dem Boot über den Kanal. Außerdem hat sie erzählt, dass die beiden bereits ein Kind hätten, das immer sehr laut weint. Von einem Kind weiß ich aber nichts, und auch ihre Beschreibung der Frau kam mir komisch vor, denn unsere Tauschpartnerin sieht ganz anders aus. Und dann wurde es richtig seltsam: Sie behauptete, dass die blasse blonde Frau gar nicht Veronika, sondern Pauline hieße.«

»Mit wem hatten Sie beide denn auf dieser Tauschplattform kommuniziert?«, erkundigte sich der jüngere Polizist und zückte ein Notizbuch, um sich die Namen aufzuschreiben.

»Mit Konstantin Badingen und seiner Lebensgefährtin Veronika. Und die hat dunkle Haare und ganz sicher kein Baby. Schwanger ist sie allerdings, aber wohl noch nicht so weit, wie Frau Gerber glaubte.«

»Frau Gerber interessierte sich also für Ihre Vermieter«, schlussfolgerte Kommissar Özgan. »Das passt ins Bild, denn einige Ihrer Nachbarn haben die Neugier der alten Dame ebenfalls erwähnt.«

»Frau Gerber behauptete steif und fest, dass diese Pauline zusammen mit Konstantin und einem Baby in dieser Wohnung lebt. Eine Veronika kannte sie nicht. Und auf dem Klingelschild steht bloß Konstantins Name, obwohl Frau Gerber meinte, da hätte zuvor auch der Name dieser Pauline draufgestanden.«

»Mhm«, machte der jüngere Polizist nachdenklich und schien seine Notiz mit einem Fragezeichen zu versehen.

»Das Kind, ist es ein Mädchen oder ein Junge?«, fragte Adele dazwischen.

»Frau Gerber wusste es nicht, denn die junge Mutter hat es wohl immer in einem Tragetuch versteckt. Aber sie hat das Baby dauernd schreien gehört. Und einmal hat sie beobachtet, wie die Blonde zusammen mit dem Baby in einem Krankenwagen weggebracht wurde.«

»Sie geben uns jetzt mal Ihre Adresse in Venedig, und wir gehen der Sache nach. Die Hauptmieter wissen vielleicht mehr über Frau Gerber und könnten einiges aufklären. Möglicherweise steckt nicht viel dahinter, der Mann wird wohl eine neue Freundin haben und wollte das vorerst nicht an die große Glocke hängen.«

»Und die schwangere Pauline mit dem Baby lässt er einfach sitzen?«

Adele war verwirrt.

Warum sollte die alte Frau sich solche seltsamen Geschichten ausdenken?

Das verunsicherte sie zutiefst.

Sie verließ den Raum und wusste auf einmal, was zu tun war.

22

Veronika

»Schon wieder so ein beschissener Skype-Anruf.« Sie stampfte wütend mit dem Fuß auf. »Ich lasse mich nie wieder auf einen Wohnungstausch ein. Die sind ja schlimmer als eine Heuschreckenplage.«

»Oder ein Überfall stechgieriger Mücken.« Konstantin schüttete Zucker in seinen Espresso. Nach seinem kleinen Rausch heute Mittag brauchte er den jetzt dringend. Sie hatten beide zwar eine Stunde wie ein Stein geschlafen, aber fit sah er deswegen noch lange nicht aus.

»Können die uns nicht in Ruhe lassen?«

Veronika holte ächzend das Blech mit der selbst gemachten Pizza, belegt mit unterschiedlichen Pilzen, aus dem Ofen.

Dampf schlug ihr entgegen.

Die sicher immens teuren Küchenhandschuhe von Adele taugten nichts. Hitze drang durch, und es tat verdammt weh. Brandblasen würde sie hoffentlich keine bekommen. Am liebsten hätte sie alles fallen lassen.

Ihr Gesicht war schweißüberströmt.

Fluchend stellte sie das Backblech mit Hilfe von zwei Geschirrtüchern auf der Herdoberfläche ab.

»Soll ich?«, fragte Konstantin.

»Du sollst mir besser aus dem Weg gehen«, fauchte sie ihn an.

»Jetzt nimm das Gespräch schon an. Sonst nerven die uns immer weiter. Ich decke inzwischen den Tisch.«

»Na gut, ich bin sowieso gerade in der richtigen Stimmung, der verzogenen Hamburger Göre den Marsch zu blasen.«

»Vroni, bitte halt dich etwas zurück. Alles wird gut. Das sind eben verwöhnte Leute. Die wollen uns sicher bloß irgendetwas Banales fragen.«

»Zum Beispiel, wie es mir in der Schwangerschaft so geht?«

»Jetzt geh schon ran.«

Konstantin reichte ihr das Notebook.

»Adele«, begrüßte sie ihre Tauschkollegin liebenswürdig und biss die Zähne zusammen.

»Veronika, gut, dass du endlich drangehst«, kam es barsch ohne jegliche Grußformel zurück.

So kannte Veronika Adele nicht.

»Gibt's ein Problem? Dusche? Wasserhahn? Funktioniert die Toilette nicht? Für alles gibt es eine Lösung.«

»Es ist mir unangenehm, dich so etwas Privates zu fragen, aber ich muss das tun. Wer ist Pauline?«

»Pauline?«, wiederholte Veronika überrascht.

Konstantin hielt mitten im Eindecken des Tisches inne und starrte sie entgeistert an. Er machte Gesten, die sie nicht zuordnen konnte.

»Ja. Pauline. Du hast mich richtig verstanden. Hier in Berlin in eurem Haus ist der Teufel los. Jemand ist gestorben. Frau Gerber, die alte Dame, über die ihr mit Niklas gesprochen habt, ist in den Innenhof gestürzt. Und es war höchstwahrscheinlich kein Selbstmord oder Unfall. Die Polizei stellt Fragen. Frau Gerber hat Niklas erzählt, dass Konstantin ein Kind mit einer Pauline hat, die außerdem wieder schwanger ist. Wer ist das? Warum denkt Frau Gerber, sie würde hier wohnen und nicht du? Ich fühle mich sehr, sehr unwohl damit. Wir sollten den Wohnungstausch so schnell wie möglich rückgängig machen. Die Polizei wird sich demnächst bei euch melden.«

»Adele«, Veronika bemühte sich um einen sanften Ton, »reagier jetzt bitte nicht über. Wir wissen von keiner Pauline. Wer soll das sein? Und was da bei euch gerade passiert, hat nichts mit uns zu tun. Ich kenne außer zwei, drei polnischen Gastarbeitern niemanden im Haus. Und Frau Gerber erzählt viel, wenn der Tag lang ist, meistens stimmt davon nicht mal die Hälfte.«

»Was ist mit Konstantin?«, wagte Adele sich vor.

»Konstantin!«, rief Veronika, als hielte er sich nicht im selben Raum wie sie auf. »Zu Hause in Berlin ist etwas Schreckliches passiert. Es geht um eine Pauline und die alte Frau Gerber. Sie ist zu Tode gestürzt.«

Er trat an den Computer. »Hallo, Adele. Was höre ich da? Das ist ja schrecklich.«

Bevor Adele etwas entgegnen konnte, unterbrach Veronika die Verbindung.

Adele und Niklas konnten nun anrufen, sooft sie wollten, und würden sie dennoch nicht erreichen.

Zur Sicherheit löschte Veronika auf der Stelle ihren Skype-Account und schrie Konstantin an: »Steh da nicht so doof herum, sondern hol deinen Computer. Wir müssen augenblicklich alle Daten auf der Tauschplattform entfernen, die zu uns führen könnten. Du gehst zum Shop und kaufst Tickets für das Vaporetto und zwei Prepaidkarten. Die alten wirfst du in den Kanal. Zuvor zerschneidest du sie natürlich. Das Gleiche machst du mit deinem und meinem Notebook. Lade deinen Kram zur Sicherheit auf einen USB-Stick, damit deine Arbeit nicht verloren geht. Jetzt mach schon!«

Konstantin glotzte sie ungläubig an.

Der Mann war ja dümmer als ein Sack Kartoffeln.

Konstantin

»Warum hast du Adele nicht länger hingehalten? Das war doch total auffällig, sie so plötzlich rauszuschmeißen.« Konstantin hätte gern noch etwas mehr darüber erfahren, was Adele und Niklas der Polizei erzählt hatten.

Veronika tobte.

Er machte sicherheitshalber einen Schritt zurück.

»Ich schlage dich schon nicht, auch wenn ich es am liebsten täte«, herrschte sie ihn an.

»Ich mache ja, was du gesagt hast. Pack du unsere Sachen. Wir müssen wirklich schnellstmöglich von hier verschwinden. Das hast du blitzschnell erkannt.« Und mitverursacht, dachte er.

»Dann beeil dich. Uns bleibt nicht viel Zeit.«

»Schmeiß einfach alles in den Trolley und die Taschen.«

Konstantin war selbst perplex, wie befehlend seine Worte klangen.

Noch mehr schockierte ihn Veronikas Reaktion. Sie folgte, vielleicht zum ersten Mal, seiner Anweisung.

»Wo ist meine Brieftasche?« Er kramte wie wild in seinen Hosentaschen und sah sich um.

»Nimm meine«, bot sie ihm gedämpft an, ohne gleich wieder loszuschimpfen.

In der Tabaccheria erfuhr er, dass es dort keine Prepaidkarten gab. Mürrisch kaufte er die Tickets für das Vaporetto und gleich auch die für die Fähre. Dabei fiel ein kleiner, zusammengeknüllter Zettel aus Veronikas Portemonnaie. Er hob ihn auf, glättete ihn und erkannte eine Taxirechnung, ausgestellt auf heute Morgen, als sie in der gynäkologischen Praxis gewesen war. Nur dass auf dem Zahlungsbeleg nicht Mestre, sondern Berlin stand.

Was hatte Veronika in Berlin zu suchen gehabt?

Warum wusste er nichts davon?

Ratlos starrte er auf das Papier, unfähig, einen klaren Gedanken zu fassen. Sie hatte ihm doch von der Untersuchung berichtet und gesagt, dass alles in Ordnung war. Stimmte das denn nicht?

Was verbarg sie vor ihm?

Langsam, ganz langsam ging ihm auf, dass dieser Zettel mit dem Baby überhaupt nichts zu tun haben konnte. Veronika war aus einem anderen Grund in Berlin gewesen.

Wie hatte sie es so schnell zurückgeschafft?

Okay, mutmaßte er, es gab Flugzeuge.

Ein unheimliches Gefühl beschlich ihn.

Als er nach den erledigten Aufträgen zurückkam, hastete Veronika von Zimmer zu Zimmer, gab keine harschen Widerworte und packte den Rucksack, einen Jutebeutel mit Lebensmitteln und die Trolleys mit dem Nötigsten für ein paar Übernachtungen. Den Rest verstaute er wortlos in den Koffern.

Die Pizza wartete, inzwischen kalt und umgeben von bestem Geschirr und Gläsern, darauf, endlich verspeist zu werden.

Doch dazu würde es nicht kommen.

»Fertig?«, schnauzte er sie an, nachdem alle Gepäckstücke am Eingang standen.

»Ja«, gab sie belegt zurück.

»Dann wirf das Zeug weg und entsorg den Müll. Wir nehmen das nächste Vaporetto, es müsste in etwa acht Minuten anlegen, also los jetzt«, wies er sie barsch an.

Veronika beeilte sich still, alles, so flott es ging, zu erledigen.

»So habe ich mir Venedig jedenfalls nicht vorgestellt.« Konstantin atmete genervt aus und schulterte das Gepäck. »Schließ ab und wirf den Schlüssel in den Briefkasten, die werden schon einen zweiten haben. Los, da vorne kommt schon das Boot. Wir holen das Auto aus der Garage am Lido und fahren mit der Fähre zum Tronchetto. Dort klauen wir einen Wagen, denn viele Touristen sind unbesonnen, die lassen ihr Auto offen und den Schlüssel stecken, um sich ihre Cola und Snacks zu besorgen. Und dann geht's ab auf die Autobahn.«

»Warum ein Auto stehlen?«, fragte Veronika verzagt. »Wir haben doch unseres.«

»Bist du noch ganz bei Trost? Europol sucht doch als Erstes nach *unserem* Wagen. Den müssen wir daher schon auf dem Tronchetto loswerden. Außerdem wären wir mit dem Bus viel zu langsam. Wir haben keine Zeit zu verlieren.«

»Und wohin geht die Fahrt? Ich habe zum ersten Mal in meinem Leben keinen Plan.«

Konstantin warf ihr einen unergründlichen Blick zu. »Dafür hast du jetzt ja mich«, antwortete er.

»Was hast du vor?«

»Das fragst du? Ab nach Berlin, und zwar schneller, als die Polizei erlaubt.« Er kicherte überdreht ob des misslungenen Witzes und reichte ihr eine der Taschen. Dann hasteten sie zum Anleger.

23

Niklas

»Schatz!« Er sprang auf, als er Adele kommen hörte. »Wo warst du?«

»Ich habe mit Veronika telefoniert und sie nach dieser Pauline gefragt.«

»Wie bitte? Ohne das mit mir abzusprechen? Das hättest du nicht tun sollen. Die Polizei kümmert sich doch bereits darum. Das ist nicht unsere Sache, überlass das den Experten.«

Auf Adeles schönem Gesicht breitete sich die pure Ratlosigkeit aus. »Aber wieso? Was ist so schlimm daran?«

»Das war ein Fehler.«

»Das musst du mir schon genauer erklären.«

»Sie wissen jetzt, dass wir verunsichert, wenn nicht gar misstrauisch sind!«

»Es ist unser Haus, Niklas, unser kleines Paradies, ich will sie so schnell wie möglich dort raushaben. Außerdem habe ich noch bei Giovanna angerufen. Sie hat mir versprochen, nach der Arbeit bei uns daheim vorbeizuschauen, um zu überprüfen, ob alles okay ist. Veronika und Konstantin sind nämlich nicht mehr erreichbar. Die Verbindung war auf einmal unterbrochen, und ich konnte sie nicht wiederherstellen. Versuch du es bitte mal.«

Er setzte sich sofort an den Schreibtisch und öffnete das Programm, doch Veronikas Skype-Adresse war nicht mehr verfügbar.

»Hat sie sich abgemeldet?«, fragte Adele.

»Sieht fast so aus. Aber warum? Wollen sie uns aus dem Weg gehen, weil wir ihnen zu neugierig waren, oder hat das was zu bedeuten?« Niklas verzog gequält das Gesicht. »Es wäre wirklich besser gewesen, wenn wir sie in Sicherheit gewogen hätten. Ich rufe die beiden Kommissare an und gebe ihnen Bescheid. Es bleibt uns nichts anderes übrig.«

Adele musterte betreten ihre Nägel. Dann drehte sie ihr Haar mit der Hand lose zu einem Zopf und sah ihn an.

»Was habe ich da bloß Unüberlegtes getan?«

Der Unmut über Adeles Verhalten verflog so schnell, wie er gekommen war. Niklas konnte ihr nicht böse sein.

Er legte den Arm um sie und drückte sie fest an sich.

»Ich telefoniere rasch mit Kommissar Özgan, und dann sehen wir weiter, ja?«

Adele atmete hörbar erleichtert aus und nickte dankbar.

»Was hat der Kommissar gesagt?«

Niklas konnte den Kloß in Adeles Stimme hören.

»Er bedankte sich für die Information und bat mich, sie auf dem Laufenden zu halten. Übrigens, auch andere Hausbewohner haben diese Pauline mit Babybauch und Kind gesehen, wieder andere sagten, eine Frau, auf die Veronikas Beschreibung passt, würde hier mit Konstantin wohnen. Das hat Özgan bei seinen Ermittlungen erfahren. Und im Melderegister steht, dass neben Konstantin Badingen auch eine Pauline Schulze hier gemeldet ist, keine Veronika. Frau Gerber hat mich also nicht angelogen. Sie hatte keine Verwandten, deshalb forschen sie weiter hier im Haus nach. Natürlich werden sie auch versuchen, den Kontakt zu Konstantin und Veronika herzustellen.«

»Das ist gut«, murmelte Adele. »Denn ich habe gerade festgestellt, dass auch der Eintrag auf der Tauschplattform gelöscht wurde. Und falls sie Profile in den sozialen Medien hatten, sind die auch nicht mehr zu finden.«

»Du hast wohl zu viele Detektivromane gelesen, kleine Schnüfflerin«, neckte Niklas sie. »Aber ich muss dir recht geben, irgendetwas geht da nicht mit rechten Dingen zu. Trotzdem sollten wir zunächst auf Giovannas Anruf warten und versuchen, uns da nicht zu sehr hineinzusteigern.«

Adele schlug die Hand vor ihren Mund, um ihre aufsteigenden Tränen zu unterdrücken. »Wenn das bloß so einfach wäre.«

»Davon wird es auch nicht besser, komm her.« Niklas zog sie an sich und umarmte sie fest.

»Warum haben die beiden eigentlich die Kammer abgesperrt, es befinden sich doch bloß Putzzeug und altes Gerümpel darin?« Adele machte sich frei, und Niklas wurde klar, dass sie die Sache nicht auf sich beruhen lassen würde.

»Ich weiß nicht. Gewohnheit?«, sagte er beschwichtigend.

»Ja, aber warum? Vielleicht haben sie dort früher etwas verborgen, das niemand sehen sollte. Und darum haben sie vor ihrer Abreise wie immer abgeschlossen und den Schlüssel abgezogen. Kann doch sein? Solche kleinen Fehler passieren. Ich schlage vor, wir gehen da jetzt noch mal rein und filzen alles systematisch. Irgendwas stimmt mit den beiden nicht, und ich will wissen, was es ist.«

Niklas nickte nur. Er würde sie nicht davon abhalten können, also versuchte er es erst gar nicht. Und schaden konnte es nicht. Auch ihn hatte die Angelegenheit verwirrt.

Die Kammer sah absolut unauffällig aus. Es standen Besen, Staubsauger, Schrubber, Eimer und diverse Putzmittel neben altem, entsorgtem Plunder herum.

»Bist du sicher, dass das was bringt?«, fragte Niklas skeptisch. »Sieht doch alles ganz normal aus.«

»Es ist ja nicht so, als ob wir in dieser schrecklichen Situation gerade etwas Besseres zu tun hätten. Und irgendwas haben die beiden auf dem Kerbholz, warum hätten sie sonst ihre Accounts löschen und für uns nicht mehr erreichbar sein sollen?«, ereiferte sich Adele.

»Du hast recht.«

»Du fängst links an, ich rechts. Wir durchforsten einfach jede Rille.«

»Okay«, gab Niklas nach, »wir gehen es gründlich an. Aber viel Hoffnung besteht nicht.«

»Durchsuch du mal das alte Zeug da. Ich spanne inzwischen jeden Schirm auf. Könnte ja versehentlich was zwischen die Speichen geraten sein.«

Sie räumten alles nach und nach aus der Kammer und sahen in jeden Karton und jede Tasche. Die aussortierte Kleidung, die sich in zwei Müllsäcken befand und vermutlich zur Altkleidersammlung sollte, drehten sie auf links und fächerten jedes der in einer Ecke gestapelten Bücher auf, ob sich zwischen den Seiten irgendetwas befand, das dort nicht hingehörte.

Zwischendurch rief Giovanna an und bestätigte Adeles Vermutung: Sowohl die Tauschpartner als auch Veronikas und Konstantins gesamtes Gepäck waren verschwunden. Gottlob schien mit ihrem Häuschen alles in Ordnung zu sein, und sogar der Schlüssel war noch da, Giovanna hatte ihn im Briefkasten entdeckt.

Adele widmete sich daraufhin noch stoischer der Suche nach möglicherweise in der Kammer verbliebenen Hinweisen. Aber nicht sie, sondern Niklas wurde schließlich fündig.

»Schau mal hier, Schatz. Ein USB-Stick.« Niklas hielt Adele einen winzigen metallisch schillernden Gegenstand entgegen. »Der war in der Tasche einer fusseligen Wolljacke, fast hätte ich ihn übersehen.«

»Den stecken wir gleich mal in mein Notebook, vielleicht befindet sich da ja etwas Interessantes darauf.«

Bevor sie zur Tat schreiten konnten, klingelte es an der Wohnungstür.

»Wahrscheinlich wieder die Polizei«, vermutete Niklas.

Adele

»Ich mach auf«, sagte sie, froh, der engen Kammer zu entkommen. »Schau du inzwischen schon mal, was auf dem Stick ist. Vielleicht ist er ja auch leer.«

Sie schloss auf und stand einer modisch gekleideten Frau gegenüber, die sie aus hellgrauen Augen freundlich, aber verwundert musterte.

»Oh. Hallo. Luise Zander.« Sie streckte ihre Hand aus, und Adele schüttelte sie.

»Adele Bekensen.«

»Ist Pauline da?«

»Pauline?«

Schon wieder diese ominöse *Pauline*. Adele sah sich um, ob noch jemand im Treppenhaus war. Vielleicht ging es ja doch um was Polizeiliches, und der Kommissar begleitete sie?

Doch die Frau war allein.

»Nein, tut mir leid, Frau Zander«, antwortete Adele langsam. »Hier gibt es keine Pauline.«

Die Frau machte einen Schritt auf sie zu.

»Das ist doch Paulines und Konstantins Wohnung.«

»Ja … nein.« Adele stutzte.

Irgendetwas stimmte hier entschieden nicht.

»Wir haben für einige Zeit die Wohnungen getauscht. Veronika und Konstantin sind jetzt in Venedig in unserem Häuschen und Niklas, mein Mann, und ich dafür hier in Friedrichshain.«

»Veronika? Ich kenne keine Veronika. Mein Mann Jochen ist ein alter Studienfreund von Konstantin. Wir sind alle eng befreundet, muss man sagen, Pauline und ich haben uns früher häufig getroffen. Aber die Arme hatte es in letzter Zeit nicht leicht.« Sie sah Adele an, und Besorgnis lag in ihrem Blick. »Wer ist diese Veronika? Und warum wissen Sie nichts von Pauline?«

»Ich … ich weiß nicht. Es ist … Wollen Sie vielleicht hereinkommen?«

Adele zog die Tür weiter auf und ließ die fremde Frau eintreten.

Sie setzten sich an den Küchentisch, und Adele drückte den Rücken gegen die Lehne des Stuhls.

»Ihre Freundin Pauline … Also … Ich habe den Namen schon mal gehört, allerdings nicht von Konstantin. Die Polizei meinte vorhin zu meinem Mann«, sie stockte erneut und holte tief Luft, weil sie ziemlich durch den Wind war, »eine Pauline Schulze wäre hier laut Bürgeramt gemeldet. Eine Veronika hingegen nicht. Wir hatten aber nur mit Veronika Kontakt. Ich versteh das alles nicht.«

Plötzlich erfüllte Babygeschrei die kleine Wohnung und brach nach einigen Sekunden genauso abrupt wieder ab.

Luise und sie waren gleichzeitig aufgesprungen und wechselten ratlose Blicke, als Niklas die Küche betrat.

»Das kam vom USB-Stick.«

Adele war völlig perplex.

»Niklas, das ist Luise Zander, eine Freundin von Konstantin und … Pauline.« Sie wies auf Niklas. »Und das ist Niklas, mein Mann.«

»Schön, Sie kennenzulernen«, sagte Luise und reichte Niklas die Hand, »wenn auch unter diesen bizarren Umständen.«

»Ich brauche dringend eine Schmerztablette«, murmelte Adele, »und dann klären Sie uns bitte auf. Ich begreife überhaupt nichts mehr. Heute früh ist eine alte Dame aus dem Haus gestorben, sie stürzte aus einem Fenster in den Hof. Alle Bewohner wurden von der Polizei befragt.«

»Soll ich Ihnen eine Aspirin bringen? Ich weiß, wo Pauline die Medikamente aufbewahrt.«

Bevor Adele protestieren konnte, war Luise auch schon mit zwei Tabletten zurück, nahm ein Glas aus dem Küchenschrank und füllte es mit Wasser.

»Da, schlucken Sie die erst mal runter, dann sollten wir uns unterhalten.«

Adele nahm die Tabletten und sah Luise erwartungsvoll an. Die Freundin von Konstantin und dieser Pauline war blass, vermutlich ebenso bleich wie sie selbst. »Bitte, Niklas, setz dich zu uns.«

»Sie kennen diese Pauline?« Auch Niklas sah Luise auffordernd an. »Wer ist sie?«

»Konstantins Lebensgefährtin.«

»Und wer verdammt noch mal ist dann Veronika?« Niklas' Ton war schärfer geworden.

»Eine Veronika kenne ich nicht. Mein Mann und ich, wir sind Freunde von Konstantin und Pauline. Auch mir ist das Ganze ein Rätsel.«

»Bitte, Niklas, erklär du Frau Zander, was passiert ist. Ich muss erst wieder klarkommen.«

»Schatz, beruhige dich.« Er legte seine Hand auf ihre und

wandte sich dann Luise zu. »Adele und ich haben Veronika und Konstantin auf einer Plattform für Wohnungstausch kennengelernt. Meine Frau musste aus persönlichen Gründen dringend nach Friedrichshain, und so hat es sich ergeben, dass wir nun in deren Wohnung und die beiden im Gegenzug bei uns untergekommen sind. Wir hatten mit Veronika zuvor einige Male geskypt. Und nach dem Umzug haben wir auch mit Konstantin gesprochen.«

»War das wirklich Konstantin? Wie sah er aus? Und wie diese Veronika?«

»Konstantin ist kahl und trägt eine Brille. Er wirkt recht unscheinbar und redet nicht viel, während Veronika eher lebhaft ist und sich farbenfroh anzieht. Sie hat schwarze Locken und meist einen knallroten Schmollmund. Sie ist hübsch, vielleicht etwas mollig, aber die zusätzlichen Pfunde stehen ihr.«

Adele grinste gezwungen.

Luise schüttelte den Kopf. »Ich rufe kurz meinen Mann an, wenn Sie nichts dagegen haben, damit er herkommt. Hier läuft offenbar einiges völlig verkehrt. Sie scheinen hinters Licht geführt worden zu sein.«

Adele saß schweigend da, während Niklas nickte. Trotz der Hitze bildete sich Gänsehaut auf ihren nackten Unterarmen.

»Ich sage Jochen, er soll Fotos von Konstantin und Pauline mitbringen. Dann können wir jede Verwechslung ausschließen. Okay?«

Adele erschien der Vorschlag sinnvoll.

Niklas

Sie mussten nicht lange warten, dann klingelte es, und ein Mann stand vor der Tür.

Luise stand auf und umarmte ihn. »Jochen, das sind Niklas und Adele«, sagte sie und zog ihn näher.

»Hallo«, grüßte Niklas reserviert und kam seiner Gastgeberpflicht nach. »Darf ich Ihnen was zu trinken anbieten? Ein Wasser, Eistee, Bier oder Wein? Es gibt auch eine Kleinigkeit zu essen.«

Adele schenkte ihm einen liebevollen Blick, der Niklas für vieles entlohnte.

»Mein Mann ist ein Meisterkoch, und ein gutes Essen erleichtert so manches unangenehme Gespräch.«

»Da haben Sie sicher recht«, pflichtete Jochen ihr bei und grinste verlegen. »Und einen Weißwein kann ich unter diesen Umständen auch gut vertragen.«

»Den habe ich bereits kalt gestellt. Aber ich habe auch einen trockenen Roten und gegebenenfalls Berliner Starkbier.«

»Vielleicht später.« Jochen lächelte und nickte. Dann zeigte er ihnen ein Foto auf seinem Handy, und Adele und Niklas identifizierten den Mann als Konstantin. Die blonde Frau hingegen, die neben ihm in die Kamera lächelte, kannten sie nicht, sie hatte mit Veronika rein gar keine Ähnlichkeit.

Niklas fand Jochen durchaus sympathisch, während er Luise für etwas aufdringlich hielt.

Seine Adele sah das eindeutig anders, denn sie hakte sich bei der Fremden unter, tat sehr vertraulich und führte sie zum Tisch.

»So«, sagte sie bestimmt, »bevor wir uns der unerfreulichen Sache widmen, wird aufgetischt.«

So schlimm, entschied Niklas, konnte das Ganze nicht sein, denn anderenfalls wäre Adele nicht so entspannt, wenn nicht gar gelassen. Sie zitterte nicht mehr, und er konnte keine Träne in ihren Augen schimmern sehen.

»Ich hole die Häppchen.«

Seine Gerichte wurden stets gelobt, und auch bei diesem unvorhergesehenen Treffen verhielt es sich nicht anders.

Als sie mit dem Essen fertig waren und Adele Wein nachgeschenkt hatte, sagte Jochen: »Wir kennen keine Veronika Fischer. Pauline war immer unsere Freundin. Aber von einem Moment auf den anderen haben wir sie nicht mehr gesehen. Und von einer neuen Freundin wissen wir nichts. Konstantin hätte es mir sicher erzählt.«

»Das verstehe ich einfach nicht.« Adele zog ihre Schultern hoch, und Niklas bemerkte, dass sie fröstelte.

Er holte ihren beigefarbenen Pashmina und legte ihn um ihre zarten Schultern.

»Besser?«

»Ja. Danke, Schatz.« Sie umarmte ihn und lächelte ein wenig verkrampft. »Bitte erzähl Jochen und Luise«, sie waren inzwischen zum Duzen übergegangen, »was Frau Gerber zu dir gesagt hat, als du sie im Innenhof getroffen hast. Das ist die alte Dame, die zu Tode gestürzt ist.«

»Nun, sie war erstaunt, dass wir jetzt in dem Appartement der beiden leben, und ich klärte sie über den Wohnungstausch auf.«

»So etwas ist heutzutage ja nicht ungewöhnlich«, mischte sich Luise ein.

»Genau. Frau Gerber meinte dann, Pauline gefiele es in Venedig sicher nicht. Sie wäre so ein scheues Geschöpf und noch dazu wieder schwanger. Dann erwähnte sie ein brüllendes Baby in einem Tragetuch, das die alte Dame nicht einmal ansehen durfte. Sie sagte, Pauline sei weggerannt, als sie es versuchte.«

»Nun«, setzte Luise an, erntete aber einen abwehrenden Blick von Jochen, der kaum merklich den Kopf schüttelte, und schwieg.

»Jedenfalls erzählten mir Veronika und Konstantin, als ich sie danach fragte, Frau Gerber sei dement und Trinkerin und würde über jeden der Bewohner im Haus Lügen erzählen. Und Veronika eröffnete mir, dass sie tatsächlich schwanger sei, aber das wisse die Gerber nicht. Paulines Namen hatte ich bei dem Gespräch noch gar nicht erwähnt. Die alte Frau Gerber bestand aber darauf, dass Konstantins Lebensgefährtin Pauline hieß und nicht Veronika«, fuhr Niklas leicht irritiert fort, »sie beschrieb sie mir als eine zarte Blonde mit einem dicken Bauch, den sie stolz vor sich hertrug. Und das Baby würde ständig schreien, und einmal seien Mutter und Kind in einem Krankenwagen weggebracht worden. Konstantin hat sie allerdings nie mit dem Kind gesehen.«

Kaum hatte er fertig berichtet, sah er die eigentümlichen Blicke, die Luise und Jochen einander zuwarfen.

»Was?«, fragte Adele, der das ebenfalls nicht entgangen war. »Was wisst ihr?«

Wieder wechselten die beiden einen vielsagenden Blick, und dann war es Jochen, der zu sprechen begann.

Gespannt blickten Niklas und Adele ihn an.

»Pauline ist seit ewigen Zeiten Konstantins Partnerin. Ich kenne ihn gar nicht ohne sie. Er hatte sie kennengelernt, kurz bevor wir uns an der Universität trafen«, sagte Jochen.

Luise stieß ihn sacht in die Rippen. »Rede weiter. Es ist wichtig.«

Jochen fuhr fort. »Damals war Pauline kein bisschen in sich zurückgezogen, sie war fröhlich und für jeden Blödsinn zu haben. Manchmal ging sie mit ihren Flausen sogar etwas zu weit. Konstantin musste sie oft bremsen. Er war der Ernstere, Besonnenere in der Beziehung. Was aber nicht heißt, dass er ein langweiliger Miesepeter ist.«

»Ich stieß erst etwas später zur Clique. Als ich Jochen kennenlernte.« Luise blinzelte ihrem Mann verschwörerisch zu. »Am Anfang war ich auf die schöne, beliebte Pauline regelrecht eifersüchtig. Sie gab überall den Ton an, stand auf jedem Fest im Mittelpunkt. Tanzte, lachte und zog alle Blicke auf sich. Aber Jochen hatte glücklicherweise nur Augen für mich, und wir haben viel zu viert unternommen. Mit der Zeit wurden wir gute Freundinnen. Mir war sie zwar manchmal eine Spur zu überdreht, zu hektisch, aber das machte gleichzeitig ihren Charme aus. Sie sprudelte vor Einfällen nur so über, und wir hatten eine Menge Spaß.«

»Pauline flog alles regelrecht zu, worüber andere sich endlos lang den Kopf zerbrachen. Sie war fleißig, aber auch ein ziemlicher Überflieger und hochintelligent. Diese Leichtigkeit ist leider nicht jedem gegeben. Mir zum Beispiel nicht.« Jochen lachte verlegen.

»Jetzt untertreib mal nicht«, entrüstete sich Luise. »Fishing for compliments, was?«

»Und Luise?«, unterbrach Adele das Geplänkel ungeduldig. »Sie war doch auch deine Kommilitonin? Jedenfalls habe ich das so verstanden.«

»Stimmt und stimmt nicht«, erklärte Luise. »Ich habe Architektur an der TU Berlin studiert. Die Jungs und Pauline studierten an der Humboldt-Universität Kunstgeschichte, und Jochen«, fügte sie stolz hinzu, »hat zusätzlich einen Abschluss in Wirtschaftswissenschaften gemacht.«

»Ein zweites Standbein ist immer gut«, sagte Adele sichtlich beeindruckt.

Luise hob ihr Glas, trank einen Schluck und sagte dann: »Aber wir sollten zurück zum Thema kommen.«

»Soll ich, oder willst du?« Jochen sah seine Frau forschend an.

»Nun«, begann Luise reserviert, »es fällt mir schwer, darüber zu reden, denn Pauline ist meine Freundin. Ich fühle mich ein wenig so, als würde ich sie verraten.«

»Du meintest selbst, wir müssten Klarheit schaffen.« Jochen drückte die Hand seiner Frau und sagte an Adele und Niklas gewandt: »Pauline hatte sich verändert. Zuerst waren es nur kleine Anzeichen, als ob etwas mit ihr nicht richtig rundlief. Von ihrem Übermut war bald kaum noch was zu spüren. Sie lud uns zwar noch ein, und die beiden besuchten uns, aber sie war nicht mehr die Pauline, die wir kannten. Sie sprach kaum, lehnte Alkohol entrüstet ab, was davor eher das Gegenteil war, und beim Essen war sie auf einmal zimperlich.«

Luise nickte bedrückt. »Sie wollte nicht mal mehr mit mir shoppen gehen. Dabei war sie früher ständig auf Schnäppchenjagd.«

»Wir haben uns natürlich gefragt, wieso sie sich so verändert hat, konnten es uns aber nicht erklären. Ich habe Konstantin dann zu einem Kneipenabend eingeladen. Luise wollte währenddessen Pauline treffen, aber die sagte kurzfristig wegen Migräne oder Magenkrämpfen oder sonst einem Leiden ab. Ich weiß noch, wie enttäuscht meine Frau darauf reagierte.«

»Sie war immerhin eine meiner engsten Freundinnen, und

ich verstand die Welt nicht mehr. Lag es vielleicht an mir? Hatte ich sie unabsichtlich beleidigt?«

»Nach dem dritten Bier, Konstantin war noch nie sehr trinkfest, sprudelte der ganze Kummer aus ihm heraus. Ich konnte zuerst nicht verstehen, was er mir da erzählte. Er erklärte, Pauline würde an einer bipolaren Erkrankung leiden. Das heißt im Klartext, der ganze Übermut, den wir an ihr zur Genüge kannten, war der Manie geschuldet, und wenn wir sie mal länger nicht trafen, litt sie unter Depressionen. Er hatte in den vergangenen Monaten diverse Psychiater mit ihr aufgesucht, sie waren in der Charité und in anderen renommierten Krankenhäusern. Pauline bekam Medikamente, eine sogenannte Phasen-Prophylaxe, damit sich ihr Neurotransmitter-Spiegel hielt und sie weder in die Manie noch in die Depression kippte.«

Adele

»Das klingt schrecklich«, gab Adele befangen von sich, »aber warum ist das keinem von euch aufgefallen? Nicht mal ihrem eigenen Partner?« Sie hatte sich während des Studiums sehr für Psychologie interessiert und kannte sich in diesem Metier ein wenig aus. »So eine bipolare Psychose tritt doch nicht von heute auf morgen einfach so auf. Die kündigt sich oft durch kleine Abweichungen im Verhalten an oder wird durch ein Ereignis ausgelöst, das die Krankheit endgültig zum Vorschein bringt. Früher hieß es ›manisch-depressives Irresein‹.«

Jochen nickte bestätigend. »Anzeichen gab es natürlich. Konstantin meinte, er habe sie nur völlig falsch eingeordnet. Diese Überdrehtheit, dann wieder ihre Niedergeschlagenheit. Er sah das nicht als Symptome einer schweren psychischen Störung, sondern rechnete es ihrem ausgefallenen Charakter zu. Im Nachhinein ist man allerdings immer klüger. ›Dafür gibt es keine Entschuldigung, denn ich habe ihr damit geschadet‹, betonte Konstantin an jenem Abend immer wieder. Ich kam mit der Situation nicht wirklich gut zurecht, also habe ich ihn erst mal beschwichtigt und daheim mit Luise besprochen, wie wir den beiden helfen könnten. Am nächsten Tag habe ich ihn angerufen und gefragt, ob wir nicht einmal zu viert über alles reden sollen. Er lehnte aber ab.«

Luise hob den Kopf, und Adele sah Tränen in ihren Augen glänzen. »Konstantin wollte uns nicht mit hineinziehen und Pauline beschützen.«

»Es war falsch, Luise, wir hätten mehr tun sollen. Aber wir haben uns von Konstantin abhalten lassen. Wir hätte ihn entlasten und Pauline bei der Suche nach einem Therapieplatz helfen können.«

Luise schluchzte auf und schmiegte sich in Jochens Arm. »Dafür sind Freunde doch eigentlich da.«

Die beiden schwiegen einen Moment. Dann atmete Jochen durch und fragte, ob er noch einen Wein öffnen dürfe, denn jetzt kämen sie zum eigentlichen Kern der ganzen Angelegenheit.

»Es kommt noch schlimmer?«, fragte Adele bestürzt.

Niklas holte Nachschub und häufte den letzten Rest des Kuchens auf einen Teller.

Adele war mit oder ohne Essen so viel Alkohol nicht gewöhnt. Schon jetzt drehten sich ihre Gedanken wild im Kreis. Dieses Gespräch war belastend. Aber es war immer noch besser, zuzuhören und zu verstehen, als im Dunkeln zu tappen.

Luise räusperte sich. »Dann gab es erneut eine Veränderung. Pauline wurde schwanger. Ihr größter Wunsch ging in Erfüllung, und sie war wieder ganz die Alte. Bis auf Alkohol ließ sie keinen Spaß aus.«

Adele zuckte innerlich zusammen und dachte an das blutbefleckte Laken.

»Eine Weile ging es ganz gut, bis auf die morgendliche Übelkeit. Pauline war ausgelassen, freute sich auf das Baby, in vier Monaten wäre es so weit gewesen. Natürlich stand nicht alles zum Besten, denn sie verweigerte Konstantin und mir hartnäckig, sie zu den Ultraschalluntersuchungen zu begleiten. Konstantin sprach mit Jochen darüber, weil er sich Sorgen machte, dass mit dem Kind etwas nicht stimmen könnte und sie das vor ihm verbergen wollte, jetzt, da sie endlich schwanger geworden war. Er schaffte es, einen Termin bei dem behandelnden Gynäkologen in der Klinik AVK in Schöneberg für sie zu bekommen. Pauline hatte das Krankenhaus für die Geburt ausgesucht, weil es einen besonders guten Ruf hat.«

»Stimmt«, warf Adele wehmütig ein und erntete einen sanften Blick von Niklas.

»Er ist dann zusammen mit Pauline, die sich anfangs dagegen wehrte, nach Schöneberg gefahren.« Sie atmete tief durch. »Der Arzt«, fuhr Luise fort, »verhielt sich, wie Konstantin uns danach erzählte, anfangs sehr zugeknöpft und wollte nur in Anwesenheit seiner Patientin, die er zuvor gynäkologisch untersuchte, mit Konstantin sprechen. Die ganze traurige Geschichte flog auf. Pauline war nicht schwanger. Sie hatte sich das nur eingebildet. Der Gynäkologe klärte Konstantin über die Scheinschwangerschaft auf. Die Pseudocyesis tritt gar nicht mal so selten auf. Es gebe unterschiedliche Gründe dafür, sagte er. Den unerfüllten Wunsch nach einem Kind zum Beispiel oder eine bereits vorliegende psychische Erkrankung.«

»Wir haben sogar ihren Bauch wachsen sehen«, warf Jochen ein.

»Es gibt Fachgeschäfte, die sogenannte Schwangerschaftsbäuche verkaufen, die schnallen die Betroffenen sich um. Kaum einer erkennt den Unterschied«, erklärte Luise. »Pauline hatte sich Konstantin seit der Schwangerschaft nie mehr nackt gezeigt, berühren durfte er sie auch nicht, da sie angeblich unter einer Überempfindlichkeit ihrer Brustwarzen litt. Pauline ist regelrecht zusammengebrochen, als die Wahrheit rauskam, und der Gynäkologe riet Konstantin, sie in die psychiatrische Klinik zu bringen, damit sie sich erholen und Abstand von der Scheinschwangerschaft nehmen könnte.«

Adele schluchzte auf.

Diese Geschichte erinnerte sie zu sehr an ihr eigenes Leid.

»Arme, arme Pauline«, murmelte sie. »Ich kann sie so gut verstehen.«

Sofort nahm Niklas sie in die Arme und hielt sie fest. »Es ist beinahe schon paradox«, sagte er. »Denn auch wir haben einen unerfüllten Kinderwunsch. Wir haben zwar über Adoption oder In-vitro-Fertilisation diskutiert, aber die Hoffnung, doch noch ein eigenes Baby zu bekommen, ist noch da.«

Luise sagte nichts, aber Adele spürte, dass sie mit ihr fühlte.

»Wie ging es weiter?«, fragte Niklas.

»Pauline erholte sich, und die neue Medikation half. Ungefähr zu dem Zeitpunkt, an dem das Baby erwartet worden wäre, wurde sie aus der psychiatrischen Klinik entlassen. Wir alle waren glücklich. Doch jemand im Verlag, für den Konstantin hauptsächlich schreibt, erkrankte schwer, und Konstantin wurde gebeten, seinen Arbeitsplatz vorübergehend von zu Hause in die Firma zu verlegen, um einen Teil von dessen Aufgaben zu übernehmen. Er hätte es nicht tun müssen, es brachte ihm aber mehr Geld ein. Außerdem ging es Pauline offensichtlich besser. Sie war einsichtig und nahm ihre Medikamente. Dass sie manche Tage allein verbringen musste, störte sie allem Anschein nach nicht, da sie an einem Artikel für eine Kunstzeitschrift arbeitete. Wir trafen uns wieder regelmäßig zum Kaffeetrinken und zum Shoppen. Sie verhielt sich unauffällig, fast wie früher. Bis es dann erneut losging. Sie wurde stiller und ging nicht mehr mit mir aus.« Luise stockte und sah Jochen anklagend an. »Als ich dich darauf aufmerksam machte, wurde mir klar, dass du mir etwas verschweigst. Du warst so verschlossen.«

Jochen leerte sein Glas, schenkte sich unaufgefordert nach und rieb seinen Nacken.

»Vielleicht war es damals bloß ein albernes Hirngespinst. Unterstellen will ich niemandem etwas, und schon gar nicht meinem besten Kumpel.«

»Jetzt rede schon!«, herrschte Luise ihn an.

Adeles Herz schlug so hart gegen ihre Brust, als wollte es zerspringen. »Bitte, Jochen«, flüsterte sie.

Niklas versuchte, Jochen auszuhelfen. »Was hast du denn vermutet? Vielleicht war an deinem Verdacht ja was dran«, setzte er nach einer kurzen Pause neu an.

»Ich hatte den Eindruck, dass auch Konstantin sich seltsam verhielt. Er deutete an, dass Pauline eigenmächtig ihre Medikamente abgesetzt haben könnte, und wirkte genervt von ihrer Krankheit, so als könnte er es nicht mehr ertragen. Ehrlicherweise muss ich zugeben, dass ich ihn verdächtigte, eine Affäre begonnen zu haben. Und nach Luises Bericht wuchs auch meine Sorge. Also initiierte ich einen Überraschungsbesuch. Ich wollte Pauline mit eigenen Augen sehen, um mir eine Meinung bilden zu können. Aber sie war nicht da.«

»Was soll das heißen, sie war nicht da?« Niklas beugte sich vor, als könnte er so besser hören.

»Versteh ich das richtig?«, mischte Adele sich ein.

»Ja«, war Jochens knappe Antwort.

»Erklär das genauer«, forderte Luise.

Jochen sammelte sich einen Moment. »Bei diesem Essen war nur Konstantin anwesend und behauptete, Pauline hätte so kurzfristig eine Verabredung mit ihrer Lektorin nicht verschieben können. Sie wäre lieber bei uns gewesen und habe als Entschuldigung für uns gekocht.«

Luise legte ihre Hand auf seine. »Mir fiel sofort auf, dass die Wohnung völlig anders aussah, so bunt, jedes Zimmer hatte eine andere Farbe. Das entsprach absolut nicht Paulines Stil. Jochen und ich haben die halbe Nacht über diese Veränderungen geredet. Da erst erfuhr ich«, sie warf ihrem Mann einen vorwurfsvollen Seitenblick zu, »was in Jochens Kopf vorgegangen war. Am nächsten Tag stattete ich den beiden einen weiteren nicht angekündigten Besuch ab. Ich gab vor, meinen Kalender beim Abendessen liegen gelassen zu haben. Den bräuchte ich dringend für meine Termine.«

»Und?«, fragten Adele und Niklas gleichzeitig.

»Konstantin ließ mich kurz herein, und als ich nach Pauline fragte, behauptete er, sie würde gerade duschen. Ich hörte wirklich Wasser rauschen. Schon am Abend zuvor war mir allerdings aufgefallen, dass im Bad eine Menge bunter Kleidung hing. Nichts davon habe ich Pauline je kaufen sehen.«

Schweigen machte sich breit.

»Was zur Hölle geht hier vor? Wo befindet sich Pauline, und wer ist Veronika?« Adele war kreidebleich.

Luises Finger krallten sich um die Stange der Stehlampe.

»Wir könnten diese Pauline doch einfach anrufen und nachfragen«, schlug Niklas vor und erkannte an Jochens und Luises Blicken, dass sie genau das sicherlich schon oft versucht hatten.

»Wenn das bloß so einfach wäre. Sie ist nicht zu erreichen. Übrigens«, ergänzte Luise, »war es seit ihrem Krankenhausaufenthalt immer Pauline, die mich kontaktierte. Wenn ich versuchte, sie ans Telefon zu bekommen, hob sie weder ab noch meldete sie sich später zurück. Das ging über Wochen so. Ich schrieb ihr ein paar WhatsApp-Nachrichten, die sie nie abrief, geschweige denn beantwortete. Vielleicht hatte sie auch bloß die blauen Häkchen deaktiviert, weil sie nicht mit mir reden wollte. Dann war da irgendwann nur noch ein einzelner Haken. Sie muss mich wohl gesperrt haben, denn auch ihr Profilbild konnte ich nicht mehr sehen. Wenn ich ehrlich bin, war ich sogar sauer deswegen. Was bin ich für eine Freundin? Ich hätte viel früher hier auftauchen sollen.«

»Beruhige dich, Luise. Du kannst nichts dafür«, sagte Adele behutsam.

»Das ist ihre Nummer.« Luise legte ihr Handy auf den Tisch und rief Paulines Kontakt auf. Als sie auf Verbinden drückte, ging sofort die Mailbox dran.

»Ihr Handy ist ausgeschaltet«, erklärte sie, und Jochen schüttelte betreten den Kopf.

Niklas brummte der Schädel. »Veronika und Konstantin sind ebenso wie Pauline nicht mehr erreichbar, und außer Adele und mir kennt niemand Veronika.«

»Kommissar Özgan meinte doch vorhin zu dir, auch andere Bewohner des Hauses hätten Veronika gesehen«, erinnerte Adele ihn.

»Ja«, antwortete er, »aber nicht gleichzeitig mit Pauline. Zuerst war die eine da, dann die andere.«

Jochen stand auf und schritt nachdenklich durch das Wohnzimmer. Dann blieb er stehen.

»Ich habe eine Idee.« Er stellte sein Glas so laut auf den Tisch, dass es klirrte.

Alle starrten ihn begierig an.

»Früher, ganz zu Beginn unserer Studienzeit, gab es doch noch diese alten Handys mit den Antennen. Wir machten uns einen Jux daraus, zwei zu kaufen, um dadurch ständig in Kontakt zu bleiben.«

»Ja, und?«, wollte Luise wissen.

»Vielleicht gelingt es uns, über diese alten Geräte mit Konstantin Kontakt aufzunehmen.«

»Mann, Jochen. Hast du deins denn überhaupt noch?«

»Ich habe doch so eine Box, in der ich alles Mögliche aufbewahre.«

Luise verdrehte genervt ihre Augen. »Ach, ja, ich vergaß für einen Moment, dass du ein Messie bist.«

Alle lachten nervös, bis Adele sagte: »Ich kann mir nicht vorstellen, dass Konstantin das Gerät mit nach Italien genommen hat. Was soll er dort damit? Bestimmt hat er es entsorgt. Hier ist es nämlich nicht. Wir haben die Wohnung von oben bis unten abgesucht. Da hätten wir so ein altmodisches Ding sicher nicht übersehen. Alles, was wir entdeckt haben, war der USB-Stick mit dem Babygeschrei, das die alte Frau gehört hat.«

»Und jetzt ist Frau Gerber tot«, stellte Luise trocken fest.

Adele

Ein Schauer jagte über ihren Rücken.

Niklas nickte verunsichert.

Und Jochen sah seine Frau erschrocken an.

»Luise«, er begann, einen unrhythmischen Takt mit den Fingerkuppen auf die Tischplatte zu klopfen, der Adele durch Mark und Bein ging, »was willst du damit sagen?«

»Zählt doch mal eins und eins zusammen. Niklas erfährt von Frau Gerber von Pauline und ihrem vermeintlichen Neugeborenen, das sie oft weinen hörte, und von ihrer neuerlichen Schwangerschaft. Eine Veronika will die alte Dame nicht kennen. Niklas fragt vorsichtig bei Veronika nach, ohne Paulines Namen zu erwähnen, und siehe da, Veronika erzählt freudestrahlend, dass sie ein Kind erwartet. Außerdem behaupten sie und Konstantin, Frau Gerber sei dement und würde über jeden der Bewohner hier Lügen erzählen. Tags darauf stürzt die alte Dame in den Innenhof und stirbt. Sie hat eindeutig zu viel gequasselt.«

»Luise«, Jochen stand auf, »du gehst zu weit. Willst du ernsthaft andeuten, Konstantin und seine Freundin hätten Frau Gerber umgebracht? Wie sollen die beiden es so schnell von Venedig nach Berlin geschafft haben?«

»Und wieder zurück«, warf Niklas ein, »denn Adele hat nur wenige Stunden später mit den beiden via Skype gesprochen, während die Polizei mich befragt hat. Und da waren sie noch in unserem Häuschen auf der Giudecca.«

»Wie lange dauert so ein Flug von Venedig nach Berlin? Zwei Stunden? Ich gebe zu, es ist eine gewagte Theorie. Dennoch, ich … Ich weiß es selbst nicht … Vielleicht bilde ich mir da etwas ein, aber … Was ist wirklich passiert, was …« Luise brach mitten in ihrem kaum verständlichen Satz ab und hob ihre Hände in einer hilflosen Geste der Ratlosigkeit.

Adele kaute auf ihrer Unterlippe, betroffen von dem, was sie eben gehört hatte, und schaute in gleichermaßen fassungslose Gesichter. Alle blieben still.

Niklas durchbrach ihr inneres Erstarren, indem er den Arm um sie legte.

»Das kann aber auch ganz anders gewesen sein, nicht wahr?«, fragte er hoffnungsvoll, doch die Antwort war wieder nur betretenes Schweigen.

Adele wand sich aus seinem Arm.

Sie musste sofort etwas tun, musste hinaus an die frische Nachtluft, sich bewegen, laufen, rennen, bis sie keine Luft mehr bekam, um nachzudenken.

Sie stand unvermittelt auf.

»Ich muss sofort zu Marlene und ihr sagen, dass ich erst morgen wieder zu ihr kommen kann«, erklärte sie gehetzt.

»Das hast du doch schon telefonisch erledigt. Und es ist spät, Marlene wird bereits zu Bett gegangen sein«, wandte Niklas ein.

»Telefonieren ist nicht das Gleiche. Marlene ist garantiert noch wach und vermisst mich. Ich sollte wirklich noch mal kurz nach ihr sehen«, entgegnete Adele, die eigentlich nur wegwollte. »Sie wohnt doch ganz in der Nähe, ich bin in zwanzig Minuten zurück, und dann sollten wir gemeinsam überlegen, wie wir weiter vorgehen. Ich denke, wir müssen damit zur Polizei gehen, wie seht ihr das? Denkt darüber nach, während ich bei Marlene bin.«

Ihre Stimme klang fordernd, das hatte sie nicht beabsichtigt, aber sie wollte nichts anderes, als die Wohnung, so schnell es ging, zu verlassen.

Sie küsste Niklas zart auf die Wange und winkte Luise und Jochen zu.

Die Hitze, die ihr trotz der späten Stunde entgegenschlug, war schier unerträglich.

Die Kopernikusstraße war von lärmenden Menschen überflutet, und Adele sprang bei der ersten Gelegenheit, die sich ihr bot, hinüber zur Straßenbahnstation. Dann würde sie eben eine Station fahren; sie hatte heute nicht mehr die Kraft, sich durch das Gewühl zu kämpfen.

An der Haltestelle war es zwar auch nicht besser, aber die Tram näherte sich zum Glück. Aus dem Laufen und Rennen würde nun doch erst nach dem Besuch bei Marlene etwas werden.

Egal, wahrscheinlich war es ohnehin der Ortswechsel, der ihr beim Durchatmen half. Adele fühlte sich bereits jetzt ein kleines bisschen besser, und sie war noch gar nicht weit gekommen. Da spürte sie auf einmal einen harten Stoß gegen ihre Schulter und taumelte hilflos gegen den heranrasenden Zug.

»Hallo aber auch!«, hörte sie eine Männerstimme rufen und wurde brutal auf den Bahnsteig zurückgerissen. »Sind Sie lebensmüde, junge Frau, oder betrunken?«, schnauzte der Kerl sie rüde an.

»Jemand hat mich gestoßen! Haben Sie die Person gesehen?«

Der Mann verzog das Gesicht. »Bin ich Ihr persönlicher Bodyguard, oder was? Ein Danke wäre angebracht.«

»Danke«, wisperte Adele und sank zu Boden.

Zwei über und über Tätowierte, die sie kaum voneinander unterscheiden konnte, beugten sich zu ihr herab, nahmen sie unter den Achseln und hoben sie hoch.

»Geht es dir gut? Soll ich die Polizei rufen? Wir standen hinter dir, und ich habe gesehen, wie dich einer angerempelt hat«, sagte die Frau. »Es ging nur so schnell, dass ich nicht reagieren konnte. Außerdem«, sie schwenkte grinsend eine Bierflasche, »haben wir beide schon ein wenig intus.«

Adele schlotterte am ganzen Körper. »Hast du denjenigen gut gesehen?«

»Nein, nur eine Hand, die dich gestoßen hat.«

»Danke, dass ihr mir geholfen habt.« Adele konnte ein Schluchzen nicht unterdrücken.

»Das war wohl eher der da, der dich gerettet hat. Wo ist der Typ hin? Manni, hast du ihn gesehen?«

»Der ist in die Tram gestiegen«, sagte Manni und fragte Adele: »Sollen wir dich irgendwohin begleiten oder jemanden anrufen?«

»Könntet ihr mich bitte«, Adeles Stimme brach, »nach Hause bringen? Es ist ganz in der Nähe. Niklas, mein Mann, ist dort und Freunde.«

»Machen wir. Ehrensache. Na, sieh an, Trude, der Abend wurde ja doch noch interessant.«

Manni und Trude fassten sie an den Ellbogen, und so überquerten sie die Kopernikusstraße.

Adeles Knie waren weich wie Kaugummi, und hätten die beiden sie nicht gestützt, wäre sie gefallen.

»Danke«, murmelte sie unentwegt und drückte dann hartnäckig auf die Klingel zu ihrer Wohnung, ohne selbst aufsperren zu können.

Niklas

Aufgeschreckt durch das anhaltende Klingeln lief er zum Öffner.

Die Tür flog nach ein paar Sekunden auf, und Adele, gestützt von zwei Tätowierten, betrat das Treppenhaus. Die paar Stufen wurde sie von ihnen mehr hochgetragen, als dass sie lief.

Luise und Jochen eilten ebenfalls herbei.

»Das sind Manni und Trude.« Adele schluchzte so laut, dass sie kaum zu verstehen war. »Die beiden haben mir geholfen.«

Niklas begriff nicht die Spur, worum es ging.

»Deine Frau wurde fast vor die Straßenbahn gestoßen, hätte ein Mann sie nicht festgehalten. Sie lag auf dem Boden, und wir haben sie aufgelesen. Ich bin übrigens Manni, und wenn du nichts dagegen hast, würden wir zu einem Bierchen jetzt nicht Nein sagen.«

Jochen ging zum großen blauen Kühlschrank, öffnete zwei Flaschen und drückte sie den beiden Helfern in die Hände. Für sich, Luise, Adele und Niklas goss er wie selbstverständlich je einen Fingerbreit Whiskey in vier Gläser.

»Das brauchen wir für unsere Nerven«, erklärte er bestimmt.

Niklas nickte ihm bestätigend zu. »Setzt euch doch bitte zu uns – und danke.« Er reichte Manni und Trude die Hand.

Luise war unterdessen mit Adele im Badezimmer verschwunden.

»Das war so was von abgefahren. Es ging alles so rasend schnell.« Trude nahm einen kräftigen Schluck vom Bier. »Irgendwer stieß Adele vorwärts. Sie wäre vor der Tram gelandet, hätte ein anderer sie nicht festgehalten.«

»Wo ist der Mann, der das verhindert hat?«

»Der ist mit der Bahn weggefahren. Er dachte wohl, Adele wäre betrunken.«

Adele kam blass, mit gesäubertem Gesicht und einem Sweater über ihrem Sommerkleid im Arm von Luise zurück.

»Niklas.« Sie setzte sich auf seinen Schoß und barg ihren Kopf an seiner Brust. »Ich dachte, ich würde sterben, ich hatte solche Angst.«

»Du lebst zum Glück, mein Schatz«, flüsterte Niklas, der selbst zitterte.

»Wir müssen die Polizei rufen«, sagte Jochen und bat Manni und Trude zu bleiben und ihre Beobachtungen zu schildern.

»Mann, klar. Sind nur etwas besäuselt. Hoffentlich stört das niemanden.«

»Ihr habt geholfen, allein das zählt.«

Während sie auf die Polizei warteten, ließ sich Trude empört darüber aus, dass zwar viele Menschen auf dem Bahnsteig gestanden, aber nur der unfreundliche Mann und sie die Situation erfasst und gehandelt hätten.

»Hätte der Typ Adele nicht gepackt, wäre sie unter den Zug gekommen und jetzt mausetot.«

24

Veronika

Atemlos betrat sie das Zimmer in der schäbigen Pension, in der niemand nach ihren Ausweisen gefragt hatte.

»Wo warst du? Der Späti kann doch nicht so weit entfernt sein«, empfing Konstantin sie mit dieser neuen bösen Stimme.

»Ich war nicht mal dreißig Minuten lang weg.«

Sie spürte den Schweiß auf ihrem Nacken unter den Rand der Tunika kriechen. Hoffentlich glänzte ihr Gesicht nicht allzu auffällig. Es war so schwül draußen, auch wenn die Nacht schon angebrochen war.

»Du bist völlig erhitzt. Du hättest dich besser schonen sollen, immerhin schadet der ganze Stress dem Baby«, lenkte er ein, klang aber immer noch höhnisch.

Veronika atmete erstickt.

Seit diesem fürchterlichen Telefonat mit Adele und ihrem fluchtartigen Aufbruch aus Venedig benahm er sich ihr gegenüber völlig verändert. Eigentlich verhielt er sich nur noch gemein und sprach in hartem Ton mit ihr.

Gedankenverloren drehte er jetzt an seinem Ohrring, den sie ihm in Venedig geschenkt hatte, und sah aus dem Fenster.

Sie öffnete die Papiertüte und stellte die Getränke, die sie besorgt hatte, auf den Tisch.

»Darf ich fragen, warum wir unbedingt zurück nach Friedrichshain mussten?«, wagte sie sich nach einer Weile eisigen Schweigens vor. »Mir war klar, dass wir nach Norden fahren, aber ich dachte, es geht nach Skandinavien.«

Konstantin musterte sie mit einem kalten Blick, der sie frösteln ließ. »Wie dumm bist du eigentlich?«

Veronika schluckte die Beleidigung. Das hier war nicht mehr ihr depressiver, eingeschüchterter Konstantin. Sie saß einem verächtlichen Despoten gegenüber.

Was war geschehen?
»Warum Berlin?«, wiederholte sie mit brennendem Herzklopfen.
»Glaubst du, nur du machst mal einen Fehler?«, brauste er auf.
»Was meinst du?«
»Erkläre ich dir gern. Mein Goldzertifikat steckt immer noch hinter der billigen Lithografie in meinem Arbeitszimmer. Nur mit der sind wir flüssig. Niemand kann nachvollziehen, woher das Wertpapier kommt, und wir hätten damit genug Geld für unser neues Leben.«
»Konntest du mir das nicht gleich sagen?«
»Machst du das denn?«
»Was meinst du damit?«
»Mir *gleich sagen*, was und warum du etwas vorhast?«, äffte er sie nach.
»Ich verstehe nicht, was du meinst.«
»Wirst du schon noch.«
Zu Veronikas Überraschung zog Konstantin einen zerknüllten Zettel aus seiner Hosentasche.
»Was ist das?«
Er glättete ihn, und Veronika erkannte mit unermesslichem Entsetzen, worum es sich handelte.
»Schau genau hin, auf das Datum und den Standort.« Seine Stimme war eisig.
Veronika nahm das Blatt Papier und sah kurz darauf.
Zuerst reagierte sie nicht, suchte fieberhaft nach einer glaubhaften Erklärung, dann zuckte sie mit den Schultern und stammelte: »Ich weiß nicht, woher diese Taxirechnung kommt. Ehrlich.«
»Ehrlich? Aus deiner Brieftasche.«
»Ich meinte, ich weiß nicht, wie sie da hineinkam.«
»Was hast du in Berlin gemacht?«
»Ich war nicht dort.«
»Dann hatte dein Aufenthalt in Berlin mit dem Tod der alten Frau Gerber nichts zu tun?«

Veronika sog entsetzt die Luft ein.

Es war bisher selten in ihrem Leben geschehen, dass ihr die Worte fehlten.

Konstantin

Er trank einen großen Schluck direkt aus der Schnapsflasche und wartete.

Wartete, dass Veronika etwas sagte.

Als sie es dann tat, wünschte er, er hätte nicht gewartet, sondern wäre davongelaufen.

»Was hätte ich denn machen sollen? Die alte Hexe hätte uns in den Knast bringen können. Und du bist ein Waschlappen, für den ich die Drecksarbeit erledigen muss.«

Veronika war eine eiskalte Mörderin.

Seit er die Taxirechnung entdeckt hatte, war er alle Möglichkeiten durchgegangen. Immer und immer wieder. Einige waren zugunsten von Veronika, andere zu ihrem Nachteil ausgefallen. Und dennoch hatte er nicht gründlich genug nachgedacht. Ihm wurde schlagartig klar, dass er die möglichen Auswirkungen seiner Erkenntnis nicht ausreichend verstanden und abgewogen hatte.

Veronika war von ihm schwanger, vielleicht hatte er sich deshalb kein endgültiges Urteil bilden wollen. Hätte er das erste Ultraschallfoto nicht gesehen, wäre er in Berlin nicht gemeinsam mit ihr bei der Frauenärztin gewesen, sogar daran würde er jetzt zweifeln. Aber sie war eindeutig schwanger, und er war der Vater ihres Kindes.

Das Blut pulsierte in seinen Adern.

Sein Kopf drohte zu zerbersten.

Er fühlte sich wie ein Kaninchen, eingesperrt in einem Käfig, bewacht von einem gefährlichen Raubtier.

Konstantin wusste nicht mehr, was er empfinden sollte.

Angst?

Abscheu?
Pures Entsetzen?
Ekel?
Verzweiflung?
Nichts passte, alles war zu platt, zu einfach.
Die Situation war viel komplexer, komplizierter, und unterschiedliche Emotionen waren miteinander verflochten wie ein Knäuel Wolle, das sich verheddert hatte und nun nicht mehr zu entwirren war.
Hatte er Veronika je geliebt, oder war es bloß bequem für ihn gewesen, in ihre Arne zu sinken, auf der Flucht vor einer verrückten Frau?
Pauline.
Ein ungeahnt zärtliches Gefühl überschwemmte ihn. Es war so heftig, dass er nach Luft ringen musste.
»Pauline«, flüsterte er.
»Wie bitte?« Veronika baute sich vor ihm auf.
Sie wirkte bedrohlich.
»Jammerst du dieser Psychotante etwa nach? Erst willst du sie loswerden und jetzt wieder zurückhaben? Tja, Pech gehabt. Leider ist das Leben kein Ponyhof.«
Konstantin machte eine schnelle, unwillkürliche Bewegung und traf Veronika mit der Handkante an der Schläfe.
Sie sackte unter ihm weg.

25

Adele

Sie zitterte immer noch, als die Polizei eintraf. Die Kälte kam von innen und konnte auch nicht durch die Decke, in die Niklas sie gehüllt hatte, vertrieben werden.

Sie waren schon eine merkwürdige Truppe, wie sie da im Kreis um die beiden Polizeibeamten herumsaßen. Es waren dieselben wie beim letzten Mal. Kommissar Özgan und sein pickeliger, nach Rauch stinkender Kollege.

Als Erstes musste sie ihr Skype-Gespräch mit Veronika und Konstantin noch einmal so genau wie möglich wiedergeben. Bisher hatte ja nur Niklas dem Kommissar davon berichtet. Dann musste sie von Giovannas verstörendem Anruf berichten, die ihr Häuschen leer vorgefunden hatte und meinte, »die Vögel« wären ausgeflogen. Schließlich prasselten die Fragen, was am Bahnsteig geschehen war, auf sie herein, aber auch Manni und Trude gaben bereitwillig Auskunft.

Während die beiden aussagten, was sie beobachtet hatten, beäugte Adele sie genau. Sie sahen sich verdammt ähnlich, wüsste sie es nicht besser, weil sie ein Küsschen bemerkt hatte, würde sie glatt annehmen, es handelte sich um ein Geschwisterpaar. Beide waren kahl geschoren, trugen eine Menge Piercings und unzählige Tätowierungen in verschiedenen Farben, sogar auf den Schädeln befanden sich Zeichnungen.

Sie waren schon speziell, fand Adele, aber außergewöhnlich hilfsbereit und nett obendrein. Immer wieder lächelte sie ihnen dankbar zu und erntete liebevolle Blicke.

Auch Luise und Jochen wurden ausgiebig und, wie es Adele schien, extrem lange befragt. Sie mussten alles über Pauline Schulze berichten, was ihnen bekannt war, und sie und Konstantin präzise beschreiben. Jochen zeigte ihnen die Bilder auf seinem Handy und machte bestmögliche Angaben zu Größe und Gewicht. Der Beginn der Freundschaft zwischen den beiden Paaren spielte in der Befragung eine ebenso große Rolle wie die psychische Krankheit von Pauline. Zwischendurch verzog sich Kommissar Özgan mit seinem Handy in einen Nebenraum, und sie hörte ihn mit eindringlicher Stimme telefonieren.

Als er zurückkam, wechselte er einen kurzen Blick mit seinem Kollegen.

»Eine Frau namens Pauline Schulze befindet sich aktuell in keiner Klinik.«

»Was bedeutet das?«, fragte Luise alarmiert. »Heißt das, dass ihr etwas zugestoßen ist?«

»Anscheinend steht sie auch in keinem Sterberegister. Also sollten wir nicht vom Schlimmsten ausgehen. Vielleicht ist sie ausgezogen, weil sie herausbekommen hat, dass ihr Partner sie hintergeht?«

»Nie und nimmer«, entgegnete Luise resolut. »Sie hätte sich an mich gewandt und um Hilfe gebeten. Das entspräche ihr eher, als einfach abzuhauen. Aber andererseits, was weiß ich schon? Sie leidet an dieser bipolaren Störung, ich kann in Wahrheit beim besten Willen nicht einordnen, wie sie sich verhalten hätte.«

»Sie ist sehr sprunghaft, deswegen könnte sie sich auch einfach unter einem falschen Namen irgendwo eingemietet haben und Trübsal blasen, wobei ich das fast ausschließe. Es handelt sich ja nicht nur um ein paar Tage, wir haben sie schon einige Zeit nicht mehr getroffen«, ergänzte Jochen.

Die Polizisten baten darum, die Fotos von Pauline und Konstantin benutzen zu dürfen, und Jochen leitete sie bereitwillig weiter.

»Das klingt langsam bedrohlich. Zuerst stirbt Frau Gerber, dann verschwinden Konstantin und Veronika spurlos aus unserem Haus in Venedig, diese Pauline ist unauffindbar, und zur Krönung wird meine Frau fast vor die Straßenbahn gestoßen.« Niklas stand auf und rieb seine Hände.

Die Polizisten stimmten ihm vorbehaltlos zu.

»Sie haben recht. Und deshalb müssen wir Sie bitten, die

Wohnung zu verlassen, bis alles geklärt ist. Möglicherweise sind Sie in Gefahr. Können Sie woanders unterkommen? Falls nicht, besorgen wir Ihnen ein Hotelzimmer.«

»Was denkst du, Schatz?«, fragte Adele beklommen und spürte ihr Herz heftig gegen die Rippen schlagen.

Niklas

Er überlegte nicht lange.

»Ohne dir noch mehr Angst machen zu wollen, auch ich habe den Eindruck, dass wir hier nicht sicher sind.«

»Sollen wir in ein Hotel?«

»Ich würde euch ja gern anbieten, bei uns zu wohnen, aber wir haben leider kein Gästezimmer«, sagte Luise.

Adele hielt kurz inne und sagte dann: »Ich habe eine Idee. Marlene hat eine große Wohnung und außer dem Zimmer für die Pflegerinnen noch eine Art Atelier, das sie als Gästezimmer verwendet. Wir sind nur deshalb nicht gleich zu ihr gezogen, weil wir auch Platz zum Arbeiten brauchen und Marlene nicht überfordern wollten.«

Niklas ergänzte: »Die Pflegerin, die unterschiedlichen Hilfskräfte, Adele und ich, das wäre zu viel für sie gewesen. Aber natürlich geht das für eine Weile. Tolle Idee, Schatz. Das klingt nach einer guten Lösung. Marlene wird sicher nichts dagegen haben.«

»Im Gegenteil.« Adele schmunzelte zum ersten Mal, seit sie von Manni und Trude nach Hause gebracht worden war.

Niklas klärte die Polizisten über Marlenes Krankheit auf.

»Wir haben leider nicht die Möglichkeit, diese Wohnung rund um die Uhr überwachen zu lassen, uns fehlen die finanziellen Mittel. Aber auch wenn Sie bei Ihrer Freundin wohnen, werden wir ein Auge darauf haben, was hier passiert, und unsere Kollegen häufiger als sonst vor dem Haus Streife fahren lassen.«

26

Veronika

Wo war sie?

Was war geschehen?

Dunkelheit umhüllte sie.

Und ein Schmerz, der allumfassend war, ließ keinen klaren Gedanken zu.

Sie versuchte sich zu bewegen. Es gelang ihr nicht, ihrem Körper einen entsprechenden Befehl zu erteilen.

Automatisch rutschte sie tiefer, kippte zur Seite.

Nass war es, und ein metallisch saurer Geruch drang in ihre Nase.

Ein quälendes Würgen stieg in ihr hoch, und Veronika übergab sich stöhnend. Teile des Erbrochenen blieben in ihrem Hals stecken, erschwerten das Atmen. Das Husten half.

Mein Kind, mein Kind.

Es wollte ihr nicht gelingen, die Hand zum Bauch zu führen.

Lebte ihr Baby?

In dieser Sekunde verspürte Veronika zum ersten Mal das überwältigende Gefühl, Mutter zu werden. Eine bisher nicht gekannte mächtige Liebe zu dem kleinen Wesen erfasste sie.

Wie konnte sie es schützen?

»Schon wach, du Mörderin?«

Zu einem Strahl gebündeltes, gleißendes Licht bohrte sich durch ihre halb geöffneten Lider. Geblendet schloss sie ihre Augen.

»Erst meine Pauline, dann die alte Frau Gerber. Wäre ich der Nächste auf deiner Liste gewesen? Ein weiterer Zeuge, den du beseitigen musst?«

»Konstantin?«

War es ein Wispern oder das Aufflackern eines Gedankens in ihrem Kopf?

»Hast du Hunger? Durst? Oder sonst irgendwelche Sonderwünsche?«

Wieso konnte sie ihren Kopf nicht wegdrehen, ihre Ohren nicht vor der bösen, hasserfüllten Stimme verschließen?

»Du wolltest es nicht anders. Du hast mir das Wichtigste in meinem Leben genommen, und jetzt nehme ich dir das deine.«

Der Tritt gegen ihren Unterleib war gewaltig, sie spürte, wie das Leben ihres Kindes aus ihr floss. Veronikas Kopf wurde hochgehoben und gegen den Uhrzeigersinn gedreht. Goldene römische Ziffern flackerten auf dunklem Untergrund.

Dann verschwand der Schmerz, und träge Schwärze legte sich über sie. Wie ein Leichentuch hüllte sie Veronika ein.

Konstantin

Er stand da.

Lange Zeit, einfach nur so.

Mit Begreifen hatte das hier nichts zu tun.

Diese Kraft, die da in ihm gelauert, auf den rechten Moment gewartet hatte, war ihm fremd.

Ungezügelter Hass war aufgebrochen und hatte für ihn das Handeln übernommen.

Die Wut, der Zorn und die Trauer waren nun verraucht.

Als er den Blick auf das klumpige Bündel zwischen Veronikas Beinen warf, wandte er sich angeekelt ab.

Es war von Beginn an falsch gewesen. Alles. In Paulines Leib hätte dieses Kind wachsen sollen.

Veronika hatte es zu ihrem gemacht, es ihr gestohlen. Nur deshalb hatte er sich für sie entschieden. Wäre Veronika nicht von ihm schwanger geworden, hätte er die Affäre beendet und wäre weiter der geduldige und einfühlsame Partner seiner psychotischen, aber geliebten Pauline gewesen, der dieses Glück verwehrt geblieben war.

Seine Pauline würde nie ein Baby bekommen.

Es war ein schaler Trost, dass dieses Wissen sie zeit ihres Lebens nie erreicht hatte.

Ätzend schlich sich der Geruch von Veronikas Blut und der des Auswurfs auf dem Boden in seine Nase.

Bitteres Grauen überfiel ihn jäh.

Er musste diesen Ort der Finsternis und Fäulnis verlassen und seinen Goldschatz bergen.

Eine verheißungsvolle Zukunft war ihm sicher.

Konstantin konnte sich neu erfinden und ganz von vorne beginnen.

Alles auf Anfang.

27

Adele

Verschlafen räkelte sie sich und wandte sich Niklas zu, der instinktiv seine Hand nach ihr ausstreckte.

Die beiden Polizisten hatten sie, nachdem sie noch die Handynummern mit Luise und Jochen ausgetauscht hatten, zu Marlene gebracht.

Adele war in Marlenes Arme gesunken. Ihre Freundin machte jeden Tag einen neuen Sprung nach vorne, dennoch wollte Adele sie nicht mit dem gesamten Ausmaß der katastrophalen Umstände konfrontieren.

»Ich erzähle es dir nach und nach«, hatte sie auf Marlenes ungeduldige Fragen geantwortet. »Erst mal vielen Dank, dass wir bei dir bleiben können. Es renkt sich bald alles wieder ein.«

»Hoffentlich«, Marlene, die wegen ihrer sehr späten und gänzlich unerwarteten Ankunft richtig aufgekratzt war, brachte den Satz beinahe flüssig hervor, »… nicht zu bald. Dann bist du … länger hier.«

Adele wusste, dass es keine Selbstsucht war, die Marlene das äußern ließ, sondern die Freude über eine Nähe, die sie an frühere Tage erinnerte. Und sie half gern. Die Pflegerin hatte bereits alles für sie vorbereitet, und so konnten Niklas und sie einfach ins Bett sinken, sich aneinanderkuscheln und in ein wohliges Vergessen träumen.

»Bist du wach, Schatz?« Niklas sah sie an und strich behutsam über ihre Wange.

»Gerade aufgewacht. Es ist schon nach elf. Wir haben geschlafen wie die Murmeltiere.«

»Das haben wir auch nötig gehabt. Sag mal, Marlene kennt nicht die ganze Geschichte, oder?«

»Ich werde ihr alles nach und nach erzählen.«

»Und dein Vater?« Niklas gab einen diffusen Laut von sich. »Ich frag nur ungern, aber weiß er …«

»Papa«, sagte Adele, und mit einem Mal wurde ihr bewusst, dass sie gar nicht an ihn gedacht hatte. »Nein, er hat keine Ahnung.«

Niklas sah sie erstaunt an, und Adele war fast ein bisschen stolz auf sich.

»Lassen wir es ruhig dabei. Wenn ich Papa von dieser Sache erzähle, kommt er sofort her. Das brauchen wir nicht.«

»Sehe ich genauso.«

»Adele!«, hörten sie Marlene leise rufen.

»Stört es dich, wenn ich mich ein bisschen zu ihr setze, um zu plaudern?«

»Natürlich nicht, geh ruhig, ich bleibe noch ein wenig liegen.«

Adele hüpfte aus dem Bett und spürte körperlich, wie sich neue Energie in ihr entwickelte.

Niklas

Kaum war Adele bei Marlene, läutete sein Handy.

»Kommissar Özgan hier. Herr Bekensen?«

»Ja. Ja, ich bin dran.«

»Könnten wir Sie in etwa fünfzehn Minuten abholen? Es ist etwas vorgefallen, das wir dringend mit Ihnen besprechen müssen.«

»Worum geht es?«

»Das möchten wir mit Ihnen persönlich klären.«

Niklas hatte ein unangenehmes Gefühl, das sich immer stärker in ihm aufbaute.

»Soll meine Frau mitkommen?«

»Es reicht, wenn Sie uns begleiten.«

Adele reagierte ebenso verwundert wie er, als er sie über seinen kleinen Ausflug informierte.

»Hoffentlich ist nicht schon wieder etwas passiert«, flüsterte sie ihm zu.

»Ich vermute eher, sie haben Konstantin und Veronika aufgegriffen«, flüsterte er zurück.

»Müssen wir uns Sorgen machen?«, wisperte sie und war kalkweiß geworden.

»Du bist hier bei Marlene in Sicherheit, und ich begleite die Polizei. Die werden das schon im Griff haben, das ist ihr Job. Mach dir keine Sorgen, ich bin bald wieder bei dir.«

Als Niklas die Haustür öffnete, stand das Polizeiauto schon wartend auf der Straße.

Kommissar Özgan und sein jüngerer Kollege begrüßten ihn freundlich, und er wurde gebeten, sich auf den Rücksitz zu setzen. Reden wollten sie erst mit ihm, wenn sie ihr Ziel erreicht hatten.

Das klingt ja alles andere als gut, dachte er und fühlte sich schuldig, ohne zu wissen, warum.

Wohin sie wohl fuhren?

Sie verhielten sich, wie er fand, geheimnisvoll. Aber das war unter Umständen ihre übliche Vorgehensweise. Sie gaben so wenig wie möglich preis.

Erstaunlicherweise hielt der Wagen schon kurz nachdem er eingestiegen war vor der Tauschwohnung in der Kopernikusstraße.

»Ist in den letzten paar Stunden etwas passiert?«

»Wir wurden von einem Hausbewohner angerufen, der sich über ein in der Einfahrt parkendes Auto beschwerte. Da das öfter vorkommt, hatte er sich das Kennzeichen notiert, und siehe da, es befand sich auf der Fahndungsliste gestohlener Fahrzeuge.«

»Okay. Was hat das mit mir zu tun?«, fragte Niklas verhalten und kam sich ziemlich dumm dabei vor, so rein gar nichts zu wissen.

»Das werden Sie gleich erfahren.«

Sie stiegen aus und gingen durch den dunklen Flur zum Innenhof.

Der junge Polizist fluchte. »Haben die keinen Hausmeister, der die Glühbirnen austauscht? Da kann einer ja schneller zu Tode kommen, als es ihm passt.«

Schräger Humor, dachte Niklas belustigt, aber der junge Polizist sprach ihm aus der Seele.

Im Innenhof wandte sich der Kommissar nach rechts. »Hier entlang bitte. Jemand ist in Ihre Wohnung eingebrochen.«

»Es ist nicht *meine* Wohnung«, wehrte Niklas ab.

Kommissar Özgan antwortete ihm nicht, sondern öffnete die Tür zur Treppe, und gemeinsam stiegen sie die paar Stufen zur Wohnung hinauf.

Man konnte sehen, dass die Wohnungstür beschädigt war. Das Holz war gesplittert, und sie ließ sich nicht mehr schließen.

»Hat der Einbrecher es mit einem Schraubenzieher versucht?«

»Höchstwahrscheinlich.«

»Wäre es nicht einfacher gewesen, über das Fenster, das direkt zum Hof geht, einzubrechen?«, setzte er nach, um nicht ganz blöd dazustehen.

»Das schon, doch es hätte zu viel Aufmerksamkeit erregt, eine Scheibe einzuschlagen. Schauen Sie mal, ob Ihnen irgendetwas auffällt. Ob etwas fehlt oder sich verändert hat.«

»Wir sind doch nur so kurz hier gewesen.« Niklas zögerte. »Ich glaube nicht, dass ich mich an alles erinnere, was von Bedeutung sein könnte.«

Die Art, wie die beiden Polizisten durch die Wohnung schritten und dabei mit scharfem Blick alles musterten, nötigte Niklas Respekt ab. Er bemühte sich, alles ebenso sorgsam zu betrachten.

»Unsere Sachen sind bei Marlene, es gibt nur noch wenige Dinge, die ich heute holen wollte. Der Rest«, er machte eine weit ausholende Handbewegung, »war schon da, als wir einzogen.«

»Trotzdem, bitte schauen Sie sich genau um.«

Folgsam marschierte Niklas von Zimmer zu Zimmer. Im Büro blieb er nachdenklich stehen. Irgendetwas hatte sich verändert.

Vielleicht war es etwas Atmosphärisches. Konnte es sein, dass sich die Luft in einem Raum verwandelte, in den jemand eingedrungen war?

Aber nein, da fehlte etwas. Es wollte ihm nur nicht gleich einfallen, was es war.

»Warten Sie mal«, sagte er zu Kommissar Özgan, der neben ihm stehen geblieben war. Er wies auf eine kahle Stelle an der Wand. »Da hing ein Bild, ich glaube, es war irgendeine Lithografie, und die ist jetzt eindeutig verschwunden.«

Beide Polizisten nickten.

»Vielleicht war es ja etwas Wertvolles?«

»Möglicherweise bedeutet die Lithografie jemandem etwas«, sagte der jüngere.

Niklas war die Lust am Rätselraten endgültig vergangen. »Was heißt das? Wollen Sie andeuten, Veronika oder Konstantin hätten es sich geholt? Warum sollten sie das Schloss knacken, wenn sie doch sicher einen Zweitschlüssel haben?«

Kommissar Özgan lachte, doch es klang nicht heiter, sondern eher so, als machte er sich über Niklas lustig. »Ich helfe Ihnen auf die Sprünge. Falls es die beiden waren, haben sie mit dem Beschädigen der Wohnungstür wahrscheinlich versucht, eine falsche Fährte zu legen, um von sich abzulenken. Wäre logisch.«

»Stimmt. Könnte so sein. Also haben Adele und ich einige Zeit mit Picasso, Miró oder Klee verbracht? Ich hatte nicht den Eindruck, dass es sich bei der Lithografie um ein bedeutendes Kunstwerk handelte.«

»Vielleicht verbarg sich auch auf der Rückseite der eigentliche Wertgegenstand.«

»Ich gebe mich geschlagen«, sagte Niklas und kam sich vor wie ein gescholtener Schüler. »Kann ich dann wieder los? Oder brauchen Sie mich noch?«

Der jüngere Polizist trat unbehaglich von einem Fuß auf den anderen.

»Da wäre noch etwas«, begann er unbeholfen und brach dankbar ab, als der Kommissar ihm das Wort abschnitt.

»Ich übernehme das«, erklärte Özgan knapp und sah Niklas direkt in die Augen.

Was er ihm dann mitteilte, fegte Niklas den Boden unter den Füßen weg und ließ ihn auf die Schreibtischkante sinken.

»Das … das kann doch nicht sein«, brachte er heiser hervor. »Ich … glaube, ich brauche jetzt einen Schluck Wasser.«

Adele

Endlich kam Niklas zurück.

Adele war schon ganz unruhig geworden, da er sich, seit er fortgegangen war, nicht bei ihr gemeldet hatte.

Keine WhatsApp, kein Anruf.

Untypisch für ihn.

Sie würde ihn nicht kontaktieren, da sie ihn nicht stören wollte. Diese Zurückhaltung verlangte ihr allerdings einiges an Geduld ab.

Marlene, die zum Glück keine Ahnung von den gestrigen Geschehnissen hatte, spürte dennoch Adeles Nervosität, die Spannung lag ja förmlich in der Luft. Sie kannten sich viel zu lange, um wirklich Wichtiges voreinander zu verbergen.

Auf ihre Art versuchte sie, Adele zu trösten und von dem, was sie beschäftigte, abzulenken.

»Gedankenspiele … Hirntraining?«, bat sie.

Diesen Wunsch konnte und wollte Adele ihr nicht abschlagen.

Und als sie das nächste Mal aufsah, stand Niklas da.

Alle Farbe war aus seinem Gesicht gewichen.

Er flüsterte mit der Pflegerin, die verständnisvoll nickte, und kam dann zu Adele.

Zuerst küsste er Marlene auf die Wange, dann nahm er Adeles Hand und zog sie vom Bett.

»Du trägst ja noch dein Schlafshirt«, sagte er, und seine Stimme klang brüchig.

»Ist … was ist passiert? Geht es dir nicht gut?«

»Bitte zieh dich an. Wir haben etwas zu erledigen.«

Adele duschte in Windeseile, tuschte ihre Wimpern, trug ein wenig rosa Lipgloss auf und kniff sich in die blassen Wangen, um etwas Farbe zu bekommen. So fühlte sie sich wieder ein bisschen wie sie selbst.

Ihr Haar band sie lose im Nacken zusammen und schlüpfte in ihre Flipflops.

»So«, sie lächelte, »bin fertig.«

»Rekordgeschwindigkeit.« Niklas blinzelte ihr zu, und augenblicklich entspannte Adele sich.

Das beklemmende Gefühl lauernder Gefahr löste sich, und sie atmete tief durch.

»Wir sind bald wieder hier, und dann kochen wir. Worauf hättest du Lust, Marlene?«

»Auf … alles, was … Niklas in der … Küche zaubert.«

»Ich lasse mir etwas einfallen, wir kaufen nach dem Termin ein, und dann geht's los.«

Irrte Adele sich, oder sprach Niklas mit dieser eigenartig aufgesetzten Fröhlichkeit, hinter der sich etwas gänzlich anderes verbarg?

Im Schatten eines Baumes stand das Polizeiauto.

Die beiden Kommissare tigerten unruhig auf dem Gehsteig auf und ab.

Der jüngere drückte seine halb gerauchte Zigarette mit der Schuhspitze auf dem Pflaster aus, womit er sich einen rügenden Blick seines Vorgesetzten einhandelte.

»Wir fahren zu einer kleinen Pension in der Nähe des Boxhagener Platzes. Leider bleibt mir nichts anderes übrig, als Sie beide zu bitten, uns zu begleiten.«

»Warum?«, flüsterte Adele auf dem Rücksitz in Niklas' Ohr.

Als er nicht reagierte, sah sie zu ihm und bemerkte, dass er seine Augen geschlossen hielt. Sie legte ihre Hand auf seinen Oberschenkel und spürte durch den Jeansstoff ein leichtes Zittern seiner Beine.

»Niklas.«

Langsam öffnete er seine Augen und sah sie an, aber sein Blick war so gequält, dass sie zutiefst erschrak.

»Du musst jetzt stark sein, Schatz. Ich bin bei dir, es kann dir nichts passieren.«

»Warum sagst du mir nicht endlich, was los ist?«

»Weil ich es selbst nicht fassen kann.« Seine Stimme klang, als würde er gleich zu weinen beginnen.

Bevor sie weiter in ihn dringen konnte, blieb der Wagen stehen.

Adele bemerkte, dass ihr Polizeiauto nicht das einzige Einsatzfahrzeug war, das am Straßenrand parkte.

»Was wollen wir hier?«, fragte sie den jüngeren der beiden Polizisten. Er wollte bereits antworten, doch Kommissar Özgan kam ihm zuvor.

»Frau Bekensen, Sie und Ihr Mann sollen jemanden identifizieren. Es tut uns leid, aber wir benötigen Ihre Hilfe.«

»Identifizieren?«, stieß Adele ungläubig hervor. »Das macht man doch bei Toten. Ich kenne hier niemanden. Reicht es nicht, dass Niklas Frau Gerber identifiziert hat?«

Sie merkte selbst, dass sie wirres Zeug von sich gab, und verstummte.

Der junge Polizist stand so dicht neben Adele, dass sie nicht umhinkonnte, seinen von Zigaretten geschwängerten Atem wahrzunehmen. Unsicher sah sie zu Niklas, der ihr aufmunternd zunickte.

Sie betraten hinter den Polizisten die Eingangshalle einer heruntergekommenen Pension. Es war dunkel, und geblendet von der Helligkeit des Tages konnte Adele zuerst nichts erkennen. Dann machte sie die Umrisse einer Rezeptionstheke aus und ein großes Schlüsselbrett. Es roch muffig, Staubflocken flirrten im matten Licht, das durch die Fensterscheiben drang.

Niklas umklammerte fest ihre Hand. Es kam Adele eher so vor, als suchte er bei ihr Halt, statt dass er ihn ihr gab.

»Folgen Sie mir bitte hinauf in die erste Etage«, wies der Kommissar sie an.

Unter Aufbringung ihrer ganzen Körperkraft schaffte sie es.

Aber ihr Atem ging keuchend, und ihr Herz pochte, als hätte sie zu Fuß den Berliner Fernsehturm erklommen. Zudem hing Niklas schwer an ihr wie ein nasser Sack.

Oben angekommen, klopfte der Kommissar an eine Zimmertür, und ein Polizist in weißer Montur öffnete.

»Niklas?« Sie zitterte. »Weißt du, wer die Leiche ist?«

Kommissar Özgan antwortete anstelle ihres Mannes, dem es wohl die Sprache verschlagen hatte.

»Er kann es nicht wissen, weil wir es nicht sicher wissen. Deshalb sind Sie beide hier, um die Identifikation vorzunehmen.«

Adele nahm all ihren Mut zusammen, hielt die Luft an und zerrte Niklas mit sich in das Hotelzimmer.

Würden sie einen Mann oder eine Frau darin vorfinden?

Wer war die Leiche?

Sie atmete keuchend aus und krallte ihre Finger in Niklas' Unterarm.

Vor ihr lag, den Körper mit einem Tuch bedeckt, eine Frau. Um sie herum war der Teppich von Blut durchtränkt.

Sie erkannte die Leiche sofort.

Niklas ging es genauso, denn sein Atem pfiff, als wäre er Asthmatiker.

»Veronika«, sagten sie fast zeitgleich.

Das schwarze Haar, das rote Blut, das weiße Tuch.

Wie Schneewittchen in ihrem Sarg.

»Sie können also beide bestätigen, dass es sich bei der Toten um Veronika Fischer handelt? Jene Frau, die mit Konstantin Badingen zusammenlebte und mit Ihnen den Wohnungstausch vorgenommen hatte?«

»Ja. Das ist Veronika«, murmelte sie und spürte, dass ihr schwindlig wurde.

Niklas hatte seine Stimme wiedergefunden. »Was ist passiert?«

»Wir können Ihnen zum jetzigen Zeitpunkt nicht mehr sagen, als dass Frau Fischer keines natürlichen Todes gestorben ist.«

»Wo ist Konstantin?«, fragte Adele bestürzt. »Wer hat Veronika getötet? Ich mochte sie nicht, aber so zu sterben …«

Niklas riss sie heftig an sich, drückte sie, aber nicht sanft, eher verzweifelt.

»Sie verstehen hoffentlich, Herr Kommissar, dass diese Situation meiner Frau, die äußerst sensibel, fast schon hypersensibel ist, sehr zusetzt. Mir übrigens auch.« Niklas zögerte, dann fragte er geradeheraus: »Denken Sie, der Einbruch in der Kopernikusstraße und Veronikas Tod stehen in einem Zusammenhang?«

Adele sah ihn verständnislos an. »Ich bin nicht hypersensibel. Welcher Einbruch?« Ihre Stimme schwankte.

»Erkläre ich dir später.«

Kommissar Özgan dachte nach, dann antwortete er: »Es könnte einen Zusammenhang geben. Das Auto, das in der Kopernikusstraße die Einfahrt blockierte, wurde an einer Raststätte in der Nähe von Venedig gestohlen. Und die Besitzerin dieser Pension gab an, dass ein Pärchen das Zimmer gemietet und bar bezahlt hat.«

»Wie hat sie den Mann beschrieben?«

Adele wollte, seit sie ein Kind war, die Dinge immer auf den Punkt bringen, auch wenn ihr bewusst war, dass sie manche Menschen damit nervte.

Erstaunlicherweise ging der Kommissar auf ihr Nachhaken ein. »Glatzköpfig mit Brille.«

»Konstantin.«

Er nickte.

»Und wer hat mich auf die Schienen der Straßenbahn gestoßen?«

»Das können wir zum jetzigen Zeitpunkt noch nicht sagen. Wir müssen erst mal überprüfen, ob die Überwachungskameras etwas Verwertbares aufgezeichnet haben.«

Niklas ließ Adele so abrupt los, dass sie taumelte.

»Wissen Sie, wann Veronika ermordet wurde?«

»Der Forensiker wird den genauen Todeszeitpunkt noch ermitteln. Es sieht allerdings so aus, als wäre Frau Fischer gestern an späten Abend, ungefähr zu der Zeit, als wir bei Ihnen in der Kopernikusstraße waren, gestorben.«

»Da waren die Zanders noch bei uns«, warf Adele ein. »Luise und Jochen, Konstantins und Paulines Freunde.«

»Das Ehepaar Zander wird ebenfalls von uns kontaktiert.«

»Und Pauline, gibt es da schon eine Spur? Sie steht doch auf der Vermisstenliste?«

Adele ging das alles zu langsam.

Niklas bemerkte ihre aufsteigende Unruhe und legte beschützend den Arm um sie.

»Was sollen wir jetzt tun?«

»Mein Kollege protokolliert Ihre Aussagen, und danach können Sie wieder in Ihr Haus nach Venedig.«

»Ganz sicher nicht«, empörte sich Adele, »glauben Sie, ich lasse meine Freundin im Stich? Ich fahre erst zurück, wenn ich mir sicher sein kann, dass sie allein zurechtkommt.«

»Sie sind eine gute Freundin«, sagte der jüngere Polizist und errötete bis unter den Haaransatz.

EINE WOCHE SPÄTER

Der Anruf von Luise riss Adele endgültig aus ihrer Schockstarre.

Seit Veronikas Ermordung fühlte sie sich wie ein Schatten, der Niklas wahllos überallhin folgte und nicht mehr imstande war, selbstständig zu handeln.

Niklas saß in Marlenes Küche und arbeitete an seiner Übersetzung. Adele hatte gerade geduscht, sich die Haare geföhnt und wollte mit Marlene trainieren.

Natürlich hatte ihr allmächtiger Vater inzwischen herausbekommen, in welche Tragödie sie verwickelt gewesen waren.

Er hatte eine beachtliche Belohnung ausgesetzt für sachdienliche Hinweise, die zum Auffinden der immer noch verschollenen Pauline führen würden. Sie konnte es ihm nicht vorhalten, denn es war eine großzügige Geste.

So war er halt, ihr Vater.

Der Polizei gefiel sein Engagement nicht wirklich, denn speziell die beiden Kommissare, die ihren Fall bearbeiteten, würden genauso akribisch arbeiten, gäbe es keine finanzielle Unterstützung.

»Adele.« Luises Stimme klang ungewohnt piepsig.

»Ja?«

»Sie haben höchstwahrscheinlich Pauline gefunden. Kommissar Özgan rief uns vorhin an. Im Grunewald haben Trüffelschweine eine Leiche ausgegraben. *Trüffelschweine*«, wiederholte sie, »ist das nicht grauenvoll? Es besteht Grund zur Annahme, dass es sich um Pauline handelt.«

»Das ist ja fürchterlich.« Adele begann laut zu weinen und Luise ebenso.

Niklas kam zu ihr, gefolgt von Marlene, die an einem Rollator ging und inzwischen über alles ins Bild gesetzt worden war.

»Was ist fürchterlich?« Fragend hob er beide Hände.

»Trüffelschweine haben eine Leiche im Grunewald ausgegraben. Es handelt sich bei der Toten wahrscheinlich um Pauline.«

Marlene legte einen Arm um sie.

Niklas wurde blass.

»Bitte melde dich, sobald du Genaueres weißt.«

Luise versprach es.

Drei Stunden später kam der Anruf.

»Es ist Pauline. Sie wurde erschlagen. Dann hat man sie einfach wie ein Tier im Wald verscharrt«, weinte Luise ins Handy. »Das ist alles unsere Schuld. Hätten wir doch früher gehandelt.«

»Es ist so traurig«, erwiderte Adele, »doch auch wieder gut, Gewissheit zu haben, was mit ihr geschehen ist.«

Vielleicht war es eine egoistische Regung, die sie zu diesen Worten getrieben hatte, aber Marlene und Niklas nickten synchron, und Luise schniefte: »Finde ich auch. Jetzt können wir mit dem Suchen aufhören und versuchen, alles zu verarbeiten. Auch wenn ich mich wohl für immer schuldig fühlen werde, sie im Stich gelassen zu haben.«

»Das Ganze ist furchtbar«, sagte Niklas, der Adele das Telefon abgenommen hatte. »Aber ihr hättet es nicht verhindern können. Pauline wollte sich nicht helfen lassen. Die Polizei wird herausfinden, wer ihr das angetan hat. Ich vermute allerdings, dass es euer Freund Konstantin war oder Veronika, weil sie Pauline loswerden wollten.«

»Umgebracht hat sie sich jedenfalls nicht, denn allein kann man sich beim besten Willen nicht im Waldboden einbuddeln.«

Jochen war ans Telefon gekommen. Im Hintergrund hörten sie, wie Luise sich schnäuzte.

»Wir bleiben doch in Kontakt? Das, was geschehen ist, verbindet uns.«

Niklas und Adele nickten, auch wenn Jochen das nicht sehen konnte.

»Selbstverständlich. Ihr besucht uns in Venedig und bringt Marlene mit.«

»Sehr gern«, sagte Jochen, und ein Lächeln lag in seiner Stimme.

DREI WOCHEN SPÄTER

Venedig

Der Sommer machte dem Herbst gemächlich Platz.

Aber hier in Italien sah das anders aus als in Deutschland. Das Laub wechselte nicht so rasend schnell von einer Farbe zur anderen.

Es war nur ein Ahnen. Der Sommer gab weiterhin vor, hier zu sein, dabei spürte man schon die Kühle vom Boden aufsteigen.

In Venedig war selbst der Sommer ein begnadeter Gaukler.

Adele lächelte. »Gehst du mal mit mir ins Goldoni-Theater?«, fragte sie neckend.

»Sehr gute Idee, Schatz. Eine Komödie ist genau das, was wir nach all dem Schrecken brauchen. Ich besorge uns gleich morgen Karten.«

»Bald kommen Luise und Jochen mit Marlene. Ich bin so froh, dass sie sich so gut erholt hat. Zum Glück besuchen die beiden sie häufig, das tut ihr gut.«

»Giovanna und deine anderen Mädels«, Niklas betonte *Mädels* übertrieben kokett, »werden die drei rasch ins Herz schließen. Ich bin so froh, wieder zu Hause zu sein. Endlich kann ich wieder entspannt arbeiten.«

Adele nuckelte am Strohhalm ihrer Limonade, während Niklas ein Glas kühlen Weißen trank.

Sie saßen einander auf der Terrasse gegenüber, und das Gitter des schmiedeeisernen Stuhls drückte Rillen in Adeles Rücken.

Sie verspürte ein leichtes Ziehen im Unterleib und in den Brüsten.

»Fuck«, sagte sie leise, »nicht schon wieder.«

»Schatz?«

»Ach, nichts.«

Sie stand auf und marschierte zielstrebig wie eine Soldatin ins Badezimmer. Emotionen würde sie sich jetzt sicher keine erlauben. Okay, dachte sie, dumm gelaufen. Die nächste Menstruationsblutung kündigte sich an. Die letzten fünf Tage hatte sie wartend, hoffend auf ein kleines Wunder, verbracht. Anscheinend vergeblich.

Sie sperrte hinter sich ab, obwohl es dafür absolut keinen Grund gab.

Mit dem Zeigefinger strich sie unter ihren Slip.

Kein Blut.

Fünf Tage lang kein Blut.

Aber das leichte Ziehen in ihrem Bauch war unverkennbar da. Das Kribbeln in ihren Brüsten war allerdings neu.

Ohne lange zu überlegen, fischte sie einen Test aus ihrem Kosmetikbeutel. Es war der vorletzte, sie hatte sich vorgenommen, vorerst keine neuen zu besorgen.

Was brachte es, sich selbst masochistisch in diese depressiven Stimmungen zu versetzen?

Nichts.

Sie pinkelte auf den Streifen und legte ihn dann fast schon achtlos in das Regalfach, in dem sie ihr Schminkzeug verstaute.

Erst als sie sich die Hände wusch, wagte sie einen Blick auf ihr persönliches Folterinstrument.

Ja, sie grinste, das musste sie Niklas gleich berichten. Diese Schwangerschaftstests waren wahre Daumenschrauben.

Zeigten sie an, dass ein Kind unterwegs war, stießen sie einen entweder ins Tal der Verzweiflung oder verursachten einen Jubel der Extraklasse. Eine Art euphorisches Überschwappen der Gefühle, das wahrscheinlich schon der wechselnden Hormonsituation entsprach.

Rosarot. Da war sie. Eine rosafarbene Linie.

»Niklas!«, brüllte sie und sperrte die Tür auf.

Er kam angelaufen, vermutete sicher etwas Schlimmes.

Tränen liefen über ihre Wangen. Sie vermochte kaum einen Ton hervorzubringen, also hielt sie ihm das Stäbchen unter die Nase.

»Schwanger!«, rief sie.
Niklas umarmte sie leidenschaftlich.
»Wusste ich's doch«, flüsterte er in ihr Haar.
»Angeber«, flüsterte sie zurück.

ZUR SELBEN ZEIT

Stockholm

Gemütlich lehnte er sich zurück.

Er saß auf seiner schmalen Terrasse am Slottskajen und blickte gedankenverloren auf den Norrström-Fluss hinunter, dann schweifte sein Blick zur Insel Helgeandsholmen hinüber, wo gerade inmitten eines wundervollen Gartens die berühmte Mittelalter-Ausstellung stattfand, die er demnächst besuchen wollte.

Er freute sich schon darauf, dort in den zu allen Seiten schillernden Farben des beginnenden Herbstes zu lustwandeln.

So wie die Jahreszeit hatte auch er sich verändert.

Er stand auf und holte sich einen frischen Gin Tonic.

Genussvoll ließ er den ersten Schluck seine Kehle hinablaufen.

Was für ein Segen, dass er sich nun den besten Gin leisten konnte.

Tanqueray Lovage Gin.

Darunter würde er es nie mehr in seinem Leben tun.

Früher hatte er sich mit der erschwinglichen Ware aus Supermärkten begnügen müssen.

Auch das Tonic Water war von bester Qualität.

»*What else?*«, imitierte er George Clooney gekonnt.

Das Glas der zuziehbaren Scheibe seiner Veranda reflektierte sein neues Aussehen.

Über der kahlen Kopfhaut trug er nun ein Käppi, das er nur zum Schlafen ablegte. Seine blonden, unerwartet dichten Barthaare bildeten einen coolen Kontrast zum stets schwarz bedeckten Haupt.

Markenklamotten hatte er früher verachtet, jetzt waren sie ein fester Bestandteil seines neuen Lebens.

Warum sollte er Billigkleidung tragen, wenn es doch geile Polos und Pullis aus feinem Kaschmir gab, Jeans, die sich perfekt an die Form seiner Beine anschmiegten? Hemden aus Seide, wie sie früher nur die adeligen Herren in den Romanen seiner Liebsten trugen? Schuhe waren sein neuer Fetisch, egal ob aus Leder oder Stoff.

Er war ja nicht blöde.

Sein Geld war gut angelegt.

Den Wagen hatte er schon an der ersten Raststelle hinter Berlin abgestellt und sich ein neues Fahrzeug, diesmal einen spritzigen Peugeot, geholt.

Was waren die Leute doch einfältig.

Die hatten das Dach ihres CC Allure doch glatt offen und den Schlüssel stecken gelassen. Das schwedische Kennzeichen hatte ihm die Einreise natürlich erleichtert.

In Stockholm war es ein Leichtes gewesen, sich neue Papiere und eine tolle Wohnung zu besorgen.

Alles war gut.

Einzig die Gedanken an seine tote Liebste brachten seinen hoch aufgerichteten Turm mitunter zum Schwanken.

Er hatte ihr einen Stoß versetzt, aber es war Veronika gewesen, die dem Ganzen ein brutales Ende bereitet hatte. Sie wollte mit allen Mitteln verhindern, dass er sie und das Kind in ihrem Bauch verließ, um bei Pauline zu bleiben.

Und dann versuchte sie ihm weiszumachen, er sei schuld an ihrem Tod gewesen.

Es hatte eine Zeit gegeben, in der er sich von ihr zum Narren halten ließ und fast selbst an seine Tat zu glauben begann.

Aber das war purer Irrsinn.

Sie war die Mörderin.

Den letzten Schliff, wie sie einmal scherzhaft meinte, hatte sie zu verantworten.

Sie hatte es getan.

Als sie Pauline anschließend in der Erde verscharrten, hatte er instinktiv gewusst, dass es keinen Weg zurück mehr geben konnte. Auch wenn er so tat, als würde er es versuchen.

Was er danach getan hatte, später, war aus Angst vor ihr und ihrem Hass geschehen.

Und aus Rache.
Und aus Vergeltung.
Überlebenswille, sagte er sich schmunzelnd.
Und blickte in den aufsteigenden Nebel des frühen Herbstabends.
Die Gerechtigkeit hatte gesiegt. Sie war keine Frage der Perspektive, wie alle glaubten, sondern die Entscheidung eines übergeordneten Gottes.

Danksagung

Meiner Emons-Family danke ich von ganzem Herzen für die tolle Chance, diesen Thriller zu schreiben. Vorneweg Hejo Emons und Christel Steinmetz. Das Lektorat von Marit Obsen ist, wie immer, unbezahlbar.

Vor all den Bloggern und Lesern, die mich rezensieren und mir so tolle Feedbacks geben, kann ich nur meinen – übrigens nicht vorhandenen – Hut ziehen.

Meinen drei Kindern Sophie, Maxi und Karo danke ich von Herzen dafür, dass sie mein Leben und meine Arbeit bereichern. Auch wenn sie meine Bücher – im besten Fall – erst lesen, wenn sie auf dem Markt erschienen sind. ☺ Ebenso danke ich meiner Mutter, die sich nicht anders als ihre Enkel verhält.

Freunde? Da gibt es die üblichen Verdächtigen, die geblieben sind und auch bleiben werden. Manch andere haben sich vertschüsst, neue sind erfreulicherweise dazugekommen.

Mein besonderer Dank gilt allerdings meinem kritischsten Leser und wunderbaren Ehemann, Günter Janesch, der mich mehr als jeder andere Mensch je zum Lachen gebracht hat und weiter dazu bringt.

La vita è bella.

Die Bücher von Erfolgsautorin Andrea Nagele im Überblick
Alle Titel sind auch als eBook erhältlich.

Thriller

Du darfst nicht sterben
ISBN 978-3-7408-0667-5

Sag mir, wen du hörst. Sag mir, wen du siehst. Sag mir, wer du bist.
ISBN 978-3-7408-1270-6

Grado-Reihe

Grado im Regen
ISBN 978-3-95451-785-5

Grado sotto la pioggia
Italienische Ausgabe
ISBN 978-3-7408-0376-6

Grado im Dunkeln
ISBN 978-3-7408-0068-0

Grado nell'ombra
Italienische Ausgabe
ISBN 978-3-7408-0592-0

Grado im Nebel
ISBN 978-3-7408-0298-1

Grado nella nebbia
Italienische Ausgabe
ISBN 978-3-7408-0891-4

Grado im Sturm
ISBN 978-3-7408-0523-4

Grado nella tempesta
Italienische Ausgabe
ISBN 978-3-7408-1525-7

Grado im Mondschein
ISBN 978-3-7408-0803-7

Grado al chiaro di luna
Italienische Ausgabe
ISBN 978-3-7408-1849-4

Grado in Flammen
ISBN 978-3-7408-1137-2

Grado im Licht
ISBN 978-3-7408-1271-3

Grado und die Tote in der Lagune
ISBN 978-3-7408-1657-5

Weitere Kriminalromane

Tod am Wörthersee
ISBN 978-3-95451-288-1

Tod auf dem Kreuzbergl
ISBN 978-3-95451-485-4

Tod in den Karawanken
ISBN 978-3-95451-961-3

Kärntner Wiegenlied
ISBN 978-3-7408-0198-4

Bittersüße Weihnachtszeit
ISBN 978-3-7408-1272-0

111 Orte

111 Orte in Klagenfurt und am Wörthersee, die man gesehen haben muss
ISBN 978-3-7408-1093-1